Heibonsha Library

妖精・幽霊短編小説集

平凡社ライブラリー

Heibonsha Library

妖精・幽霊短編小説集

『ダブリナーズ』と
異界の住人たち

J.ジョイス、W.B.イェイツほか著
下楠昌哉編訳

平凡社

本著作は平凡社ライブラリー・オリジナル版です。

目次

編訳者まえがき

壁が暗くなっていて、人影がゆっくりとそこに現れる。十一歳の妖精の子ども、取り替え子、誘拐されて、いっちょうらのイートン・スーツを着て、ガラスの靴を履き、小さな銅の兜をかぶり、手には一冊の本を持っている。

ジェイムズ・ジョイス『ユリシーズ』

十九世紀の終わりから二十世紀初めのアイルランドとイギリス。その時代に彼の地では、妖精がその存在の残光を煌めかせ、幽霊はその存在が科学的に証明できるかどうかについて声高に論じられていました。そのような時代にこの世とあの世のあわいを巧みに行き来したアイルランドとイギリスの作家たちによる当時の言葉の広がりを、若き芸術家が丹誠込めて執筆した作品群をところどころに配し、ある程度のまとまりをもって示してみようと試みているのが、この短編集です。作品は三つ、ところによっては四つ、八つのセクションにまとめており、戯曲や民謡も挟んで変化をつけています。いわゆる英国怪奇党の紳士たちの作品がほとんどなく、珍品も含めてアイルランドの作家が多めという点が、本書が類書と毛色の異なるところでしょう。

各セクションの留め石になっているのは、二十世紀英文学モダニズムの巨人、ジェイムズ・ジョイスの短編集『ダブリナーズ』に収められた数編の物語です。妖精だ、幽霊だという短編集のコアをジョイスの、それも『ダブリナーズ』の複数の作品をもって支えようという試みは、無謀に思われるかもしれません。実際、『ダブリナーズ』の定評は、二十世紀初頭のダブリンを、作者自身の言葉に曰く、現代社会の「麻痺の中心」としてリアリスティックに描いたというものです。『ダブリナーズ』は、『ユリシーズ』と『フィネガンズ・ウェイク』という大傑作を生みだした作家の主要作品として長らく読みつがれてきましたが、基本的に現代都市生活の行き詰まりの状態を連作で描いているわけですから、ふつうに読んだら心浮き立つような読書体験は得られません。にもかかわらず、この短編集は長きにわたって多くの読者を惹きつけてきました。その魅力の源泉の一つを、超自然的な事象をできうる限り「自然な」領域に留まって描くことに成功している点に求めてみたいと思うのです。

ジョイスの『ユリシーズ』が出版された一九二二年、シャーロック・ホームズで有名なコナン・ドイルがイングランドの少女二人が撮影した妖精写真を擁護する立場の書籍『妖精の到来』を出版して、評判になりました。この写真の存在をドイルに伝えた神智学者エドワード・L・ガードナーの鞄が、妖精研究の第一人者、井村君江氏の尽力によってなんと現在は日本にありますが、その鞄の中には、コティングリーの妖精写真と共に心霊写真、すなわち幽霊が写っている(と考えられていた)写真が収められていました。心霊主義者であるガードナーは、たとえ物理的に計測が不可能であっても、幽霊も妖精も、なんらかの形でこの世界に物質化しているからこそ写真にうつるのだ、と考えていたのです。もしこの考え方を引きうけるならば、幽霊も妖精も、この世界に物質的かつ「リアル」に存在しうるということになります。すなわち、一時的であれ異界の住人たちがこちらの世界に物質的に存在する瞬間があるのならば、その姿はリアリズム的な小説の言説によっても表現可能であるはずです。

アイルランドの妖精や幽霊が可能な限り「リアル」に描かれた作品として、ジェイムズ・ジョイスの短編集『ダブリナーズ』に収録された作品を読んでみませんか。妖精や幽霊を「まともに」描いた同時期の作品と共に読むことで『ダブリナーズ』の物語を現実世界の麻痺から解きはなち、みなさんといっしょにわくわくしながら読み直してみたいのです。『ダブリナーズ』の諸作と併置する短編には、ディケンズ、レ・ファニュ、イェイツ、ハーンらのよく知られた逸品も含まれています。『ダブリナーズ』の物語といっしょにそうした作品からも新しい魅力を感じとっていただけたなら、編者にとってこれに勝る喜びはありません。

一　妖精との遭遇

こっちに来なよ、人間の子！
水辺に、荒地に
妖精と手と手を取りあって
ウィリアム・バトラー・イェイツ「盗まれた子ども」

アイルランドの田舎には、土砦《ラース》あるいは円形砦《リングフォート》と呼ばれる遺跡が数多く残っています。その昔アイルランドに攻めいったヴァイキングらが残した砦であるようですが、民間伝承においては妖精の棲み処《すか》として忌避されてきました。このような言い伝えは多くの場合、コミュニティ周縁部にある、事故が起こりかねない親の目の届かぬ場所に子どもを近づけないようにする生活の知恵から生まれたのでありましょう。日本で言えば、川の流れが速いところには、河童が出るので近づくなという伝承があるあんばいでしょうか。ですが、行くなと言われると行きたくなるのが子どもの性《さが》です。そして、禁忌が破られることによってこそ物語は駆動をはじめ、その裂け目から異界が顔を覗かせるのです。

ノーベル賞詩人ウィリアム・バトラー・イェイツ（一八六五～一九三九）の若き時代の功績の一つは、アイルランドの妖精を分類して示してみせたことでした。このセクションでは、イェイツによる「取り替え子」の説明と、彼が選んだ事例としてのトーマス・クロフトン・クローカー（一七九八～一八五四）の民話の再話を載せています。続く「妖精たちと行ってしまった子ども」では、ダブリン生まれのヴィクトリア朝を代表する作家であるジョウゼフ・シェリダン・レ・ファニュ（一八一四～七三）が、予定調和的なハッピーエンドに陥りがちな「取り替え子」の民話をペーソス溢れる余韻豊かな作品に仕上げてみせてくれます。

言いつけを守らない子どもには、何者かが差配した罰があたるようです。このセクションを〆るジョイスの「遭遇」の主人公「ぼく」は、学校をサボり、規則を破って、勇躍旅に出ます。同じ『ダブリナーズ』の「アラビー」で、聖杯の騎士のようにクエストに出発した「ぼく」は、たどり着いた先で己の小ささを思い知らされるはめになりました。「遭遇」の「ぼく」にも、手厳しい教訓を与える何者かが待ちかまえているようです。

取り替え子

ウィリアム・バトラー・イェイツ&トーマス・クロフトン・クローカー

時折、妖精たちは人間たちに懸想《ファンシー》することがあり、自分たちの国に連れていってしまいます。代わりに病んでいるような妖精の子どもか丸太を残してゆくのですが、丸太の場合は魔法がかけられていて、人間の子どもがやつれて、死んで、埋葬されているように見えます。一番よく盗られるのは、子どもたちです。もしあなたが「子どもを邪《よこしま》な眼で見てしまったら」、嫉妬まじりで子どもを見てしまったらということですが、妖精たちがその子を自分たちの力のうちに置けるようになってしまうのです。子どもが取り替え子かどうか確かめるにはたくさんの方法がありますが、絶対間違いのないやり方が一つあります——この呪文を唱えながら、そいつを火にかけてみてください。「燃えろ、燃えろ、燃えろ——悪魔のものなら燃えてしまえ、神さまと聖人さまのものなら傷つきませんように」（ワイルド夫人〔オスカー・ワイルドの母。通称スペランザ〕による）。万が一その子どもが取り替え子ならば、叫び声を一つあげ、煙突を駆けのぼって逃げだしてゆくでしょう。というのは、ギラルドゥス・カンブレンシス〔あるいはウェールズのジェラルド。中世の大司教〕によれば、「炎は全ての種類の化け物《ファントム》を撃退しうる最大の対抗手段であり、火の輝きを感じるやいなや、化け物を見ていた者は意識が遠くなってしまうくらいなのだ」。

そうした怪物は、しばしばより穏健な方法で排除されます。記録されているところでは、かつてある母親が皺《しわ》くちゃの取り替え子を覗きこんでいたところ、閂《かんぬき》がはずれて、妖精が一人入ってきて、健康そうな盗まれた彼女の赤ん坊を再び家に運びこんできたそうです。「他の連中が子どもを盗んだのね」と彼女は言いました。彼女は、自分の子どもに会いたいと、それは強く思っていたのです。

連れさられた者たちの暮らし向きはよく、音楽と喜びに溢れる幸せな生活をおくっているとの説があります。ところが他の者たちが言うところでは、そのような者たちは地上の友人たちをずっと思い焦がれているそうです。ワイルド夫人は、陰鬱な伝承を記してくれています。妖精には、二つの種類があるそうです——一方は朗らかでやさしく、他方は邪悪であり、毎年命を一つ、サタンに捧げます。その目的のために、妖精たちは人間を盗むというのです。この伝承を記したアイルランドの書き手は、他にはいません——もしそのような妖精がいるとするなら、それらは群れをなさぬ妖精たちのうちにいるでしょう。プーカやフィル・ダリグやその眷属《けんぞく》たちの中にです。

卵の殻の醸造

トーマス・クロフトン・クローカー

サリヴァン夫人は、「妖精盗み」によって自分の末っ子が取り替えられてしまったのではないかと思い悩んでいました。子どもの姿を見る限り、まず間違いないようです。というのも、彼女の健康的で青い目をした坊やは、一夜にして消えてなくなってしまうのではないかというくらい萎《しぼ》んでしまったからです。しかも、奇声をあげること、泣くことを止めません。当たり前ですが、哀れにもサリヴァン夫人はとても気分がふさぎました。しかも隣人たちがみな、彼女を慰めながらではありますが、あんたの子どもは何をどう考えてもグッド・ピープル〔妖精を表す隠語〕といっしょにいるとしか思えないとか、妖精の仲間がお子さんの代わりにいるんじゃないの、とか言っていくのでした。

当たり前ですが、サリヴァン夫人は、みなが彼女に言うことに耳を傾けずにはいられませんでした。けれども、そいつを傷つけたくないとも思っていました。その顔は皺くちゃで、身体は骸骨同然に萎んでしまっていましたが、それでもなお、彼女の子どもにとってもよく似ていたからです。だから、そいつを生きたままグリルの上で炙るだとか、その鼻を赤く焼けたトングで焼きちぎるだとか、道端の雪の中に放りこむとか、そういうのは言うに及ばず、子どもを取りもどすためにやってみなさい、と強く勧められた他のいくつかのやり方も、とてもやってみる気にはなれないのでした。

ある日サリヴァン夫人は、会うならこの人、という人に会えました。そのあたりではエレン・リー（灰色のエレン）という名でよく知られていた、賢い女です。どうやって手に入れたのだか、彼女にはある種の才能がありました。どこに死人がいるか、その人たちの魂を鎮めるには何がよいのかを語り、疣《いぼ》や瘤《こぶ》を呪《まじな》いで取りのぞくことができ、同じ類の、それはたくさんの素晴らしいことができました。

「今朝は悲しそうだね、サリヴァンさん」エレン・リーは口を切るや、彼女にそう言いました。

「図星だよ、エレン」とサリヴァン夫人は言いました。「悲しむだけの理由がある。あたしの素敵な子どもがゆりかごからさらわれてしまって、「失礼ですが」とか「ご免ください」とか断りもしないで、萎びているなんてどころじゃない醜い妖精が代わりに残されているんだから、あたしが悲しいのは無理ないだろう？　エレン」

「あんたに責任があるわけじゃないんだね？　サリヴァンさん」とエレン・リーは言いました。

「でも、そいつが妖精なのは間違いないのかい？」

「間違いないよ！」サリヴァン夫人は打てば響くように答えました。「悲しいことに間違いない。この自分の二つの目を疑える？　全ての母親の魂が、あたしを哀れんでくれるに違いないよ！」

「年寄りの女の助言を受ける気はあるかね？」不幸な母親に荒々しいほど力強い神秘的なまな

ざしをひたと向けて、エレン・リーは言いました。そして少し言葉を切ってから、続けました。

「でも、あんたは馬鹿馬鹿しいって言うだろうなあ」

「あたしの子どもを、あたしの本当の子どもを取りもどしてくれるんだね、エレン？」力を漲《みなぎ》らせてサリヴァン夫人は言いました。

「あんたがあたしの言う通りにするなら」とエレン・リーは返しました。「わかるだろうさ」サリヴァン夫人は期待で胸をふくらませて黙りましたので、エレンは続けました。「大きな釜《ポット》にたっぷり水を入れて、火にかけな。それで、猛烈に沸騰させるんだ。それから生まれたての卵を十個ほど準備して、卵を割って、その殻を取っておくんだ。残りは捨てるんだよ。そうしたら、殻を沸騰した釜の湯の中に入れるんだ。それで、そいつがあんたの子どもなのか妖精なのか、すぐわかるだろうさ。もしゆりかごにいるのが妖精だってわかったら、赤く灼けた火かき棒をそいつの醜い喉に突っこんでやるんだよ。そうしたらば、もうそいつのせいでひどく悩んだりはしないよ。約束する」

サリヴァン夫人は家に帰ると、エレン・リーの言う通りにしました。釜を火にかけ、その下にたっぷりの泥炭を置き、水が赤く灼けるなんてことがあるとするなら間違いなくそうなるくらい湯を沸騰させる準備を整えました。

子どもは横になっており、珍しいことにゆりかごで静かにおとなしくしていました。機会あるごとに目をクリクリ動かして、盛大に燃える火とその上の大きな釜の上に向けられる眼光は、霜が降りる夜に輝く星のように鋭いものでした。子どもはすごい集中力で、卵を割って、卵の殻を茹でようと準備しているサリヴァン夫人を見続けています。とうとう、彼が尋ねてきました。とても年老いた男の声でした。「何をしているの、マミー?」

その子どもが口をきくのを耳にして、サリヴァン夫人の心臓は跳びあがり、本人の言葉を借りれば、喉に詰まってむせてしまいそうな勢いでした。夫人は火かき棒を火にかけて、驚いているそぶりが言葉に出ないようしながら苦心して答えました。「醸造するんだよ、ア・ヴィック(原注:「私の息子」の意)」

「何を醸造するの、マミー?」と小さな悪魔は言いました。赤ん坊は超自然的な会話能力を披露して、自ら妖精であることを露呈しました。

「火かき棒よ、赤くなれ」とサリヴァン夫人は思いましたが、大きいので熱するのに時間がかかります。そこで、相手の喉に突っこんでやるのにふさわしい状態に火かき棒がなるまで話をし続けようと決心し、質問をくり返しました。「あたしが何を醸造しているのかってかい、ア・ヴィック」と彼女は言いました。「知りたいよねえ?」

「うん、マミー、何を醸造するの?」と妖精が返しました。

「卵の殻だよ、ア・ヴィック」とサリヴァン夫人は言いました。

「ひゃー!」小悪魔が金切り声をあげて、ゆりかごの中で起きあがり、同時に手を打ちならしました。「この世に千五百年いるが、卵の殻の醸造を見るのは初めてじゃ!」このころには火かき棒はすっかり赤くなっていましたので、サリヴァン夫人はそれをつかむと、ゆりかごに向かって怒濤の勢いで走りました。ところがたまたまか、何かの力か、床にべっちょこんと倒れこんでしまい、火かき棒は彼女の手から家の反対側まで飛んでいってしまいました。それでもめげずにほとんど時を移さず起きあがって、ゆりかごの中にいる邪悪なものを釜の熱湯に放りこんでやろうとそいつのところまで行ってみますと、彼女が目にしたのは、すやすやと眠っている自分の子どもの姿でした。柔らかな丸い腕を片方、枕の上にのせています——薔薇のような口元が静かに規則正しい呼吸で動いている他は、その表情は、休息が妨げられたことなど全くなかったかのように穏やかなものでした。

妖精たちと行ってしまった子ども

ジョウゼフ・シェリダン・レ・ファニュ

リムリック旧市街の東方に、とても古くて細い道が走っていました。スリーヴィーリム・ヒルズとして知られる山並みの下を十アイリッシュ・マイル〔一アイリッシュ・マイルは二キロ強〕ほど行ったところです。その山並みは、サースフィールド〔十七世紀末にジャコバイトとカトリックの同盟軍を率いた英雄〕がそこの岩々やくぼ地の間で一息ついたということで有名です。その時サースフィールドは、ウィリアム王の大砲や弾薬が集められた場所を華々しく急襲すべく山越えをしようとしており、同盟軍に合流する道すがらでした。その道は、ティペラリーに向かうリムリック道と、リムリックからダブリンに向かう旧道をつなぎ、沼地《ボッグ》と牧草地、丘とくぼ地、藁で屋根が葺《ふ》かれた家々が集まった村と屋根のない城のそばを、二十マイルと隔てず走っていました。

その古い道は、ヒースが茂る私が話した山並みの周囲をめぐるうちに、ある場所でひどく寂しくなります。三アイリッシュ・マイルをゆうに超えるぐらい、寂れた土地を横切ってゆくのです。北に向かって進んでいるなら左手に、低木に縁どられた黒いボッグが、湖のように静謐に、渺茫《びょうぼう》と広がっているでしょう。右手には山の稜線が、長く不規則に伸びています。山にはヒースが茂り、ところどころ灰色の石脈が走る様は、威容を誇る不規則な輪郭の砦に似ています。山にはたくさんの裂け目が走り、そこここで広がって岩肌が目立ち木々が茂る小峡谷になっており、道に近づくにつれてさらに口を大きく開けています。

ほんの数頭の羊か牛しか草を食《は》んでいない痩せた牧草地がこの寂しい道に沿って数マイルほど広がっており、その場所に、小山と二、三本のトネリコの大木で風雨から守られた小さな小屋があったのは、それほど昔ではありません。そこには、メアリー・ライアンという名の寡婦が住んでおりました。

その寡婦は、痩せた土地で貧しい生活をおくっていました。小屋は灰色がかってへこんでいるところがあり、雨と太陽がかわるがわる、そのおんぼろの小屋をひどく傷めつけてきたのを物語っていました。

けれども、どんなに危険に曝されていようともその小屋は、別の機会にもたらされる異なった種類の危険に関しては、よく備えができていました。そこは、その地ではローワンと呼ばれる数本ほどのナナカマドで囲まれています。その木々は、魔女除けなのです。風雨に曝されてきた扉には、二つの蹄鉄が釘で打ちつけられています。楣《まぐさ》の向こうにある屋根の上には、ヤネバンダイソウがたっぷりと生えています。その植物は古来、膏薬にして貼れば多くの病を癒すとされ、邪悪なるもののたくらみを防ぐとされてきました。戸口をくぐり、明暗《キアロスクーロ》の対照が著しい絵のような屋内の薄暗がりに目が慣れてくれば、木製の天蓋がついた寡婦の寝台の頭のところに、数珠や聖水の小瓶がぶら下がっているのが目に入るでしょう。

これらはまぎれもなく、地上のものならぬ邪悪な力の侵入に対する防御であり、その小屋は要塞でありました。リスナヴォーラの威容は、この場所に住む孤独な家族に、自分たちが何者の隣人であるのかを、常に思い起こさせていたのです。リスナヴォーラは、妖精たちが婉曲的に呼ばれるところの「グッド・ピープル」がよく出る丘であり、そのドームのような頂上は、半マイルといかないところに聳《そび》えていました。その丘は、そばで裾を引くように伸びる長い山並みから突き出た、城の外堡《がいほう》のように見えたものです。

葉が色づいて落ちるころ、秋の夕日が不気味なリスナヴォーラの影を、スリーヴィーリムのでこぼこの斜面と山腹越しに、その寂しい小さな小屋の近くにまで延ばしておりました。扉の前を通る道の端に陰鬱に生えているナナカマドは葉がまばらになっており、その枝の合間では鳥がさえずっていました。寡婦の子どもたちのうち、小さな三人組が路上で遊んでおり、彼らの声は鳥の夕べのさえずりと混じり合っていました。年上のネルは、その土地の言い方をすれば「家の中」にいて、その言い方そのままに、家の奥で夕食のために茹でているジャガイモの番をしていました。

母親は、ボッグに出かけていました。籠いっぱいの泥炭《ターフ》をしょって帰ってくるつもりだったのです。少なくともそのころには、慈善心に満ちた習慣がまだその土地にはありました。なくなっていないなら、長く続いてほしいものです。裕福な人々が泥炭を切りだしてボッグに積みあげさせる際には、貧しい人たちのために泥炭の小さい山もつくってやっていたのです。泥炭の余りが積んである限り、貧しい人たちはそこから自由に頂戴して構いませんでした。おかげでジャガイモを茹でる燃料が絶えることはありませんでしたし、暖かい冬の炉辺は、その善意のおこぼれがなければ冷えきっていたでしょう。

　モル・ライアン〔モルはメアリーの愛称〕は、急な小道《ボレーン》を苦労して進んでいました。その小道がある土手には、ヒースやキイチゴが邪魔なくらい生えていたからです。背に負うた積み荷のせいで腰を曲げながら、自分の家の戸口をくぐりました。黒髪の娘、ネルが彼女を迎え、籠をおろすのを手伝いました。

　モル・ライアンは、ほっと一息ついてあたりを見回しました。額から汗をぬぐいながら、マンスター地方特有の言いまわしで言いました。「ああ、やれやれ！　えらい疲れたね、神さまのお恵みを。それで、チビっ子たちはどこだい、ネル？」

「外で遊んでるよ、母さん。こっちに来るとき、見なかった？」

「いんや、あたしが目にした限り、道には誰もいなかった」と彼女は言いました。不安そうに。

「だあれもね、ネル。なんでちゃんと見ておいてくれなかったんだい？」

「だって、干し草のところか、家の裏のあたりで遊んでいるかだもの。家に入るように言おうか？」

「そうしておくれ、いい子だね。神さまの名において。雌鶏は戻ってきたし、ちょうどノックドゥーラの向こうに日も落ちる。あたしも帰ってきたしね」

　それで、背の高い黒髪のネルは外に走りでました。道に立ってあっちにもこっちにも目をやりました。けれども二人の弟たち、コンとビルはどこにもいませんでした。妹のペグの姿も見えません。ネルはきょうだいたちを呼んでみたけれども、生い茂る藪にはばまれて、チビのいたずらっ子からの返事はありません。耳をすませてみたけれど、弟たちと妹の声は聞こえませんでした。柵の踏み越し段を越え、家の裏手で彼女は駆けだしました——でも、どこも寂しく静まりかえっていました。

ネルはボッグの方に、できる限り遠くまで目を凝らしましたが、弟たちは姿を現しません。再び彼女は耳をすましましたが——無駄でした。はじめのうちは腹を立てていましたが、今では別の感情に圧倒され、彼女は青くなっていました。得体の知れぬ不吉な予感を胸に、彼女はこんもりとヒースが茂ったリスナヴォーラに目をやりました。リスナヴォーラはその時、夕焼けで燃えあがるような空を背景に、限りなく深い紫色に身を染めて、黒々としたその姿を夕闇の中に没しようとしていました。

心を沈ませながらも、もう一度耳をすましてみましたが、小鳥たちが周囲の藪で別れのさえずりをしているのしか聞こえません。冬の炉辺で、いくつこういう物語を聞いてきたことでしょう。寂しい場所で夜のとばりが降りるころ、妖精たちに子どもたちが盗まれてしまう話を！　母親がその恐怖にとり憑かれているのを、彼女は知っていました。

この近辺で、この寡婦ほど早い時間に子どもたちを自分の目の届くところに集める者はいませんでした。「七つの教区の中で」あれほど早く閂《かんぬき》が扉にかかる家は二つとなかったのです。

世界の中のそのあたりに住む若者たちみなと同じように、ネルは恐ろしく狡猾なそういう生き物たちを充分に怖がっており、ふつうでないくらい恐れおののいていました。というのも母親に感化されて、彼女が感じる恐怖も増していたからです。恐怖のあまり茫然としながら、彼女はリスナヴォーラの方を見つめ、何度も何度も十字を切り、お祈りの言葉をくり返しました。路上で母親に大声で呼ばれて、彼女は我に返りました。返事をすると、小屋の表に走ってまわりました。母親がそこに立っていました。

「それでいったい全体チビたちは――どこかにいたかい？」娘が柵の踏み越し段を越えようというときに、ライアン未亡人は叫びかけました。

「わっ、母さん、ちょっと道を走っていってしまっただけだから、すぐ帰ってくるよ。あの子たちったら山羊みたいで、至るところを登ったり、駆けまわったりするから。ここでいい子にして、あたしの手のうちにいてくれるなら、おいたをしたりはしないのに」

「神さまにお許しを請わないと、ネル！　子どもたちは行っちまったんだ。連れてかれちまったんだ、一人もそばにはいやしない。トム神父さまは三マイルも先だし！　あたしはどうしたらいいんだい、今夜は誰が助けてくれるっていうんだい？　ああ、なんてこったい《ウィラスルー》、ウィラスルー！　子どもたちが、行っちまった！」

「静かに母さん、落ちついて。みんな帰ってきたのが見えない？」

すると母親はすごい剣幕で声をあげ、腕を振り、道をやって来るのが目に入った子どもたちを招き寄せました。道は少し先のところでわずかですが下ってから上っていたので、子どもたちの姿が隠れていたのです。子どもたちは西側から近づいてきました。恐ろしいリスナヴォーラの丘がある方からでした。

けれども、子どもは二人しかいませんでした。そのうちの一人、女の子は泣いていました。母親と姉はそれまでよりも不安を感じながら、なるべく二人を早く迎えようと、そちらに向かって急ぎました。

「ビリーはどこだい——どこなんだい？」声が届くところまで来るやいなや、息が切れそうになりながら、母親は叫びました。

「行っちゃった——あいつらが連れていっちゃった。でも、ビリーはまた戻ってくるからって言っていたよ」暗い茶色の髪をしたコンが答えました。

「素敵な女の人たちといっしょに行っちゃったの」おいおい泣きながら女の子が言いました。

「どんな女の人だって——どこへだい？　ああ、リーアム、あたしの宝《アスラー》！　大事なおまえがいなくなっちまったってのかい？　どこにいるんだい？　誰が連れていったって？　おまえが言ってる素敵な女の人ってのは、いったい誰なんだい？　どうやって行っちまったんだい？」彼女は取り乱して叫びました。

「どこに行ったかはわからないの、母さん。リスナヴォーラに向かって行ったみたいだった」

取り乱した女はひどい叫び声をあげて、手を打ちならしながら単身丘に向かって走りだし、自分が失った子どもの名を大声で叫びました

怯えて恐怖し、ネルはとても後を追うことはできず、母親の背を見つめ、わっと泣きだしました。他の子どもたちも張りあうように、甲高い声で悲しみの叫びをあげました。

黄昏は深まっていきました。この家族が家にこもって門をするいつもの時間から、はるかに遅

くなっていました。ネルは弟と妹を小屋に呼び入れ、泥炭の火のそばに腰を下ろさせました。彼女は開いたままの扉のところに立ちつくし、大いなる恐怖を抱えながら、母親が帰って来るのを、目を凝らしながら待ちました。

長い時間が過ぎ、母親が帰って来るのが見えました。小屋に入ると火のそばに座り、心破れたかのように泣きました。

「扉に閂をかけようか、母さん？」ネルは尋ねました。

「ああ、そうしておくれ――今夜、扉を開けたままにしたら、あたしが失うものはこれだけじゃすまないかもしれないからね。おまえたちも連れていかれかねないから。でもまずはおまえたち、愛する者《アクシュラ》たちに聖水を振りかけておこう。みんなに聖水をかけられるように、ここに一瓶持ってきておくれ。それからね、ネル、夜が近づいたら小さいのを外に出したりしないように、覚えておかないといけないよ。こっちに来て膝の上にお座り。あたしのところに来て、しっかりあたしをつかんでおいておくれ。あたしの宝《アスラー》、愛しい娘《マヴァリーン》。神さまの名の下に。なんであろうとあたしからおまえたちが連れていかれたりしないようにしっかり抱いていてあげるから、全部話しておくれ、そいつが何者だったのか――神さまがあたしたちと害なすものの間にいてくださいますように――何がどんなふうに起こって、誰が関わっているのかを」

そして扉には閂がされ、二人の子どもたちは、時にいっしょに話し、しばしばおたがいに遮りあい、しばしば母親にも話に水をさされながら、なんとかこの奇妙な話をしました。その話は私がつなぎあわせて、私の言葉で語るのがよかろうと思います。

ライアン未亡人の三人の子どもたちは、私が申しあげたように、家の前の細い古い道で遊んでいるところでした。チビのビル、すなわちリーアムは、五歳ぐらいで金髪、青い大きな目をしたとてもかわいい子どもで、あらゆる面で健康な子どもそのものを体現していました。真剣で素朴なまなざしは、同じ年ごろの町の子どもたちにはないものでした。一つ年上のペグと、ペグよりも一年と少し年長のコンの三人で、小さな集団をつくっていました。

彼らの足元に最後の葉を落とした大きなナナカマドの古木の下で、十月の夕日を浴びながら、田舎の子ども特有の陽気さと真剣さで、いっしょに叫び声をあげながら彼らは遊んでいました。そしてみなで顔を西の方向へ、数々の伝説があるリスナヴォーラの丘へと向けました。

突然、背後から、びっくりするような甲高い声が子どもたちに向かってかけられて、道からどけと命じられました。振りむいて見た光景は、それまで見たことのないものでした。四頭立ての馬車がいて、馬たちは落ちつきなく地を蹴り、鼻を鳴らし、走ってやって来たばかりのようでした。子どもたちは今にも踏みつぶされそうだったので、あわてて自分たちの家のそばの道端へと身を寄せました。

馬車とその装備は、どれも古風かつ豪華でした。子どもたちが泥炭を運ぶ荷車より素敵な車を見たことといったら、古い軽装の馬車が一度だけキラルーからやって来て彼らの前を通り過ぎていったときぐらいでしたから、子どもたちは眼の前の光景に完全に我を忘れました。

その馬車には、古さゆえの壮麗さがありました。馬具と馬飾りは緋色で、黄金があしらわれていて光り輝いています。馬たちは巨大で雪のように白く、立派なたてがみをしており、馬たちがそのたてがみを宙で振ったりなびかせたりすると、時により長く、時により短く、流れたり浮いたりしているように見え、煙が一面に立ちこめているようでした。尾は長く、幅広の緋色と金色のリボンで束ねられておりました。馬車自体も、キラキラと様々な色に美しく輝いています。派手な衣装の馬丁たちがおり、御者のものによく似た三角帽をかぶっていました。御者は御者で、判事のような立派なウィッグをかぶっています。彼らの髪の毛は巻き毛で、髪粉が振られており、一揖《いちゆう》すれば、長く太い髪の房がそれぞれの背に「豚の尻尾」のようにぶらりと垂れ下がるのでした。

こうした従者たちは全員小柄で、馬車を引く巨大な馬との大きさのバランスが馬鹿馬鹿しいくらい崩れていました。彼らは鋭い顔つきをして、土色の肌をしており、炎のようにちらつく落ちつかない目をしていました。その顔は狡猾で悪意に満ちており、子どもたちの心胆を寒からしめました。小さな御者は三角帽の下からにらみつけてきて、白い牙を見せつけました。小さな燃えあがるような瞳は、眼窩《がんか》の中で憤怒によって震えていました。そうしながら御者は鞭を彼らの頭の上でひゅんひゅんと回し、その素早い動きは夕日の光の中で炎の筋のように見え、「フィラパウィーク」の軍団の叫び声のように、風切り音が宙に響きわたりました。

「路上で姫さまを停めおったな！」御者が刺すような甲高い声で叫びました。

「路上で姫さまを停めおったな！」馬丁の一人ひとりが唱和して、肩越しに子どもたちをにらみつけ、鋭い歯をぎりぎりといわせました。

子どもたちはすっかり怯えてしまってパニックを起こし、ぽかんと口を開けて顔面蒼白になっているしかありませんでした。けれども馬車の開いている窓からとてもやさしい声がして子どもたちを安堵させ、従者たちの怒りの爆発を押しとどめました。

美しくて「とても素敵なお姿をした」ご婦人が、馬車から子どもたちに微笑みかけました。その微笑が持つ不思議な輝きに、子どもたちはみな歓びを覚えました。

「思うに、金髪の男の子ね」驚くぐらいすんだ大きな目を小さなリーアムに向けながら、ご婦人は言いました。

馬車の上部は主にガラスでできていたので、子どもたちには車内にいるもう一人の女が見えました。その人のことは、そんなに好きにはなれませんでした。

そちらは黒人の女性で素晴らしく長い首をして、一つ一つの玉が大きく様々な色をした数珠をいくつもかけていました。頭には、絹のターバンのような布が巻かれています。その布は虹の全ての色が使われた縞模様で、黄金の星が留められていました。

この黒人女性の痩せた顔は肉が削げ落ちてしゃれこうべのようで、頬骨は高く、大きな目がぎょろぎょろとしていました。美しいご婦人の肩越しから彼女が覗きこんで何事かをその耳に囁いている間、彼女の白目と幅広に並んでいる歯が、肌の色とくっきりとした対照をなしているのが見えました。

「ええ、金髪の男の子だと思うわ」とご婦人はくり返しました。

そして子どもたちの耳には、その声が銀鈴の音のように甘く響き、その微笑は魔法のランプのように子どもたちを惹きつけました。そうしている間にご婦人は、金髪で大きな青い目をした男の子に向かって言いあらわせないほどの好意を示して、馬車の窓から身を乗りだしました。それに対してチビっこビルはご婦人を見上げると、驚くほどのおめでたさで微笑みかえしました。ご婦人が身を屈めて、宝石をたくさんつけた腕を彼に向って差しだすと、彼は小さな手を上に掲げて伸ばしました。どのように二人が触れあったのか、他の子どもたちにはわかりませんでした。それでも、「こっちに来て、接吻しておくれ、愛しき者よ」と言いながらご婦人はビルを引きあげました。彼は羽のように軽々と、小さく並んだ彼女の指の中に昇っていったように見えました。そのご婦人は彼を膝の上に乗せると、接吻の雨を降らせました。

何も怖いと思わなかったなら、他の子どもたちも、お恵みをいただいた弟といっしょに喜んで別の場所についていっていてもおかしくはありませんでした。たった一つ、不快なことがあったのです。彼らが少しばかり怖かったのは、依然として馬車の中で立ちあがって身を乗りだしている、あの黒い女性でした。女は手にしていた絹と金糸で織られた豪勢なハンカチを、口元に持っていっていました。彼女は大きな口の中にそのハンカチをたたみにたたんで押しこみながら身を震わせて悶えており、子どもたちには必死に笑いを押しころしているように見えました。その一方で隠すことができずに剝きだしの彼女の目は、子どもたちがそれまでに見たどんな目よりも怒り狂っているようでした。

けれども代わりにご婦人を見てみれば、それはもう美しく、膝の上にいる男の子を愛撫し、接吻し続けていました。そして他の子どもたちに微笑みかけながら、指の間に大きな林檎〔ラセットアップルという品種〕を掲げました。そして馬車がゆっくりと動きはじめると、あげますよとばかりにご婦人は一つうなずいて、林檎を窓から道に落としました。それはどのようにしてか車輪の横を転がっていったので、子どもたちが追いかけると、彼女はもう一つ林檎を落としました。さらにもう一つ、もう一つ、もう一つ。どの林檎にも、同じようなことが起こりました。横を走る子どもの誰かが転がる林檎をつかむと、どうしてだかそれは穴に滑り落ちたり、溝の中に転がりこんだりします。顔を上げれば、ご婦人がまた林檎を窓から落としているのが見えました。その追いかけっこはそのように再開しては継続され、どんなに遠くまで来たのか子どもたちがほとんど気づかないうちに、オウニーへと続く古い十字路まで来ていました。そこで、馬の蹄と馬車の車輪が土煙を美しく巻きあげたようでした。風が全くない穏やかな日だったのに、巻きあがった埃は柱の形をした渦となり、そのうちの一つが子どもたちをほんの一瞬だけ包み、リスナヴォーラへと渦を巻いて去ってゆきました。子どもたちが思い描いたところでは、馬車はその中心を進んでおりました。ところが急に埃の渦はなくなり、藁の切れ端と葉っぱは地面に舞い落ち、埃は散り散りになりました。白馬と従者たち、ぴかぴかの馬車、ご婦人と彼らの小さな金髪の弟は、いなくなっていました。

と同時にいきなり、沈みゆく太陽の上縁がノックドゥーラの丘の後ろに消え、誰そ彼時《たそがれどき》になりました。子どもたちは各々がその変化をショックを受けつつ感じとりました――そしてリスナヴォーラの丸い頂の眺めが、今や彼らに覆いかぶさるように間近に迫り、子どもたちを新たな恐怖で打ちのめしました。

子どもたちは弟の名前を叫んでみましたけれども、その呼び声は虚空に消えました。同時に、子どもたちのすぐそばで虚ろな声が、彼らに向かって言うのが聞こえたように思えました。「家に帰れ」

あたりを見回しましたが誰もいませんでしたので、子どもたちは怖くなって手に手を取りあいました。女の子は大声で泣きじゃくり、男の子は灰のように蒼白でした。恐怖のあまり家に向かって、ここまで私たちが見てきた奇妙な物語を語るために、全速力で走ったのです。

モル・ライアンは、愛する子どもに会うことはもうありませんでした。けれども、失われた男の子の何かが、昔の遊び仲間には目にされました。

母親が干し草積みをしてわずかな稼ぎを得るために出かけているとき、ネルが家のそばの川岸がえぐれて小川が流れこんでいる場所で夕食のためにジャガイモを洗ったり、衣類を叩き洗いしていたりすると、時折チビのビリーのかわいい顔が茶目っ気たっぷりに扉のところから覗きこんでいるのが見られました。黙って微笑んでくるので子どもたちが歓びの叫びをあげて彼を抱きしめようとそちらに走ってゆくと、微笑んだまま身を引いてしまい、子どもたちが日の光の下に出たときにはすでに去ってしまったあとで、どこにも彼の痕跡はうかがえませんでした。

訪問の状況にわずかな違いはありましたが、こうしたことはよく起こりました。ビルは時に長めに、時に短めに覗きこんできては、時に小さな手を突っこんで、指を曲げておいでおいでをしました。けれどもいつも、茶目っ気たっぷりに微笑みつつ、油断なく黙ったままで――子どもたちが扉のところにたどり着くころにはいつもいなくなっているのでした。こうした訪問は徐々にご無沙汰になり、八か月ぐらいのうちにすっかりやんでしまいました。小さなビリーは完全に失われた者として、死者の記憶の中にその座を占めたのでした。

失踪から一年半近くが経ったある冬の朝、鶏が時を告げるや母親はリムリックの市《いち》に家禽を売るために出かけていきました。朝の光がわずかにあたりをほの暗くするころ、扉の掛け金がそっと上がりました。ぐっすり眠る姉の横で寝ていた小さな妹はその音を聞き、チビのビリーが入ってきて、扉を後ろ手で静かに閉めたのを見ました。彼が裸足で襤褸《ぼろ》を着ており、青い顔をして飢えているように見えるのには充分な明るさがありました。彼はまっすぐに火のところにゆき、泥炭の熾火《おきび》に向かって身をかがめ、手をゆっくりこすり合わせました。燻《くすぶ》っている泥炭を集めながら、彼は震えているように見えました。

女の子は恐怖して、姉にしがみついて囁きました。「起きて、ネリー、起きて。ビリーが戻ってきてる！」

ネリーはぐっすり眠り続けていましたが、炭に向かって手を伸ばしていた男の子は向き直ると、寝台の方を見ました。女の子には、怖がっているように見えました。彼が彼女の方に向くときに、薄い頬に熾火の光が反射しているのが見えました。彼は立ちあがると、つま先立ちで素早く扉のところに行き、黙ったまま、入ってきたときと同じくらいそっと出ていきました。

その後、彼の姿が親族によって目にされることはありませんでした。

超自然的な事柄を扱う者として、こうした事件が起こると招じられる人たちは「フェアリー・ドクター」と呼ばれます。彼らは自分たちが知っていることを全てやってみましたけれど——無駄でした。トム神父がやって来て、より聖なる儀式が起こしうることを試してみましたが、同じようにだめでした。こんな具合に小さなビリーは母やきょうだいたちにとっては死んでしまったも同然でしたが、どこの墓地も彼のために墓を準備してはくれませんでした。愛情に恵まれた他の人々は、アビントンの古い教会の敷地にある聖なる土地に横たわり、残された者たちが跪《ひざまず》き、去っていった魂の平安のためにやさしい祈りの言葉を口にしてくれる場所を、墓石が示してくれています。けれどもビリーが愛する者たちの目から隠されてしまった場所を示す目印は、リスナヴォーラという古くから聳える丘の他にはありません。その丘は夕暮れ時に、小屋の扉に長い影を投げかけていました。後年、ビリーの兄が市や縁日から帰ってくると、その丘は月光の中で白く儚《はかな》げに彼の視界を占めてため息をつかせ、昔むかしに失って二度と会えなかった弟への祈りの言葉を彼から絞りだしたのです。

遭遇

ジェイムズ・ジョイス

西部の荒野をぼくたちに紹介してくれたのは、ジョー・ディロンだった。彼は、『ユニオン・ジャック』、『プラック』、『ハーフペニー・マーヴェル』のバックナンバーで形成された、小さな図書館を持っていた。学校が終わり夕方になると、ぼくたちは毎日、インディアンごっこをするべく彼の家の裏庭に集まった。ジョーと彼の太った弟のレオ——怠け者だ——が裏の物置のロフトを占有していれば、ぼくたちはそこを奪取すべく急襲した。さもなければ、芝の上で陣形を整えて会戦をくり広げた。でも、どんなに善戦しても、ぼくたちは砦を落とすことも戦いに勝利することもかなわず、戦いはいつでも、ジョー・ディロンの勝利の踊りで終わるのだった。彼の両親は毎朝八時のミサに出るためにガーディナー・ストリートにでかけるので、あの家の玄関ホールはディロン夫人の平和な香りで満ちていた。ところがジョーときたら、自分よりはるかに年少で臆病なぼくたちと遊ぶにあたって、乱暴に過ぎた。ティーポットの古いカヴァーを頭にかぶってブリキの缶を叩き、

——ヤ！　ヤカ、ヤカ、ヤカ！

と叫んで庭を跳ねまわるとき、彼は本当に、インディアンの類縁か何かに見えた。その彼が聖職の道に入ったと知らされても、誰も信じる者はいなかった。にもかかわらず、それは本当だった。

彼の統御不能の精神は、それ自体がぼくたちの間に行きわたってしまっていた。その影響下においては、文化と慣習の違いは棚上げにされた。ぼくたちはいくらかは豪胆に、いくらかは冗談で、いくらかはほとんどびくびくしながら、団結した。勉強好きとか、あいつは勇気がないとか思われるのがいやだったので、ぼくはしぶしぶ、最後に挙げた連中みたいにびくびくしながらインディアンの一員になっていた。ワイルドな西部の文学に物語られた冒険は、ぼくの性格にはぜんぜん合わなかった。それでも少なくとも、その物語は逃避への扉を開けてはくれた。ぼくは、だらしなくて猛烈で美しい女たちが時にチラリと登場するような、アメリカの探偵小説の方が好きだった。物語には何も悪い点がなく、その志向するところは時に文学的だったにもかかわらず、そうした本は学校では密かに回覧された。ある日、ぼくたちが宿題になっていたローマ史の四ページ分をやらされているときに、とろいレオ・ディロンが『ハーフペニー・マーヴェル』といっしょに、バトラー神父の目にとまってしまった。

——こっちか、こっちか？　このページでいいかね？　さあディロン、立ちたまえ！「その日が……」続けて！　どんな日だったかね？「その日が明けきらないうちに……」勉強はしたのかね？　ポケットに何を入れている？

レオ・ディロンが雑誌を手渡しているとき、みんなの心臓はどきどきだったけれど、全員が、私は無実ですという表情を装っていた。バトラー神父はページを繰って、顔をしかめた。

——このクズは何だね？　彼は言った。「アパッチ酋長」だって？　こいつが、ローマ史を勉強する代わりにきみが読んでいたものかね？　この学校で、金輪際こういう不快なものを私に見つけさせないでくれたまえ。そいつを書いた男は、思うに一杯ひっかけたいがためにこういうものを書く、不快な雑文書きの輩だ。きみたちのような少年がだね、ちゃんと教育を受けている少年が、そういうものを読んでいるとは驚きだ。もしきみたちが……ナショナル・スクールの生徒であるというならわかりはするがね。さて、ディロン、厳しく申しわたさせてもらうが、ちゃんと勉強するか、さもなくば……。

正式な授業時間内に行われたこの叱責は、ぼくにとってのワイルドな西部の輝きをひどく曇らせてしまったし、レオ・ディロンの困惑したふくれっつらは、ぼくの良心の一部を目覚めさせもした。けれども、学校の抑えつけてくるような力が遠くになると、またワイルドな興奮を渇望するようになった。学年暦の切れ目ぐらいしか、逃避できる可能性はないように思えた。夕方の戦争の真似事も、とうとうぼくにとっては午前中の学校の規則正しい生活と同じくらい退屈になった。なぜならぼくは、本当の冒険が自分に起こってくれるようにと念じていたからだ。けれども本当の冒険とやらは、あの時に考えたところでは、家にじっとしている者には起こるはずがなかった。冒険は、家の外で探し求めなくてはならないのだ。

夏休みが迫るころ、退屈な学校生活を少なくとも一日はぶち破ってやろうと決心した。レオ・ディロンとマーニーとかいう名前の子とぼくは、学校を一日サボる計画を立てた。一人六ペンスずつ、供出した。ぼくたちは運河の橋のところで、朝十時に待ちあわせた。マーニーは、姉さんが彼のために弁解の手紙を書き、レオ・ディロンは、兄貴に調子が悪いと言ってもらうことになっていた。ぼくたちは、船着き場までファーフ・ロードに沿って進むことにした。それから渡し船に乗って向こう岸に渡り、ピジョン・ハウス〔当時発電所として使われていたかつての砦〕を見に、そこまで歩いてゆくのだ。レオ・ディロンは、ぼくたちがバトラー神父か、コレッジから出てきた誰かに会うかもしれないとびびっていたけれども、マーニーがとても気の利いた問いかけをした。バトラー神父が、ピジョン・ハウスにでかけてきて、何をするっていうんだよ。ぼくたちは心の安定を取りもどし、他の二人からぼくが六ペンスを徴収し、同時にぼく自身の六ペンスを見せて、計画の第一段階を終了させた。夕方に最後の確認をしながら、ぼくたちはみななんとなく興奮していて、笑いながら握手を交わした。すると、マーニーが言った。

——明日まで待てよ、相棒！

その晩は、よく眠れなかった。翌朝、一番近くに住んでいたこともあって、橋にはぼくが一番乗りだった。まず誰も来ない庭園の端のところにある、灰溜めの脇で茂っている長い草の中に教科書を隠し、運河の土手に沿って急いだ。六月の第一週の、穏やかなよく晴れた日だった。橋の笠石の上に座り、前の晩に懸命に磨きあげたよれよれのキャンヴァス地の靴を自画自賛し、従順な馬が、馬車に満載された労働者たちを丘の上へと引っぱりあげるのを見つめていた。遊歩道沿いに並んで生えた背の高い木々の全ての枝に、小さく明るい緑色の葉っぱが楽しげについていた。日光がきらびやかにそれらの葉叢の間を抜けて、水面に射していた。橋の花崗岩が暖かくなりはじめ、ぼくは頭に浮かぶメロディーに合わせ、両手で石を叩いた。ぼくは、すごく浮き浮きしていた。

　五分か十分ほどそこに座っていると、灰色の服を着たマーニーが近づいてくるのが見えた。彼は丘を登ってきて微笑み、笠石の上にいるぼくの横によじ登ってきた。待っている間にマーニーは、パチンコを取りだした。内ポケットからはみでていたそいつの改良点がどこなのかについて説明してくれた。なんでそいつを持ってきたのかと尋ねると、鳥を吹っとばして楽しもうと思っているのだと言った。マーニーは流行り言葉を自由に操り、バトラー神父のことを化学実験で使うブンゼンバーナーだと言った。十五分ほど待ち続けたけれども、レオ・ディロンが現れる気配はなかった。とうとうマーニーが座っているところから飛びおりて言った。

――行こうぜ。でぶに度胸はなかったんだよ。

――でも六ペンスもらっちゃってるぜ……？　とぼくは言った。

――罰金だ、とマーニー。おれたちにとっちゃいいじゃないか。

――六ペンスの代わりに、一シリング〔十二ペンス〕と六ペンスだな。

　ぼくたちはノース・ストランド・ロードを歩いていって、酸を扱う加工工場のところに行き、右に曲がってファーフ・ロードに入った。人目が気にならなくなるや、マーニーはインディアンごっこをはじめた。彼は玉を装填していないパチンコを振りまわして、しょぼい恰好の慈善学校の女の子たちの一団を追いかけまわした。同じ学校のしょぼい恰好の男の子が二人、騎士道精神を発揮してぼくたちに向かって石を投げつけだすと、マーニーが、おれたちはあいつらを攻撃するべきだと言いだした。あの子たちは小さすぎるよとぼくは反論し、先に進んだ。しょぼい恰好軍団が後ろから、メソジスト、スワドラー《スワドラー》め！　と叫んでいた。マーニーの肌が浅黒く、帽子にクリケット・クラブの銀のバッジをつけていたので、ぼくたちをプロテスタントだと思ったんだろう。みんなが海への飛びこみ台にしているアイロンの形をした岩に着いたところで包囲戦をやってみようとしたけれども、無理だった。包囲するには最低三人は必要だからだ。ぼくたちは、レオ・ディロンがどんなにびびりか言いたて、三時になったらライアン先生からどんなにたくさん打擲《ちょうちゃく》されるか想像して、ディロンに復讐した。

それから、ぼくたちは川に近づいた。高い石の壁が続く騒々しい通りを長いこと歩き、クレーンや重機が働くのを眺め、ギシギシいいながら進む荷馬車の御者から頻繁に、動くなよ！　と怒鳴りつけられた。埠頭に着くころには正午になっており、労働者たちは全員が昼食を食べているようだった。ぼくたちは干しブドウ入りの大きなパンを二つ買って、川の横にある何かの金属の配管に座って食べた。ぼくたちは、ダブリンの商業的スペクタクルを楽しんだ——渦のようにたなびくもやもやした煙は遠くに艀《はしけ》がいるのを示していたし、茶色い漁船の一団はリフィ川南岸のリングズエンドを越えて外海に出てゆき、大きな白い帆船は反対側の埠頭で荷揚げをしているところだった。あの大きな船のうちの一艘に乗りこんで海に船出できたら、マジすげえだろうなとマーニーは言い、ぼくもまた背の高いマストを見ながら、地図を見るというか、思い描いてみた。わずかではあるけれど学校が地理を仕込んでくれていたおかげで、ぼくの目の下では想像上の地勢が、徐々に形を取ってくれた。学校と家がぼくたちから後退し、その影響力を弱めてゆくようだった。

　ぼくたちはリフィ川を渡し船で渡してもらおうと、運賃を払った。労働者二人と袋を一つ下げた小柄なユダヤ人といっしょだった。ぼくたちは厳かと言っていいくらい真面目くさっていたけれども、短い水上の旅の間におたがいに目が合うと、笑ってしまった。岸に上がると、ぼくたちは優雅な三本マストの帆船の荷揚げの様子を見つめた。その光景は、さっき反対側の埠頭から目にしていたものだった。横にいる誰かが、その船はノルウェーの船だと言った。ぼくは舳先のところに行って、そこに書いてある文字を解読しようとしたけれども、わからなかったので戻ってきて、外国の船員たちの中に目が緑の者がいるかどうか、じっくりと観察した。というのは、ぼくはちょっとおかしな考えを持っていたからだ……船員たちの目は青と灰色と、黒の人もいた。緑の目をしていると言っていい船員はただ一人で、背が高く、舟板が落ちるたびに楽しげに大声を出し、埠頭に集まっている人々を楽しませていた。

　――大丈夫！　大丈夫！

　この眺めに飽きてきたところで、ぼくたちはゆっくりとぶらぶらリングズエンドに入っていった。その日はえらく暑くなり、雑貨屋の窓のところで饐《す》えた臭いがしそうなビスケットが白くなっていた。ぼくたちはビスケットとチョコレートを買って、漁師たちの家族が住んでいる、ごみごみした通りをそぞろ歩きながら、買ったばかりの菓子を食べるのに集中した。牛乳は見つけられなかったので小さな物売りの店に入って、それぞれがラズベリー・レモネードを一瓶買った。これで元気が出て、マーニーは小道で猫を追いかけたが、猫は開けた野原へと逃げきった。ぼくたちは二人ともけっこう疲れたように感じたので、その野原にたどり着くと、すぐに斜面になっている土手へと向かった。その土手の向こうには、ドダー川が見えた。

ピジョン・ハウスを訪れるという計画を実行するにはもう時間が遅すぎたし、ぼくたちは疲れすぎていた。四時前には家に帰っていないといけなかった。さもないと、ぼくたちの冒険が露見してしまうかもしれない。マーニーが残念そうに手にしたパチンコを見たので、彼のテンションがまた上がる前に、汽車で帰ろうぜと提案しなくてはならなかった。太陽が雲の後ろに隠れてしまい、おかげでぼくらは、熱を失ったアイディアと食べ物からこぼれた粉くずと共にその場に置き去りにされた。

野原には、ぼくたちの他には誰もいなかった。黙ったまましばらく土手に寝っ転がっていると、男が一人、遠くから野原に入ってきて、こちらに近づいてくるのが見えた。ぼくは、女の子たちが占いをする緑の茎をかじりながら、物憂げにその人を見つめていた。その男は土手沿いに、ゆっくりとやって来た。片手を腰にやって歩いており、もう片方の手に持った杖で、芝を軽く叩いていた。みすぼらしい緑がかった黒のスーツを着て、ぼくたちがゼリー帽子と呼んでいる帽子をかぶっていた。その帽子は、山がすごく高かった。口髭が灰にまみれたように白髪まじりだったので、えらく年寄《フェアリィ》りに見えた。ぼくたちの足元を通るとき、こちらを素早くチラリと見て、先へと歩き続けた。ぼくらが目で追っていると、五十歩ぐらい行ったかと思ったところでクルリと向きを変え、歩いたばかりのところをたどって戻ってきた。ぼくたちに向かってとてもゆっくり歩いてきて、その間ずっと、杖で地面を叩き続けていた。あんまりゆっくりなので、ぼくは草の中に何か探しているのかと思った。

男はぼくたちと同じ高さのところまで来ると、挨拶をしてきた。挨拶を返すと、ぼくたちの横の斜面にゆっくりと、すごく注意深く腰を下ろした。男は、天気について話をはじめた。とても暑い夏になるだろうと話し、季節が、自分が子どものころ――ずっとずっと昔――と比べるとすっかり変わってしまったと付け加えた。男が言うには、人の一生で一番幸せなのは、間違いなく学生のころなのだそうで、また若くなれるのだったら何でも差しだすそうだった。こうした感慨は、ぼくらを少しうんざりさせた。男がそいつを表明している間、ぼくたちは黙ったままでいた。すると、学校と、本とについて話しだした。トーマス・ムアの詩を読んだか、ウォルター・スコット卿とリットン卿の著作は読んだか？　と尋ねてきた。男が口にする本を全部読んだふりをしていたら、しまいに男はぼくに言った。

――そうか、きみは私のように本の虫なんだね。それで、と目を見開いてぼくたちを見ていたマーニーを指差しながら言った。彼はそうじゃないんだ。彼は遊びが好きなんだね。

男は、ウォルター・スコット卿の作品全巻と、リットン卿の作品全巻が家にあるんだと言った。読んでいて、決して倦むことがないのだと。マーニーが、なんで男の子はそういうのが読めないんだと尋ねた――その質問はぼくを動揺させ、傷つけた。なぜならぼくは、マーニーと同じくらい馬鹿だとその男に思われたくなかったからだ。ところが男は、ただ微笑んだだけだった。黄色くなった歯は何本か欠けていて、大きな穴がいくつも空いたみたいになっているのが見えた。それから彼は、最愛のきみがいるのはどっちなのかな？　と尋ねた。マーニーは、彼女なら三人いるよ、と軽く答えた。男はぼくに、きみは何人かね？　と尋ねてきた。ぼくは、いないと答えた。男は信じてくれなくて、いやいやきみには一人いるね、と言った。ぼくは黙っていた。

——教えてくれよ、マーニーは生意気にもその男に向かって言った。あんたには何人いるんだよ？

男は前のように微笑んで、きみらの年ごろにはたくさんいたともさ、と言った。どんな男の子にだって、彼は言った。小さな恋人がいるものなのさ。

この点に関して、この年代のおっさんにしては奇妙なぐらい寛大だったので、ぼくはかなり感じいった。男の子と好きな子についてこの人が言っていることは、理が通っていると心の中で考えた。でも、この人の口の中にある言葉が好きじゃなかった。それに、何かを怖がっているのか、突然寒気がするのか、一度、二度と身体を震わすのはなんでだろうと思った。この人がしゃべり続けるのを聞いているうちに、いいところ出の人みたいなしゃべり方をするのに気づいた。男はぼくらに向かって、女の子について話しだした。女の子たちがどんなに素敵な柔らかい髪の毛をしているか、手がどんなに柔らかいか、女の子はみんながみんな見た目ほどいいわけではないと誰もがわかってくれたらなあ、などと言った。男が言うには、素敵な若い女の子を見ること、その子の素敵な白い手や美しい柔らかい髪を見ることが一番なんだそうだ。ぼくが受けた印象では、男は暗記か何かしている言葉をくり返しているようだった。この男の心は、自分自身がしゃべる言葉に引き寄せられて、同じ軌道をゆっくりと、何度も何度も回っているようだった。みんなが知っている事実か何かをほのめかしているだけだよとばかりに話したり、他の人に立ち聞きされたくない秘密の何かをぼくらに話しているかのように、声を潜めて謎めいたしゃべり方をしたりもした。彼はお決まりの台詞を何度も何度もくり返し、単調な声でそうした台詞を変奏し、包みこんだ。ぼくは彼の話を聞きながら、斜面の麓の方にずっと目をやっていた。

だいぶ長い時間が経って、男の独白は止まった。彼はゆっくりと立ちあがると、一分かそこら、数分ぐらい、ちょっと失礼するよ、と言った。視線の方向は変えなかったけれども、ぼくは、男がゆっくりと野原の端の近い方に歩み去ってゆくのを視界に収めていた。男が離れていってしまっても、ぼくたちは黙ったままだった。数分の沈黙の後、マーニーが叫ぶのが聞こえた。

——うわっ！　あいつが何やってるか見てみろよ！

ぼくが答えず、視線を上げないでいると、マーニーがまた叫んだ。

——あのな……あいつ変態ジジイだぜ！

——もしあいつがおれたちに名前を尋ねたら、ぼくは言った。おまえはマーフィーで、おれはスミスだからな。

ぼくたちはそれ以上、おたがいに何も言わなかった。男が戻ってきて、またぼくらの横に腰を下ろしたとき、ぼくはこの場をずらかろうかどうしようか、まだ考え中だった。男が座るか座らないかのところで、マーニーはさっき自分が取り逃がした猫を視界にとらえると、跳ねるように起きあがり、野原の向こうにいる彼女を追っかけていった。男とぼくは、その追っかけっこを見つめていた。猫はまたしても逃げ去り、マーニーは、彼女が掻き登った壁に向かって、石を投げつけはじめた。それもあきらめると、彼は野原の遠くの端のあたりをぶらぶらしはじめた。当てもないのに。

　少し間をおいてから、男はぼくに話しかけてきた。きみの友人はとても乱暴な子だねと言い、彼は学校でよく鞭でピシッとやられるのかい、と尋ねてきた。ふざけんなよ、おれたちはあんたが言うピシッにやられるようなナショナル・スクールの生徒じゃねえんだよ、と答えてやろうと思ったけれど、ぼくは黙ったままでいた。男は、少年たちを折檻する話をしはじめた。男の心は、新しい話題を中心にしてまたしてもその周りをゆっくりぐるぐると自分の弁舌に引き寄せられて回っているようだった。男は言った。男の子たちがあんなふうなときはだね、ピシッとやられるべきなのだよ。ピシッと。男の子が乱暴で手に負えないときはだね、何をやっても無駄なんだ。効果があるのは、ものすごくこたえるくらい、ピシッとやることだけなんだ。手のひらを叩くとか、耳を殴るとかは、意味がない。男の子がしてほしいのはだね、とってもナイスで、刺激的な鞭なんだ。この意見にぼくは驚いて、思わずチラリと男の顔を見上げた。そうするや、ヒクヒクしている額の下からぼくを覗きこんでいるそいつの目と、目が合ってしまった。その目は、酒瓶のような緑色をしていた。ぼくはまた、目を逸らした。

　男は独白を続けた。ついさっき示してくれた寛大さは忘れてしまったようだった。男は言った。女の子たちに話しかけたり、付きあっている女の子がいるような男の子は、私がピシッとやっちゃう、ピシッとやっちゃうぞ。そうしたら思い知って、女の子たちに話しかけたりなんかしなくなる。それでもし、付きあっている子がいるのに嘘をついたりしている男の子がいるなら、その子には、この世のどんな男の子も味わったことがないような鞭打ちをしてやるんだ。男は言った。

この世に、そいつと同じくらい、いいものはないんだ。どうやってそういう男の子を鞭打つかを、男はぼくに何か精巧につくりあげられた神秘を開陳しているかのように説明した。そいつが好きなんだよ、と男は言った。この世の何よりも。単調な説明でその神秘へとぼくを導いて、それをぼくに味わわせているうちに、彼の声の調子はほとんど愛情がこもっているかのようになっており、自分のことを理解しろと懇願しているかのように聞こえた。

男の独白がもう一度途切れるまで、待った。それから、ぼくはいきなり立ちあがった。興奮させられているのが万が一でもばれないように、靴をちゃんと履き直しているふりをして、ちょっと時間を稼いだ。それから、ぼく行かなくっちゃと告げて、男にさよならをした。ぼくは斜面を静かに登っていったけれども、男に踝《くるぶし》をつかまれるんじゃないかという恐怖で、心臓は早鐘のように鳴っていた。斜面を登りきったところでぼくは向きを変え、男を見ないようにして野原の向こうに大声で叫んだ。

――マーフィー！

ぼくの声には不自然な裏切りの響きがこもっており、自分のお粗末な作戦が恥ずかしくなった。マーニーがぼくを見て、おーいと返事をしてくれる前に、ぼくはもう一度その名を呼ばなくてはならなかった。彼が野原を横切ってぼくの方に向かって走ってきてくれている間、どんなにドキドキしただろう！　彼は、ぼくに救いをもたらしてくれるみたいに走ってきてくれた。そしてぼくは、いつも心の中で彼をちょっと見くびっていたのを懺悔した。

二　アイルランドの化け物

岩石でできた老いた顔は、前を向け。
ウィリアム・バトラー・イェイツ「ガイア」

十九世紀のアイルランドで主に英語の本を読んでいたのは、プロテスタント・アセンダンシーと呼ばれる支配体制に属する地主やエリートたちでした。一方農民の大多数は、文字を読まないカトリック教徒でした。彼らに囲まれたプロテスタントの作家たちの作品において、カトリックの神父や儀礼には、何やらおどろおどろしい役割が付されてゆくことになりました。レ・ファニュの「ウォーリングの邪《よこしま》なキャプテン・ウォルショー」は、そのような作品です。この短編で重要な役割を担うカトリックの蠟燭は、この短編集の他の複数の作品でも存在感を放ちます。

このセクションを〆る「姉妹たち」は『ダブリナーズ』の中で最初に配されている作品ですが、短編集の冒頭を飾るにしてはかなり辛気臭い作品に見えます。ですが、ジョイスはこの作品を自らの最初の短編集に収めるにあたって、雑誌掲載ヴァージョンに怪奇的なひねりを何度も加え、幽霊譚的な雰囲気を大いに盛りあげようとしています。どうぞ語り手の少年と共に、蠟燭に囲まれたカトリックの神父の亡骸と対面してみてください。

レ・ファニュとジョイスの作品に挟まれているのはソフィー・L・マッキントッシュ（生没年等不明。乞う、ご教示）の幽霊譚「夜の叫び」ですが、この作品は往時の幽霊譚の類型を非常によく表す事例ではあるものの、出来に関してはB級はおろかZ級と言えるかもしれぬ珍品です。にもかかわらずこの作品を選んだのには、いくつかの理由があります。まず、このコテコテの幽霊譚が一九〇四年、ジョイスの「姉妹たち」が掲載された『アイリッシュ・ホームステッド』誌に、「姉妹たち」とわずか二か月ほどの差で掲載されたこと。当時駆けだし作家であったジョイスが、この作品を読んでいなかったとはちょっと考えられません。なお、一九〇四年といえばジョイスの名作『ユリシーズ』の舞台となっている年ですが、『ユリシーズ』には、レインコートを着ていたせいでマッキントッシュと呼ばれることになってしまう身元不明の葬送参列者が登場し、さらには主人公ブルームの名は、その人物と共に誤って〝L. Boom〟と新聞に記載されるのです……。ジョイス学者のこだわりだけではいけませんね。「姉妹たち」と「夜の叫び」のもう一つの共通点。それはどちらの作品でも、アイルランドの「大首《おおくび》」に出会えることです。

なお、「夜の叫び」で比喩として言及される「バンシー」の物語は、本書の七つ目のセクション「復活の日」のところで、イェイツの紹介と共に読むことができます。

ウォーリングの邪《よこしま》なキャプテン・ウォルショー　ジョウゼフ・シェリダン・レ・ファニュ

ペグ・オニールがキャプテンの借金を支払う

私のおじであるハドルストーンのワトスンにですね、とてもおかしなことが起こったんです。あなたさまにわかっていただくには、始まりから話さなくてはなりませんな。

一八二二年に、ジェイムズ・ウォルショー氏、俗にキャプテン・ウォルショー〔当時の軍の階級としては、キャプテンは大尉相当〕として知られていた方が、八十一歳で亡くなられました。キャプテンは若いころは、さらには壮健でいらっしゃるうちは、活動的で好奇心豊かな元気者でした。カラスムギの種を昼も夜も蒔いておられて、無尽蔵の収穫がありそうでしたが、収穫期には作物の間にサンザシ、イラクサ、アザミがけっこうな数で茂って作男を刺しましたので、キャプテンを豊かにしてはくれませんでした。

キャプテン・ウォルショーはウォーリングの近辺ではとてもよく知られていて、あのあたりでは広く遍く避けられていました。「キャプテン」というのは社交辞令で、陸軍将校名簿の上ではその地位に達してはいませんでした。一七六六年、二十五歳のときに兵役をお辞めになったのですが、その直前に借金がすごく膨らんでしまって、財産を相続したさる女性と駆け落ちして結婚し、自分自身を楽にしてやりたいと思うほどになっていました。

キャプテンが想像していたほどその女性に富があったわけではありませんでしたが、彼の枯れかかった愛情の残りと引き換えに相当なお金が工面できることを彼女は示しました。彼は彼女の収入で前と変わらぬ生活をして大いに楽しみ、絶えず争いと醜聞に関わり、かなりの借金を抱え、金銭トラブルを起こしました。

キャプテンは彼女と結婚したとき、アイルランドのクロンメルに駐屯していました。その地には女子修道院があり、不労所得に頼って生活しているオニール嬢はそこに住んでいたのです。地元では相続人のペグ・オニールと呼ばれていました——私がすでにお話しした、相続人の方その人です。

彼女の状況は、その出来事におけるロマンスの一要素でしかないでしょう。というのも、その若きレディは愛想のよい見た目ではありましたが、決定的に十人並みで、顔つきを言葉で表すならジャガイモであり、姿形はちょっとばかり太り過ぎで、背もかなり低かったのです。それでも感受性豊かな女性でしたし、ハンサムで若いイングランド人の中尉なんて彼女の修道院での暮らし向きには過ぎたるものでしたから、彼女は駆け落ちしました。

イングランドにはアイルランド人の、アイルランドにはイングランド人の、財産ハンターの伝統があります。現実はどうかというと、それぞれの国に放浪者の一団がいて、その昔は主に彼らが相手のところを訪れていたのです。そして私が思うに、自国でも旅先でも、できる限り大きな顔をしたのでしょう。それはまた、彼ら自身の財産でもありました。

とにかく、彼は素敵な女性を聖域から奪い去り、考えられうるいくつかの充分な理由から、二人はランカシャーのウォーリングに居を構えました。

ここにおいてキャプテンは彼一流のやり方で快楽に耽り、時折ロンドンに、もちろん仕事でですが、通いました。あの哀れな、ずんぐりしたジャガイモの顔をした相続人の女性ほど嘆き悲しんだ妻は、どんな時であれ、そうはいないに違いありません。修道院の庭の壁を乗りこえて、愛のためにハンサムなキャプテンの腕の中に飛びこんでいったのに。キャプテンは彼女の収入を使いこみ、誓いや脅しで震えあがらせ、彼女の心をうち砕いたのでした。

後に彼女は、めったなことでは自分の部屋から出てこないようになってしまいました。彼女には、相当に頑固な年老いたアイルランド人の召使女が仕えていました。この使用人は背が高くて痩せており敬虔で、キャプテンは直感的に、その女が自分を憎んでいると悟りました。そこで、彼もお返しに彼女を憎むことにし、家からつまみだすぞとよく脅しをかけ、時には窓から蹴りだしさえしました。雨が降って家か厩《うまや》かにこもっているしかなく、煙草を吹かすのに飽きると彼はいつでも彼女を毒づき、呪いはじめるのでした。なぜといって、あの女は、どあほうで、人の仲を裂こうとするおいぼれで、決して御しやすくなりそうもなく、いつも家を呪われた話で乱していやがる云々、と彼は言っていました。

何年経っても、その年寄りのモリー・ドイルはその任に留まり続けました。たぶんキャプテンも、そこに誰かいなくてはならないと思ってはいたのでしょう。それに、結局自分はいい方に変わることはあるまいなとも。

祝福された蠟燭

キャプテンはもう一人の侵入者も大目に見ており、自分は忍耐の見本であり、寛大でいい性格なのだと自賛していました。それはカトリックの神父で、黒い長外套を着て、高さのない立ち襟をし、首には白いモスリンの小さなリボンをつけ――背は高く、肌は土色で、顎を青くして、きつく暗い目つきをしており、よく階段を滑るように昇り降りし、廊下を歩いておりました。キャプテンは、時折、家の至るところでこの人物に出会いました。彼のような気質の人間にしては気まぐれなことに、彼はこの聖職者を例外として接し、ぶっきらぼうにではありますが、礼節をもって遇していました。ただし裏では、その神父の訪問に愚痴をこぼしていたのではありましたが。キャプテンが道徳的な胆力をお持ちだったかどうかはわかりませんし、その聖職者は厳格で落ちついた人物に見えました。どうしたことかキャプテンは、彼が自分に対してよい見方をしていないと考えました。ですから、機会があったなら返事をし難いようなひどいことを言っていたかもしれません。

さて、とうとう哀れなペグ・オニールが――不幸にもジェイムズ・ウォルショー夫人だったわけですが――泣きさけび、震え、自分の最後を祈らなくてはならないときがやって来ました。ペンリンデンから医者がやって来ましたが、いつもと全く同じようにはっきりせず、けれどもより沈鬱に、一週間ほどの間、普段より頻繁に行き来しました。黒い長外套の神父もまた、毎日家にいました。恐怖の階段を通りぬければ罪人が決して戻ってはこられぬ死の門において、とうとう最後の秘跡がなされました。その顔が生から永遠にそむけられ、身体の形が萎んでゆくのが目にされ、霊の国においてすでに取りもどせぬ声が聞こえるときが訪れたのです。

このように、哀れな婦人は亡くなりました。キャプテンが「とても感じいっていた」という者もいましたが、私にはそうは思えません。けれどもちょうどそのころキャプテンは、あまり調子がよくなくてみすぼらしい様子でありましたので、喪に服す者らしく、ちゃんと悔い改めているように見えました。

キャプテンはその晩、ブランデーの水割りを大量に飲み、杯を共にするもっとましな者がいないので、いっしょに飲もうと農夫のドッブズを家に呼びいれました。そして、自分を悩ます種について洗いざらい話したのです。もし嘘つき、おべっか使い、告げ口屋、とにかくそういうのがいなかったら、自分と「二階にいた哀れな令夫人」はどんなに幸せだったろう、二人の間にやって来たあいつのせいなのだ——念頭にあったのは、モリー・ドイルでした。キャプテンは酒を助けにますます雄弁になって、いつも勝手でしたがより自制することなく、とうとう名指しで罵り、毒づくようになってゆきました。それから彼は自分の本来の性格とやさしさを、それは心を動かすような言葉で語ったので、自分で自分の話に感受性豊かに反応して、感傷的な涙にくれました。ドッブズが帰ってからもさらにグロッグ〔リキュールやラムの水割りまたはお湯割り〕を飲み、また一人毒づいて、呪いの言葉を吐きました。それからふらふらと階段を昇って、「可哀そうなペグの部屋で悪魔のドイルと他の年老いた魔女どもが何をしているのか」見に行ったのです。

彼が扉を押しあけると、そこには老婆が半ダースほどもいました。主にアイルランド人で、ハックルトンの近隣の町からやって来て、死体の周りに何本も蠟燭をつけ、お茶や嗅ぎ煙草などを並べて座っていました。亡骸は、茶色いサージ織りの奇妙な裁ち方の衣を着せられていました。彼女は密かに、なんらかの教団に属していたのです——私はカルメル会〔碩学と神秘家を多数輩出したカトリック修道会の一つ〕ではないかと思いますが、確信は持てません——それで彼女はそのような衣装を着て、棺に納まっていたのでした。

「いったいおれの妻に、何をしていやがるんだ?」キャプテンは叫びましたが、ほとんどろれつは回っていませんでした。「こんな物を着せるだなんて——ろくでもねえ、おまえら——インチキ魔女の婆どもめ、あれの手に持たせている、その蠟燭は何だ?」

キャプテンは、少し驚いていたのだと思います。その光景は、かなり薄気味悪かったでしょうから。亡くなった令夫人は奇妙な茶色いローブを着せられており、木の数珠と十字架が巻きつけられた強張った指が燭台のようにさせられて、その手に蠟燭が持たされておりました。蠟燭の火が投げかける白い光は、死体の相貌をくっきりと浮かびあがらせています。モリー・ドイルが、自分が憎んでいるキャプテンにやりこめられるわけがありません。彼女の言葉に曰く「因果応報」です。キャプテンの激怒はいや増して、死人の手から蠟燭を引きぬくと、そのまま年老いた女召使の頭にそれを投げつけんばかりでした。

「聖なる蠟燭なんだよ、この罪人め!」彼女は叫びました。

「こいつをおまえに食わしてやろうと思っているんだよ、この獣《けだもの》!」とキャプテンは叫びました。

　けれども、キャプテンはそれが何なのか、そう口にしているときにはわかっていなかったのだと思います。というのは、彼は少しばかりむっとしながら黙りこむと、その時にはすっかり火が消えてしまっていた蠟燭を、手といっしょにポケットにつっこんだからです。彼は言いました。

「地獄の底からわかっているだろうが、おれが留守にしてなかったら、おれの妻にお、お、おまえの×××な魔術をする余地なんぞなかったんだからな――その×××な茶色のエプロンをすぐに取りのけていただけますかね。棺の妻を見苦しくしないでいただきたい。あんたの悪魔の蠟燭は、流しに放りこんでおくからな」

　そしてキャプテンは、ゆっくり大股に歩いて部屋から出てゆきました。

「これで、この人の可哀そうな魂は牢獄入りだよ、悪党め。あんたのせいだ。あんたの魂も、同じ蠟燭の灯心が燃えつきるまでそいつの中に閉じこめられればいいんだ。野蛮人め」

「おまえを魔女として、カスとして追いつめてやる」キャプテンは階上の広間で仁王立ちになって、手すりに手を置いて身を乗りだして吠えました。けれども死の寝室の扉は、ピシャンと怒ったような音をたてて閉じてそれに応えました。彼は客間に降りてきて、そこで聖なる蠟燭をしばらく疑わしそうに検《あらた》めました。それから、その象徴的な物に対して敬虔な感情のようなものを抱き――放蕩者たちやならず者たちにおいては珍しいことではありません――考え深げにそれをしまいこんで、戸棚に鍵をかけました。その戸棚には、ありとあらゆる時代遅れのガラクタが溜りに溜っていました――汚れたトランプが数組、使われなくなった煙草のパイプ、壊れた火薬入れ、彼自身の軍刀、『フラッシュ・ソングスター』誌の埃をかぶった束と、その他怪しげな読み物。

彼は死んだ夫人の部屋をそれ以上は騒がせはしませんでした。気まぐれな男によくあることで、より楽しい計画と時間の過ごし方が、彼の空想を楽しませはじめたからです。

私のおじのワトスンがウォーリングを訪れる

このように哀れな夫人は厳かに埋葬され、キャプテン・ウォルショーはウォーリングで何年も一人で羽振りよく暮らしました。彼はこのころまでに、破滅の坂を一気に転がり落ちたりしないくらいの抜け目なさを身につけ、経験を積んでいたのです。彼の狂気には、手法があったのです。けれども四十年を超える年月を寡《やもめ》として暮らしたあと、彼もまた最後には、財布にギニー金貨を数枚残して死んだのでした。

四十年のさらに先という歳月は、何でも蝕み食らいつくし、素晴らしく化学的に働く力を有しています。それは否応なく、陽気なキャプテン・ウォルショーに作用しました。痛風に罹患してしまい、楽しむのと同じぐらい癇癪《かんしゃく》を起こすようになりました。優雅な手には全ての小さな関節のところに瘤《こぶ》ができ、その手をゆっくりと不自由な鉤爪に変えてゆきました。運動するのが覚束なくなって恰幅がよくなり、しまいには肥満と言われても仕方がないくらいになりました。彼は、ホロウェイ氏が言うところの「悪い脚」を患い、背もたれが革張りの大きな車椅子を乗りまわすようになり、年を重ねるにつれ疾患が積み重なってゆきました。

こう言わなくてはならないのが残念なのですが、キャプテンが悔い改めたとか、未来を真剣に考えるようになったとかいう話は、まるで聞いたことがありません。反対に、彼がする話はより汚らしくなってゆき、娯楽はお気にいりの罪に則って行われるようになり、性格はより手に負えなくなっていきました。でも耄碌《もうろく》はしませんでした。あのころに彼が患っていた身体の疾患を考えましたら、活力は旺盛で悪行は数多く、時のせいでその勢いが衰えることは、驚くぐらいありませんでした。そんな具合に、最後まで彼はやり続けたのです。キャプテンは癇癪を起こすと、上品な人なら震えあがってしまうようなひどい振る舞いをし、罵詈雑言を吐きちらしました。身体を動かすことはそのころには覚束なかったでしょうけれども、できるものなら気に食わない相手に向かって杖をつかんで振りまわすか、打ちかかるか、さもなければ薬瓶かタンブラーを投げつけたことでしょう。

キャプテン・ウォルショーの変わったところなのですが、このころまでに彼はほとんど全ての人を憎むようになってしまっていました。私のおじであるハドルストーンのワトスンはキャプテンのいとこで、法律上の相続人でした。おじは、地所を抵当に取ってキャプテンに金を融通してあげたことがありました。その地所を売るにあたっての条件や値段が「諸条項」によって決められており、その諸条項は弁護士たちによると、まだ有効でした。

思うに体調が悪くなったキャプテンは、私のおじが自分より金持ちになりそうなのがくやしくて、おじにとって全て悪い目が出るようにしたかったのかもしれません。ところがキャプテンの思い通りにはならなかったのです。少なくとも彼が生きている間は。

おじのワトスンはメソジスト教徒で、その中の教派で会合を取り仕切る「クラスリーダー」と呼ばれる人であり、総じてすごく善良な男でした。そのころは五十歳ぐらいで、仕事にふさわしい威厳があり――いくぶんは冷たくて――おそらくは少しばかり厳しくはありましたが、公正な男でした。

ペンリンデンの医師からの手紙がハドルストーンのおじのところに届き、邪《よこしま》で年老いたキャプテンの死を告げ、葬式に出席してウォーリングで諸事整理をするのに立ち会ってはどうか、と勧めてきました。ごもっともでありましたので感じいった我が善良なおじは、直ちにランカシャーの旧家へと旅立ち、葬式に間に合うように到着したのでした。

おじは母方がキャプテンの系統に連なっており、キャプテンがほっそりとしてハンサムであった若いころを覚えていました――半ズボンに三角帽をかぶり、モールをつけていたころを。ですから、彼の亡骸が納められた棺の巨大さにびっくりしましたけれども、すでに蓋はねじ釘で締められておりましたので、膨れあがって年老いた罪人の顔は拝めませんでした。

客間にて

私の語っている話は、おじの唇から出てくるのを聞いたものです。おじは誠実で、空想癖はありませんでした。

その日は恐ろしいくらいひどい雨と嵐となり、おじは医師と代理人に、その晩はウォーリングに留まるよう説得しました。

遺書はなく、代理人はそのことを心得ていました。というのもキャプテンの悪意はいつ果てるともなく変わり続け、悪だくみの方向性を絶えず修正しつつ、それに最高の効果を与えようとしたあげく、ついに心を決められなかったからです。遺書の作成に人の手を借りたのは、十回ではききません。しかしその遺書の完成は、常に遺言作成者になるつもりの人物本人によって阻止されてしまったのでした。

捜索がなされましたが、遺書は発見されませんでした。実のところ、文書は申し分なくそろっていました。一つの重大な例外を除いては。借地証書がどこにも見つからなかったのです。地所の重要な不動産権のいくつかには、特別な状況がからんでいました――ここで詳細を申しあげる必要はございません――これらの文書が失われれば非常に重大で緊迫する局面を迎え、明らかに危険な状態に陥りかねないものでした。

おじは懸命に探しました。代理人は彼のすぐ横につき、医師は機を見て考えを述べ、助けてくれました。古くから働いていた男は誠実ですが耳が聞こえないようで、本当に何も知りませんでした。

おじのワトスンは大変動揺しました。ただの空想だったのかもしれませんが、おじは自分が代理人の顔に奇妙な表情が浮かんだ一瞬をとらえたのではないかと思いました。そしてその瞬間から、代理人が借地証書について全てを知っているに違いないという考えが、おじの心で固まってしまいました。おじはその晩、客間で医師と代理人と耳の悪い召使に、思うところを述べました。神の前で嘘をついたアナニヤと妻のサッピラがあからさまに喩えで使われ、詐欺と盗みが持つひどい性質であるとか、地所に関する事柄においては誠実さという簡素な法則をもってしてもなんらかの改竄が行われる云々、こういう事柄が当てこするようにくどくどと話されました。それから、長く熱のこもった祈りがなされました。その祈りにおいては熱意と冷静さをもって、借地証書を盗んだ罪びとの頑なな心がそれらの文書の返却につながるように和らぐか打ちくだかれるかしますようにと懇願がなされました。あるいは、もしその人物が沈黙し、頑固に拒み続けるのであれば公的な裁きの場に引きだされ、文書が日の当たる場所に出てくるのが少なくとも天の意志でありますようにと祈ったのです。実のところこの時ずっと、おじは代理人に対して祈っていたのでありました。

これらの宗教的な所作が終了すると、訪問者たちは各々自分たちの部屋へと引きとりましたので、おじのワトスンは暖炉のそばで二、三通の急を要する手紙を書きました。作業が終わると、すっかり遅くなっていました。燭台で蠟燭が燃え、みながベッドに入り、私が思うに、みな眠っておりました。おじを除いては。

暖炉の火は消えかかっており、おじは寒気を感じました。蠟燭の炎は燭台で妙な具合に脈動し、古いオークの羽目板の壁で囲まれた部屋と、そこにある珍奇な家具に、光と影を交互に投げかけておりました。表では荒れ狂う雷と嵐が甲高い音をたて、遠くの窓がガタガタいう音が廊下を通じ、階段をくだって、怒れる人々が家の中で暴れているかのような音をたてていました。

おじのワトスンが属していた数派は、超自然的な事柄を決して拒絶してはいませんでした。それどころか逆に、最も際立ったやり方で幽霊の存在を認めてきた人物を創立者に頂いていました。

ですから、その日の捜索を行っている際に六インチほどの蠟燭を客間の戸棚の中で見ていたことを思いだして、おじは喜びました。というのも、このような状況下ですっかり暗闇に包まれてしまうのは、とてもいやだったからです。すぐにどうかしないといけません。おじはこの時にはもうこの家の主人でしたから、鍵の束を手に取りました。間もなく錠前に合った鍵が見つかり、蠟燭を確保できました――この状況では宝物です。彼は蠟燭に火を灯すと、蠟燭の火が消えていた燭台にそれを刺しました。もう一本点いていた蠟燭は消して、安定した光の中で部屋を見渡し、安心しました。と同時に、めったにないくらいの激しい嵐の突風が一つかみほどの砂利を客間の窓に吹きつけて鋭い音をたて、騒音と喧騒の真っただ中にいるおじを驚かせました。そしてその空気の動きで、蠟燭の炎が大きくなりました。

寝室

おじは寝台に歩みより、蠟燭の炎を片方の手で護りました。広間の窓がものすごい勢いでガタガタと音をたてており、もっと暗い中に取りのこされるかもしれないと考えるのがいやだったのです。

寝室は古風でしたが、快適でした。彼は扉を閉め、鍵をかけました。四柱式寝台の足側の向かいにある窓の間に化粧台があり、その上に、背の高い鏡がありました。彼は鏡のカーテンを引いて合わせようとしましたが、どうしてもうまくいきません。同じように困り果てる多くの紳士たちの例に漏れず、おじはピンを持ちあわせていませんでしたし、鏡の下に大きな針刺しもありませんでした。

そこで鏡面を別の方向に向けることにして、鏡台の背中が寝台を向くようにしてからカーテンを引いて椅子をかませ、カーテンがまたハラリと開かないようにしました。暖炉にはいい具合の火があり、炉格子の内側には予備の石炭や薪《たきぎ》が充分にありました。その夜のうちはずっと心地よい炎が燃えているぐらいの燃料を積みあげて、寝台の横にサチュロスのような脚がついた小さな黒檀の机を置きました。その上に蠟燭を立てて寝具の間に入り、赤いナイトキャップをかぶった頭を枕の上に置いて、おじは寝る態勢を整えました。

おじを最初に不快にさせたのは、寝台の足下から聞こえてくる音でした。嵐がたまに大きな音をたてる中でも、はっきりと聞こえたのです。閉じられたカーテンがそっとまた開いてしまったときにするやさしい摩擦音がして、おじは目をぱっちりと開いた拍子に、そのカーテンが垂直にぶら下がる状態に戻るのを見てしまいました。カーテンの間に不気味な何かが見えるのを半ば予期して、おじはベッドにがばと起きあがりました。

ところが、何もありませんでした。化粧台と他の暗い家具があり、暴力的な嵐の中で窓のカーテンがわずかに揺れているだけです。おじは、カーテンを自分が留めおいた状態に戻すために寝台から出たいとは思いませんでした——暖炉の火は明るく心地よく燃えていましたし。まどろみはじめた自分をいきなり覚醒させたようなことが、たぶんまた新たにぶり返すように起こるのだろうと予期してもいたからです。

おじはまた少し眠りましたが、再びある音によって眠りは妨害されました。夢うつつで考えたところでは、蠟燭が立っている小卓から音がしていました。何かは言えませんがとにかくびっくりして覚醒し、いくぶん驚きながら横たわっていますと、おじを大いに驚かす音がはっきりと聞こえてきました。その音には、必ずしも超自然的な何かがあるわけではありませんでした。おじがその音を描写するところによると、凸状になっているところがある薄いテーブルの差しこみ板があるとして、それを反対側に圧迫し、突然に跳ねて自然な状態に戻る際に出るであろう音に似ていたそうです。それは大きな突然の衝撃音で、そのせいで重い燭台が跳ねあがりました。おじが再びまどろむまで少なくとも十分ぐらいかかりましたが、それを除けばそれっきりでした。

次におじは、時折起こるあの静かで奇妙な状態で目覚めました。なぜだかはわかりませんが、穏やかに目を開くと、瞬時にはっきりと目覚めることがあるものです。今回おじはしばらくの間ウトウトとしていたのですが、蠟燭の炎が一瞬、銀の燭台で揺れて燃えあがりました。火はまだ明るく勢いがありましたので、おじは燭台に消灯器をかぶせました。するとほぼ同時に扉がこつんと叩かれ、尻あがりにシーッというのに似た音がしました。再びおじは起きあがると、寝台で恐怖して動揺しました。しかしながら覚えているところでは、扉にはしっかり鍵がかかっているはずです。心霊主義の最中にあっても、我々は頑迷な物質主義者であります。ですからおじもそれゆえに安心し、深いため息をついて、落ちつきを取りもどせそうになりました。ところが一、二分もすると、より大きく鋭い音で扉がノックされましたので、おじは本能的に「そこにいるのは誰だ?」と呼ばわりました。厳しい調子の大きな声でした。けれども、返事の類は何もありませんでした。おじはびっくりしたものの、気持ちはそのうち落ちついてきました。思うに、おじは思いだしたに違いありません。特に嵐の夜には、ゴブリンが起こすようなあらゆる種類の異音が、自然の力によって軋《きし》み音や破裂音を真似て、どれほど不気味に響くものであるのかを。

消灯器が持ちあげられる

おじは背中を扉がある方に向け、しばらく寝台の上に横たわっていました。顔は、消灯器がかぶせられた巨大な古い蠟燭が置かれた机の方を向いていました。おじはその体勢で目を閉じました。でも、眠りは再びおじの目を訪れてはくれないようでした。おかしな空想がおじを苛《さいな》みはじめました――そのうちのいくつかを、私は覚えています。

指が一本押しつけられるのを感じて、おじは恐怖しました。足の親指の先に一番はっきりと感じます。まるで生きた手がシーツの間にあって、こっちを見ろとか、黙っていろとか伝えてきているようでした。それからまた、溝鼠《どぶねずみ》と同じぐらいの大きさの何かが、頭の真下の枕の真ん中で突然に跳ねたのを感じました。

すると、声がしたのです。「うおっ!」とても小さな声が、頭のすぐ後ろからしました。おじはこうした全てを確実に感じていたのですが、調べてみても無駄でした。断続的に奇妙な小さな振動が、体の周囲の至るところで密かに起こっています。すると突然に、右手の中指が後ろ側にぐいと引っぱられました。軽くふざけているようなその突然の引きは、おじをひどく怖がらせました。

しばらくの間、嵐は古木の枝々の間と煙突の頭の通風管の中で、歌い、吠え、ハハフーフーと大騒ぎをし続けました。おじのワトスンは、横になったけれども寝られないときの習慣に従って、祈り黙考しましたけれど、動悸がぜんぜん鎮まらず、自分は邪悪な霊に悩まされているのだと時折考え、さもなければ自分は熱病の初期段階なのではないかと思いました。

しかしおじは、断固として目をつむり続けました。聖パウロと難破を共にした者たちのように、その日のために願いました。とうとうおじはもう一度、いつの間にか少しばかりまどろんでいたようです。というのは、おじは前と同じように、静かに完璧に目覚めたからです――両目を全く同時に開いて、まるで一瞬たりとも眠っていなかったかのように、全てを目にしました。

炎は、まだ赤々と燃えていました――明かりの中に不確かなものは何もありません――巨大な銀の燭台には背の高い消灯器が載せられており、前と同じように黒檀の机の真ん中に立っています。そして今回のこの奇妙な事件に関しては最も偶然の類に思われる何かの働きでそちらに目をやって、おじは自分の目をすっかり信じられなくなるようなものを目にしたのです。

おじは、消灯器がとても小さな手によって、下から持ちあげられるのを見たのでした。そして、親指の爪ぐらいしかない、それでいて非常に整った小さな人間の顔が、その下から覗きました。そのリリパット的な顔貌には、私のおじを言葉が出ないくらい恐怖させる気味の悪い困惑が浮かんでいました。それから小さな足の先が出てきて、短い絹の靴下と留め金のついた靴を履いた二本の小さな脚が出てきて、続いて残りの姿も出てきました。両腕は軸受けを抱えており、短い脚を延ばしに延ばして燭台の軸のまわりに垂らし、足を燭台の基盤に届かせました。それからサチュロスのような机の脚に沿って脚が下ろされるとゴムのように延びて、地面に近づくにつれてあらゆる方向に奇妙に大きくなって、床に足が着くほどになりました。そこで足と留め金は形のいすっかり成長した人間のものとなりましたが、その姿形は上に行くにしたがって先細りになっており、てっぺんでは妖精のような元々の次元にまで縮んでいました。まるで、奇妙に歪んだ鏡か何かに映った物体のようでした。

その人物は床に立っているうちに、すっかり肝をつぶした私のおじに説明はできませんが、適切な身体の大きさに拡大してゆきました。彼は寝台の脇に横向きで、かなり近くに立っていました。ハンサムで優雅な体型をした若者で、過ぎ去りし時代の軍服を着て、羽飾りのついた編みげの小ぶりの三角帽をかぶっていました。その人物は言葉にできないほどの絶望を抱え、絞首刑を前にした男のように見えました。

彼は敏捷《びんしょう》に暖炉の方へ向かいましたが、数秒の間、非常に落胆した様子で寝台とマントルピースに背を向けました。そして彼は、火の光に照らされた自分の細身の剣《レイピア》の柄を見ました。それから部屋を横切ってゆくと、寝台の足側にあるカーテンが分かれた先に見えている化粧台のところに行きました。炎はまだすごく明るく燃えあがっていたので、私のおじはまるで半ダースの蠟燭が灯っているかのように、はっきりと彼を見ることができました。

その来訪は最大の山場を迎える

鏡は古風で、下部に引き出しがありました。昼間におじは書類を探して、注意深くその中を調べていました。沈黙しているその人影は、その引き出しを完全に引っぱりだして横にあるバネを押し、後ろにある秘密の隠し場所を明らかにして、そこからピンクのテープでまとめられた書類の束を引きだしました。

　この間ずっと、私のおじは恐怖しながら瞬きも呼吸もせずにその人物を見つめていました。その幽霊は、同じ部屋に生きた人間がいることに気づいているそぶりを一度たりとも、微塵も示しません。しかしその時に初めて、そいつは意味ありげな憎々しげな微笑を浮かべながら、怒りに満ちたまなざしをひたとおじに向け、細い指と親指の間でその小さな紙束をつまみ、それを掲げました。それから彼は、狡そうな長いウィンクをおじに向かってして、頬っぺたの片方を吹きとばしそうな勢いで、おどけた様子で顔をしかめました。恐るべきその状況でなかったら、笑いに誘われたことでしょう。その人物が意図して本当に変化《へんげ》しているのか、それともその人物の大きさを絶えず変化させている忌まわしい波動と偏光のせいでそう見えているのか、おじにはわかりませんでした。その姿を、まるで表面が一様でなく、像を歪にしてしまうような媒体《メディウム》を通じて見ているようだったからです。

　すると、その人物が寝台に近づいてきました。疲弊してはいましたが、かつてのごとく敵意に満ちているようでした。この時点で、おじの恐怖はほとんど最高点に到達しようとしていました。というのは、そいつが邪悪な目的をもって近づいていると信じこんでいたからです。ところが、そうではありませんでした。その軍人が化粧台のところにちょっと行ってからまた戻ってくるまでに、二十年以上が経過したようでした。彼は暖炉の向こう側にある背もたれの高いふかふかした革製の大きな肘掛け椅子にドサリと腰を下ろすと、踵を炉格子に載せました。彼の両脚全体が、はっきりとはしませんが膨らんだように見えました。両方の脚には布が巻かれており、何か巨大なものになっていきました。上半身が揺れながら、それに対応した比率の大きさに形づくられていきました。でっぷりと太った巨体、死体のような悪意に満ちた顔、ひどく年をとって刻まれた皺、色がないガラスのような目。まるで日没の雲のように、漠とした中で、しかし素早く起こったこうした変化と共に、パリッとした軍服は徐々に消えて、ゆったりとした灰色の毛織の服が、どうしたものかその代わりとして現れました。至るところが染みで汚れて腐っているように見えました。というのは虫の群れが、出たり入ったりして這いまわっているように見えたからです。人影はどんどん色を失っていきました。どのようなまでになったかといいますと、パイプを愛するおじがそれにふさわしい比喩を使いながら説明してくれたのですが、その人形《ひとがた》全体が煙草の灰の色になり、虫の塊は蠢《うごめ》きもつれ合う火花となって、ちょうど燃えた紙の残滓の上に走る輝きのようだったそうです。そして炎によって引きおこされた強い風と、嵐の中でガタガタといわされていた窓からの空気の流れに乗って、その人物の脚が暖炉の中に引きこまれてゆくように見えました。それからその人影全体は灰のように軽く浮きあがると、空気の流れに乗って、フイッとばかりに広い空間がある古い煙突の中を昇っていってしまったのです。

おじには、炎が突然に暗くなり、空気が氷のように冷たくなったように思えました。嵐の恐ろしいばかりの轟音と騒擾がやってきて、古い家を上から下まで揺らし、血に飢えた暴徒が長らく待ちわびた新しい生贄に向かって歓声をあげているようでした。

善良な人であるおじのワトスンは、常々言っておりました。「人生において恐ろしく危険な状況に何度も陥りはしたが、後にも先にもあれほど苦悶しながら祈ったことはない。というのはあの時、今こうして物を見ているように自分が実際に邪悪な霊の幻影を目にしていたのは明白で、議論の余地はなかったからだよ」

結び

さて、私のおじのこの物語には、二つばかり興味深い後日談があります。おじはすでに述べたように、完璧に正直な人物です。

第一に、客間の戸棚からおじが取りだして、あの恐ろしい夜にベッドの脇で燃えていた蠟燭は疑いなく、五十年をウォーリングで過ごした年老いた耳の悪い召使の証言によると、「聖なる蠟燭」と同じものであるそうでした。哀れな夫人の死体の指に支えるようにして立てられて、長らく前に亡くなったアイルランド人の老婆が、私が前に述べた奇妙な呪いをキャプテンに対してなした、あの蠟燭です。

第二に、鏡の下にある引き出しの裏に、おじは実際に秘密の第二の引き出しを発見し、そこには代理人が破棄してしまったのではないかと疑っていた、まさにその書類が隠されていました。その後に明らかになった状況から、故人がそれらを燃やしてしまう準備のためにそこにしまっておいたのだと、おじは確信しています。故人は、もう少しで心を決めてしまうところだったようです。

さて、私のおじのワトスンによるこの物語の非常に瞠目すべき点は、生涯においてキャプテン・ウォルショーと全く面識がなかった私の父が集められうる限り集めた情報によるところでは、あの幽霊は、故人となったあのならず者の長い人生の様々な局面における姿に、恐ろしくグロテスクに、しかし間違いなく似ていたということでしょう。

ウォーリングは一八三七年に売却され、旧宅はすぐに取り壊されて、川により近い場所に新しい屋敷が建てられました。あの建物には幽霊が出るという噂があったのかしら、もしそうならどんな物語が語られていたのかしら、と私はよく考えたものです。あの古い家は広く、頑丈で、なかなかに立派な建物でありました。あれが取り壊されてしまったというのは、確かに胡乱《うろん》なことではあったからです。

夜の叫び

ソフィー・L・マッキントッシュ

キルブライドがトリニティ・コレッジの学部生だったころ付きあっていた学生たちは――彼が考えたくないくらい昔の話だが――オカルトの調査をして暇つぶしをするような連中だった。何人かはまぜっ返し屋の懐疑主義者たちで、神秘のヴェールはマスクリンとクック〔十九世紀後半にインチキ霊媒のトリックを暴きたてた二人組〕が全部剝がしてしまったよ、と主張していた。けれど少数ではあるが、その主題に対して心を開いて取りくむ者たちもいた。

キルブライドのこの交友関係がゆえに起こったある事件は、彼の仲間集団の記憶に刻みこまれることになった。キルブライドはどこから見ても分別ある実際的な男で、ビジネスにおける成功を見れば、目を瞠《みは》るほど明晰な頭脳を持ち、論理的な思考をする人物であることは明らかだった。彼との付きあいは数年ほどだったが、株取引や金融市場の相場より心霊的なものに興味を持っているようには見えなかった。私からすると、彼の幽霊物語を聞くなど、この世で一番ありそうもないことだった。

昨年の冬のある晩、彼は寄りあいの後、私のところに立ち寄った。他に三人の連れがいた。恐ろしい晩だった。外では嵐が荒れ狂い、ひるんだ私たちは輝く炎に椅子を近づけ、立派な屋根の下にいる自分たちの幸運に感謝した。

しばらく煙草を吹かしたあと、キルブライドがみなを見回して、思慮深げに言った。

「ぼくがコレッジに住んでいたころは、この部屋は、自分たちがやっていることを心理的《サイコロジカル》・研究《リサーチ》〔当時、心霊研究と心理研究の距離はかなり近かった〕とか呼んでいる連中のたまり場になっていたものさ。そいつをとことんやれなかったのをすごく残念に思っているよ。我々の調査は、突然に終焉を迎えてしまったからね」

これらの言葉が彼の口をつくと同時に、彼がはるかに多くのことを思いだしているのだと我々には見当がついた。彼に質問を浴びせかけると答えるのをしぶっていたが、その集まりをだめにしてしまった出来事について話してくれるようにと、我々はお行儀よさなどかなぐり捨てて、押しに押した。その晩は、怪談をやるにはうってつけの夜だった。雨は窓ガラスを激しく叩き、風は中庭の周りではバンシー〔アイルランドの妖精。詳しくは「七　復活の日」の「バンシー」を参照〕のように咆哮していた。

「ぼくは、しっかり者の分別ある男という評判を失うだろうな」彼は微笑みながら言った。「もしこの気味の悪い話をきみらにしたらね。ある晩の経験が、見えるものと見えないものの間にあるヴェールを取っぱらおうとするぼくの悪癖を、すっかり矯正してしまったのさ」

彼は言葉を切り、炉の炎の中心を夢見るように見つめた。

「それで?」我々は声を合わせて言った。「なんでそうなった?」

「なんでかっていえばね、予言者、千里眼を持つ者、心霊主義者たちがついてきたあらゆる嘘の大行列にもね、好奇心を危険なものにしてしまう、真実の欠片《かけら》がそこここに隠されていると確信したからだよ」

「前置きはいいからさっさとはじめろよ、キルブライド」その場にいた一人が、きつめの調子で言った。

「ぼくの幽霊については、話したことがないんだ」彼は続けた。「ぼく自身といっしょにその場に直接居合わせた連中以外にはね。今はみんな散り散りだ。でも誰も、あの夜に起こった出来事の恐怖を忘れたりはしないだろうね。

「ぼくたちは、降霊会を三か月ぐらいやり続けていた。ありきたりの現象は起こった。でも、出た、と確信できるようなことは起きなかった。いつもと違うことが起これば、ぼくたちはそれぞれが他の誰かがペテンをしているのではないかと疑った。

「ぼくらは自分たちの実験にうんざりしだしていた、それでもある晩、古典の授業で大きな金メダルをもらったバークが――かしこいやつだ――肝試しをしようと言いだしたとき、とびっきりの神秘はまだぼくたちを焦《じ》らしているのかもしれない、とぼくたちは感じていた。

「その場には五人がいた。カラン、ケネディ、ライアン――彼らは医学生だ。それにバークとぼく。

「アイルランドの西部にある、恐ろしいことで評判の幽霊屋敷を知っているのだが、とバークが口にした（これ以上、詳しく場所は言わない方がいいだろうね）。そこを所有していた一家は、数年前のある朝、家具をそのままにしてみな一斉にそこから逃げ去ったのだそうだ。この件について情報を得るのは不可能だよ。そこの幽霊を見た者たちは、それがどんなだったか決して言おうとはしないからね。

「クリスマス休暇が近づいているし、ぼくたち五人でそこに出向いて、その家で一晩過ごし、幽霊をそいつのねぐらから引っぱりだせるかどうか試してみようじゃないか、とバークが提案したのさ。

「あのころのぼくたちに、怖いものなど何もなかった。喜んでそのアイディアに飛びついたよ。

「翌週、ぼくたちは西へ向かった。バークの家は、ぼくたちが探しているところからそう遠くなかった。そこに入る許しも、管理人から簡単に得ることができた。管理人は痩せた頑固そうな老人で、家族といっしょに番小屋に住んでいた。

「彼はその日の早いうちにぼくたちといっしょにその家まで来てくれて、「あんたらは、好奇心とやらのせいでひどい目に遭うでしょうよ」と言う以上には、ぼくたちのやろうとしていることに異を唱えたりはしなかった。ぼくたちの中で自然の法則で説明できないようなものを目にした者はいなかったから、誰も老人の警告を気にしなかった。

「老人はすごく寡黙な男で、幽霊についての情報は何もくれなかった。

「『自分の目でごらんになるでしょうからね。わしは、自分に関係のないことはしゃべらないんでさ。わしの仕事はこの場所をきれいにしておくことなんで、それで稼ぎを得たら、口は噤んでおくんです』

「ぼくらが最初に感じたのは、ある種の失望だった。いわゆる幽霊屋敷にはふさわしくないことばかりだったからね。

「中に入ってみると、ホールは四角くて大きかった。左右にある幅広の階段は、どちらも部屋が並ぶ廊下へとつながっていた。部屋の多くにはちゃんと家具がしつらえられており、我々からすると、このままでも充分くつろいで過ごせるように思えた。ぼくたち全員がいやおうなく感得させられたのは、その場所全体から受ける、誰かが住んでいるような強い印象だった。そこが何年も空き家であったことを考えると、奇妙なくらい埃がなく、蜘蛛の巣もどこにも見えなかった。管理人はこれについて、自分と娘たちが昼間のうちにブラシで隅々まで掃除しているからだと説明した。

「ぼくたちは籠城のための食糧を運びこみ、十二月二十三日の午後五時ごろからそこにこもった。いくぶん熱い議論の末、ぼくたちは酒で酔っぱらわないようにしようと合意した。なぜなら万が一、一夜の寝ずの番が物語るに足る興味深い話をもたらしてくれたとしても、ぼくらのダブリンの友人たちは、すぐさまこう問い詰めてくるだろうからだ。「で、飲み物は何を持っていった？」もしぼくたちが信頼できる状態を保とうと思ったら、英国ビールのXXマイルド一瓶だって安全ではなかった。ぼくたちが完全に素面《しらふ》だったと誓えなければ、「おまえらは酔っぱらってて、妄想しただけだよ」とどうしたって返されてしまうだろうからだ。というわけで、コーヒーを代わりにすることにした。

「一つ目の踊り場の入り口のところにある大きな部屋に、ぼくたちは腰を落ちつけた。いい絨毯が敷いてあって座り心地のよい椅子が数脚あったので、そこにしたんだ。ぼくたちは轟々と火を起こし、栄養ある食事をたらふく食べ、くつろぎながら煙草を呑んで、トランプに興じた。扉は開けはなっておいた。

「建物には騒々しく笑いが響きわたり、ぼくたちの楽しげな声は、静まりかえった廊下に反響した。

「誰も幽霊を見るような気分の者はいなかった。頑健で健康な血と肉体は、最も勇敢なる幽霊さえも追いはらってしまうのだとぼくたちはうなずき合った。

「けれども真夜中が近づくにつれ、笑いはおさまっていった。ぼくたちはみんな、若くて健康な体育会系の若者だったからね。外の空気をたっぷり吸うような生活に慣れていたのさ。ぼくたちはどうしようもなく疲労を感じ、眠くなってきた。ダブリンからの長旅で疲れきっていたし、自然の要請に抗しがたくなってきていた。

「ケネディとぼくは、椅子に座りながらウトウトとしてしまった。こいつはまずいことになりかねなかった。ずっと起きていると誓いを立てていたからね。というわけで、ぼくたちは恐ろしく濃いコーヒーを淹《い》れた。

「ぼくは煙草を取りに、下の階に降りないといけなくなった。そっちに掛けておいたコートのポケットに煙草が入っていたからだ。ケネディも下に降りると言った。足を伸ばして、新鮮な空気が吸いたくなったんだな。ぼくたちはホールの扉を開けはなって一、二分ほど立ちつくし、星のない夜の真っ暗な闇を覗きこんだ。

「『この幽霊話にはさ』ケネディはぞんざいに言いはなった。『これっぽっちも真実があるとは思えないね」

「ぼくも、不満げに鼻を鳴らした。

「突然、上の階から長く恐ろしい叫びが聞こえてきた。そいつを思いおこすと、今でも震えが止まらないよ。ぼくにはあれが動物のものだったのか、人間のものだったのか、わからない。すぐ耳のところで音がしたように思えた。叫び声に続いて、重いものがドサッと落ちる音と、家具がひっくり返る音が聞こえてきた。すぐにライアンが階段を駆けおりてきて、ぼくたちの前をひとっとびで通り過ぎ、闇の中に消えていった。ランプの灯りのおかげで、ぼくたちには彼の髪の毛が根元から逆立っているのがわかった。顔面は灰のように蒼白で、その目はひどく怯えている気配で満ちていた。

「ぼくたちは走り去った彼に向かって、後ろから呼びかけた。『ライアン！　ライアン！』けれど、応《いら》えはなかった。

「ケネディが緊張してこちらを見た。ぼくらは二人してびくびくしながら、光が漏れている上の戸口に目をやった。出てきたばかりの部屋を目指して、ぼくたちは階段を駆けあがったけれども、どんな恐ろしい光景が待ちうけているかは、知るよしもなかった。

「バークが床に転がっていて、とんでもなく調子が悪そうだった。カランはバークの横で、気絶して横たわっていた。

「部屋の中はちょっと前といっしょだった。二人が倒れているのにならって、椅子がひっくり返っていたことを除いては。

「『どうしたんだ！　神の名において、いったいどうしたんだ？』ぼくたちは叫んだ。

「カランを起きあがらせて、難儀したあと、なんとか息を吹きかえさせた。二人はどちらも返答ができるような状態ではなかったので、ケネディもぼくもその時は答えを求めたりはしなかった。

「ぼくたちはみな、ものすごく恐怖していた。その場にいなかったぼくら二人にとって、何が起こったのか、全く闇の中だった。

「その夜の残りがどのように過ぎたかについては、ぼくには言いにくい。ライアンは戻ってこなかった。ケネディとぼくは椅子に座りこんで、明け方まで深い眠りに落ちた。ぼくたちが目覚めると、他の三人は元通りの椅子におさまっていたが、ひどく怖がっているようだった。

「ライアンは、ぼくたちが眠っている間に戻ってきたわけだ。そして彼らの間には、ぼくたちには何もしゃべらないという協定ができあがっていた。

「こいつはすごく癪に障る話だった。ぼくたちが秘密を守るとなんで信じてもらえないのだと相当に口論したけれども、いくら言葉を尽くしても効果はなかった。彼らは、秘密は漏らさないと固く決意していたんだ。

「けれどもケネディとぼくは一年後のある晩に、なんとかライアンに口が軽くなるまで飲ますことができたよ。おかげで、少しは聞きだすことができた。

「彼がぼくたちに話したところでは、あるモノが、肉々しくて、忌まわしい、表情のない――恐ろしい赤い目玉と、ぽっかりと開いて涎《よだれ》を垂らす口以外は――巨大な塊が、部屋の中に這うように入ってきて、一人ひとりに擦り寄ってきたのだそうだ。その恐ろしい顔に皮膚はなく、ワラジムシの下っ腹のような色と縞模様をしていた。そいつは、死臭のような吐き気をもよおす臭いと共に登場したんだそうだ。

「そいつがあげる憤怒と絶望の叫びがライアンの耳に鳴り響き、それと同時にそいつに触られて、ライアンは部屋から遁走《とんそう》した。ぼくたちの横を通って庭に逃げだしていったのに、ぼくたちは目に入らなかった。かなりの間、草地で意識を失ってひっくり返っていたに違いないそうだ。

「というわけさ、みんな」とキルブライドは話をまとめた。「実際に何が起こったのか、ぼくにはわからない。でもあの叫びは聞いたし、あの徹夜の番が友人たちにどのような影響をもたらしたかは目の当たりにした。その後、何か月もの間、彼らはピリピリして震えあがっていた。すごく恐ろしい経験を実際にした人間たちの姿だったよ」

姉妹たち

ジェイムズ・ジョイス

もう、だめだね。三回目の発作だから。ぼくは夜になるとその家の前を通って（休暇の時期だったからさ）、四角く光っている窓の様子をうかがった。あの窓には夜毎、同じように明かりが灯っていた。ほのかに、均等に。もしあの人が死んでいるなら、暗くなった鎧戸に蠟燭の炎が反射しているのを目にするはずだ。だってぼくは知っている。死体の頭のところには、必ず蠟燭が二本置かれるんだ。あの人は、ぼくによく言っていた。わしはもう、この世には長くないんだよ。ぼくは、でたらめを言っているんだと思っていた。今では、本当のことを言っていたんだとわかる。毎晩ぼくは窓を見上げては、一人でそっと、あの単語を口にした。麻痺《パラリシス》。その単語は、ユークリッド幾何学のノーモン〔平行四辺形の一角から相似の形を取り去った図形〕や、教理問答の聖職売買《サイモニー》みたいに、いつだって奇妙に聞こえた。それが今では、何か邪悪で罪深い存在の名前のように、ぼくの耳に響いた。そいつのせいで、恐怖でいっぱいだった。でもぼくはそいつに近づいてみたくて仕方なくて、そいつが死をもたらす仕事ぶりを見てみたくて仕方がなかった。

ぼくが夕食を食べに下に降りてゆくと、コター爺さんが煙草を吹かしながら、暖炉のそばに座っていた。おばさんがお粥をよそってくれている間、前にしゃべったことを蒸しかえすみたいな話し方をしていた。

——そうじゃない、あの人が本当にそうだったとは言わんよ……だがな、どこかおかしなところがあったんだ……あの人には、どこか気味が悪いところがあったろ？　わしの考えを言ってやろうか……。

爺さんはパイプを吹かしだした。きっと心の中で、わしの考えとやらをまとめ直しているんだろう。くだんねえことばかり言うくそジジイめ！　最初に知りあったときはけっこう面白い人だったのに。蒸留したら後から出てくる液《フェイント》とか、虫《ワーム》と呼ばれるパイプのこととか話してくれて。でもぼくはすぐに、あの爺さんと、いつまでも続く酒の蒸留についての話とにうんざりしてしまった。

——そいつに関しては、わしなりの考えがあるんだ、と爺さんは言った。思うに、そいつはあれの一つ……特異なケースだな……言いにくいんだが……。

わしなりの考えを披露することなく、爺さんはまたパイプを吹かしはじめた。ぼくがじっと見ているのを見て、おじさんがぼくに言った。

——おい、おまえさんのお年寄りの友だちがいなくなっちまったってよ。さみしいだろ。

——誰のこと？　とぼくは言った。

——フリン神父さまだよ。

——死んだの？

――コターさんがいらっしゃっているだろ？　たった今教えてくれたんだよ。家のそばを通りかかったんだそうでな。

自分がずっと見られているのがわかっていたので、ぼくはその報せに興味がないみたいにして食べ続けた。おじさんが、コター爺さんに説明した。

――このぼうずと神父さまは、それは仲がよくてな。ご老体はずいぶんたくさんのことを教えてくださったんだ。ほんとだぜ。こいつに期待をかけてたんだって言ってくれる人もいてさ。

――あの方の魂に、神さまどうぞご慈悲を、とおばさんが厳かに言った。

コター爺さんはしばらくの間、ぼくを見ていた。小さなビーズのような黒い目が、こっちを値踏みしているのが感じられた。そっちの思い通りに皿から顔を上げたりなんかするもんか。爺さんはまたパイプを吹かしはじめ、しまいにはお行儀の悪いことに、暖炉に向かって唾を吐いた。

――自分の子どもにゃ、と彼は言った。あんまりああいう男と口をきいたりしてほしくないね。

――どういう意味です、コターさん？　とおばさんが尋ねた。

――どういう意味って、とコター爺さんが言った。子どもにゃよくないからさ。わしからすることだな、若いもんは、同じくらいの年の連中と走りまわらせて遊ばせておけばいいんだよ。あんなじゃなくてさ……、そうだろ、ジャック？

――おれも同じ考えだな、とおじさんは言った。分をわきまえるように教えてやんなきゃ。いつもそこにいる薔薇十字団員さんにはそう言っているんだ。運動しろってね。おれがガキのころには、毎朝水風呂に浸かってたもんさ、冬だろうが夏だろうが。今こうしていられるのも、あれをやっていたおかげさ。教育ってのは、全く立派で大したもんだよな……。コターさんに、その羊の足のところを出してやってくれ、とおじさんはおばさんに向かって言葉を継いだ。

――いやいや、わしゃ遠慮しとくよ、とコター爺さんは言った。

おばさんは食器棚から皿を出して、テーブルの上に置いた。

――でも、なんで子どもにはよくないって思われるんですか、コターさん？　とおばさんは尋ねた。

――子どもにはよくないんだって。子どもの心ってのは感じやすいからな。子どもがあんなもんを見たら、わかるだろ？　影響されちまうんだよ……。

怒りの言葉がつい口をつくのではないかと心配になって、ぼくは口の中をお粥でパンパンにした。くだんねえ老いぼれた赤鼻のくそジジイが！

眠りに落ちたのは遅くなってからだった。コター爺さんに子ども扱いされて腹が立ってはいたけれども、あの人が言い淀んで尻切れトンボになった文から意味を引きだそうとして、懸命に頭を働かせた。自分の部屋の暗がりで、パラリシスを喰らったあの人のもっさりとした灰色の顔を、もう一度目にしている様を想像した。頭の上まで毛布を引きかぶって、クリスマスのことを考えようとした。でも、灰色の顔が、ぼくを追いかけてくる。その顔はぶつぶつと何事か呟いていて、何かを懺悔したがっているのがぼくにはわかってしまう。自分の魂が心地よく不道徳な領域へと引っこんでゆくのを感じる。するとそこにはまたあの顔が待ちうけていて、やっぱりそいつに出会ってしまうのだ。そいつはぼくに向かってぶつぶつと懺悔をはじめるのだが、なんでずっと薄笑いを浮かべているのかわからない。なんであいつの唇は、あんなに唾で湿ってるんだ。そしてその時、思いだす。あれはパラリシスで死んだんだ。そしてぼくは、自分も弱々しい薄笑いを浮かべているのを自覚する。魔道士サイモンがやらかしたぐらいのあの人が犯した大罪を、ぼく自身が赦免してやっているかのように。

翌日の朝食後、ぼくは、グレート・ブリテン・ストリートにある小さな家の様子を見にいった。そこは控えめな構えの店で、「洋品店」という漠然とした看板を出していた。洋品店といいつつ扱っているのは主に子ども用の靴や傘で、普段なら窓に「傘修理します」と貼り紙がされていた。鎧戸が降りていたので、貼り紙は見えなかった。喪に服していることを示すリボンのついたリースが、扉のノッカーのところに結わえつけられていた。二人の貧相な女と電報配達の少年が、リースにピン留めされたカードを読んでいた。ぼくも近づいて、読んでみた。

一八九五年七月一日
ジェイムズ・フリン神父（ミース・ストリート聖キャサリン教会所属）
享年六十五歳
R・I・P

カードを読んでいたら、あの人が死んだと実感が湧いてきた。気がつけば茫然としてしまっていて、自分でそれがわかって動揺した。もしあの人が死んでいなかったら、店の裏手の暗い小さな部屋に入っていって、火のそばに置かれた肘掛け椅子に座っているあの人に会っているところなのに。あの人は大きな上着を着こみ、窒息せんばかりだろう。たぶんぼくはおばさんに、嗅ぎ煙草のハイ・トーストを一パック持たされている。そしてその贈り物が、あの人を恍惚としたまどろみから目覚めさせるのだ。黒い煙草入れに嗅ぎ煙草を入れてあげるのは、いつもぼくの役目だった。だってあまりに手が震えているから、あの人にやらせたら中身の半分は床にばら撒かれてしまう。大きな手を鼻のところに持っていけばいったで、指の間からコートの上に、小さな煙の雲のようになって漏れ落ちていった。あの人の古い僧服が色褪せた緑色になってしまっていたのは、嗅ぎ煙草がいつもこぼれていたせいだったんじゃないか。嗅ぎ煙草の一週間分の汚れでいつも黒くなっていた赤いハンカチは、こぼれた嗅ぎ煙草を払うのには全然役に立っていなかった。

中に入って、あの人を見たかった。でも、ノックする勇気はなかった。通りの日の当たっている方をゆっくりと歩いて、その場を離れた。通り過ぎてゆくショーウィンドーは芝居がかった大げさな広告だらけだったけれども、それを全部読みながら歩いていった。おかしい。ぼく自身も今日という日も、喪に服しているムードじゃない。そのうえ、まるであの人が死んだおかげで自分が何かから解放されたみたいじゃないか。不思議だった。だっておじさんが昨日の晩に言っていた通り、あの人はぼくにたくさんのことを教えてくれたのに。あの人は若いころにアイルランドから選ばれてローマの神学校で勉強していて、ちゃんとしたラテン語の発音をぼくに教えてくれた。カタコンベや、ナポレオン・ボナパルトの話をしてくれた。ミサの儀式が違えばその意味も違うこと、神父さまたちが着る衣装が違えばそちらも意味が違うことを、ぼくに説明してくれた。時々ぼくに難しい質問をしては、面白がっていた。特定の状況下で人はどうすべきか、これこれの罪は永遠の死を招くか、赦免されうるか、単に人間が完全でないだけか。あの人の質問は、すごく単純な行為だとずっと思っていた教会における慣わしが、どんなに複雑で神秘的であるかを示してくれた。聖餐式や告解守秘義務は、ぼくからするとあまりに重たすぎる。あんなことを引きうける勇気を自分の中に見出せる人が、今までいたとは思えない。だから、教会の神父さまたちが郵便局の住所録と同じくらい分厚い本を書いているだとか、そうした本が新聞の告知欄と同じぐらいぎっちり詰まった活字で入りくんだあらゆる質問の答えを明らかにしているのだとかあの人が言っても、別に驚かなかった。あの人の問いかけには考えたところでだいたいは答えられなかったし、何度も言い直しながらとても馬鹿な答えをするだけだった。それでもあの人はぼくの答えにいつも微笑んで、二度、三度とうなずいてくれた。時折ぼくに、暗記させたミサの唱和の言葉を全部通しで言わせて、物思わしげに微笑み、うなずいて、嗅ぎ煙草を大きく一つまみ、鼻の穴に一つずつ持ってゆくのだった。あの人は、微笑むときによく大きな変色した歯を見せ、ベロを下唇の上にのっけた——あの癖は、あの人をよく知る前、知りあいはじめたばかりのころから、ぼくを落ちつかなくさせた。

日の光の中を歩いていると、コター爺さんの言葉がふと心に甦ってきた。そこで、夢の中であの後に何が起こったのか思いだそうとしてみた。ヴェルヴェットの長いカーテンとアンティーク風のランプが揺れているのに気づいたのは覚えている。自分がとても遠いところにいるように感じていた。風習が全然違うどこかの国、ペルシャとか……。でも、夢の終わりは思いだせなかった。

夕刻になってから、おばさんが喪に服している家に連れていってくれた。日が沈んだあとだったけれど、西側を向いた家々の窓ガラスはくすんだ金色をした雲の大きな塊を映しだしていた。ナニー婆さんが、玄関でぼくたちを迎えてくれた。大きな声で話しかけては場にそぐわないので、おばさんは握手だけをした。婆さんは物言いたげに上の方を指ししめし、おばさんがうなずくや、ぼくたちの先に立ってしんどそうに狭い階段を昇りはじめた。婆さんの垂れた頭は、手すりぐらいの高さしかなかった。最初の踊り場のところで、婆さんが立ち止まった。弔問客を迎える死者のための部屋《デッドルーム》のドアは開いており、ぼくたちは先に入るように促された。おばさんが、中に入った。ぼくが入るのを躊躇《ためら》っているのを見て、齢を重ねたその女は、再びぼくを片手でさし招いた。

おそるおそる、ぼくは中に入っていった。日除けの端のレースを通して射しこんだ夕暮れ時の黄金の光で部屋はいっぱいになっており、その光の中で、蠟燭の火は青白く細く見えた。あの人は、棺に納められていた。ナニー婆さんに従って、ぼくたちはベッドの足の方で跪《ひざまず》いた。祈っているふりをしたけれども、祈りに集中できなかった。なんでって、婆さんの呟きが気になって仕方がなかったからだ。おまけに、スカートが背中のあたりにすごくみっともなく引っかかっているのに気づいてしまったし、布靴の踵はどちらも歪んで踏みつけられ、つぶれていた。年老いた僧侶が棺の中に横たわりながらニヤニヤ笑っているという妄想に、ぼくはとらわれてしまった。

でも、そんなことはない。ぼくたちは立ちあがってベッドの頭のところに行ったけれども、死体は笑ってはいなかった。そこには、あの人が横たわっていた。厳かに、堂々と、祭壇に立つためめの装いで。大きな手が、力なく聖杯をつかんでいた。顔はとても酷薄に見え、灰色で大きく、鼻孔は黒い洞窟のようで、ほのかに白い柔毛に縁どられていた。部屋は、重く垂れこめるような香りで満ちていた――花だ。

ぼくたちは十字を切ってから、部屋を後にした。階下の小さな部屋では、神父さまの肘掛け椅子にイライザ婆さんがじっと座っていた。ぼくはやっとの思いで、いつも自分が座っていた、部屋の隅にある椅子のところに向かった、その間にナニー婆さんはサイドボードのところに行って、シェリー酒のデカンタとワイングラスをいくつか取りだした。婆さんはそれをテーブルの上に置いて、ワインを少しどうかと勧めてきた。それからイライザ婆さんの身ぶりを受けてグラスにシェリーを注ぎ、ぼくたちに回した。ぼくはクリーム・クラッカーもいくつか押しつけられたけれども、断った。食べるときに音がしたら気まずいのではないかと思ったからだ。ぼくが断ったのでナニー婆さんはいくぶんがっかりした様子を見せてから、イライザ婆さんの後ろにあるソファーに静かに座りに行った。誰も口を開かなかった。ぼくたちはみんな、空っぽの暖炉を見つめていた。

イライザ婆さんがため息をつくまで待ってから、おばさんが言った。

――あの、神父さまは、よりよい世界に行かれたんですよね？

イライザ婆さんはまたため息をついて、そうだと頭を下げた。おばさんは一口啜る前に、ワイングラスの軸をいじった。

——最後は……安らかに？　とおばさんは尋ねた。

——ああ、それは安らかに、とイライザ婆さんは言った。いつ息を引きとったのかもわからないくらいでね。美しい死だったよ。神よ、讃えられたまえ。

——万事滞りなく……？

——オルーク神父さまが、火曜日にいっしょにいてくれたんだ、最後の塗油をしてくださって、全部準備してくれたんだよ。

——その時は、まだおわかりになって？

——すごく落ちついていたね。

——すごく落ちついて見えますものね、とおばさんが言った。

——身体を洗うのに来てもらった女の人もそう言ってくれたよ。まるで眠っているように見えますねって。心安らかに落ちついていらっしゃるようですねって。あんなに美しい死体になるとはねえ。

——ええ、そうですわね、とおばさんは言った。

グラスから少し啜って、おばさんは続けた。

——その、フリンさん、とにかく、全部できることはしてあげたんですから、思いつめたりしないでくださいね。お二方が神父さまによくしてあげたのは、絶対ですもの。

イライザ婆さんは、膝の上の衣服の皺を伸ばした。

——ああ、可哀そうなジェイムズ！　と婆さんは言った。貧しいなりにやれることは全部やってあげたのは、神さまがご存じさ。生きている間は、何の不自由もさせなかったんだから。

ナニー婆さんは頭をソファーのクッションに預けていて、眠ってしまいそうに見えた。

――ナニーも可哀そうさ、とイライザ婆さんはナニー婆さんを見ながら言った。疲れきっちまって。あたしたちでいろいろやったからね。この人とあたしでさ。身体を洗ってくれる女の人を呼んで、ジェイムズを安置して、それから棺桶、それからチャペルでのミサの手配！　オルーク神父さまがいらっしゃらなかったら、あたしらはどうしたらいいかまるでわかりゃしなかったろうね。あの花全部に、二本の燭台まで、あの人はチャペルから持ってきてくれたんだ。それから『フリーマンの将軍さま』《フリーマンズ・ジェネラル》〔『フリーマンズ・ジャーナル』の覚え違い〕のために死亡広告を書いて、墓地と可哀そうなジェイムズの保険がらみのいろんな書類を書いてくれたんだ。

――そんなにご親切に？　とおばさんが言った。

イライザ婆さんは目を閉じて、ゆっくりと頭を振った。

――やっぱり、古くからの友だちが一番だね。結局のところね、死体は旧友に頼るしかないのさ。

――全く、その通りですねえ、とおばさんは言った。でも間違いなくあの方は、これからは天国で永遠に報われるでしょうし、お二人のことを決して忘れはしませんよ。どれだけやさしくしてくれたか、忘れはしませんって。

――ああ、可哀そうなジェイムズ！　とイライザ婆さんは言った。あたしたちには、全然面倒をかけなかったんだよ。もう今じゃ、この家であの声は耳にできないんだねえ。あの世にいってしまったって、わかっちゃいるんだけどね……。

――寂しい思いをするのは、全部終わったときでしょうね、とおばさんが言った。

――そうだろうね、とイライザ婆さんは言った。もうあたしが牛肉スープを持っていってやることはないんだね。あんただって嗅ぎ煙草を送ってくれようにも、もうできやしないんだよ。ああ、可哀そうなジェイムズ！

婆さんは過去と交信しているかのように黙りこむと、忘れてはならない大事な話をするかのように言ってきた。

――あのね、最近、何か奇妙なもんがあの人のところに降りてきていたのに、あたしゃ気づいてたんだよ。あたしがそこにスープを持っていくといつもさ、祈禱書が床に落っこちてしまっているのさ。それであの人はというと、椅子にそっくり返って口をあんぐり開けているんだよ。

婆さんは指を一本自分の鼻にあてがうと、顔をしかめた。そして続けた。

――それでもね、ずっと言っていたんだよ。夏が終わる前に、天気がいい日に、昔の家をもう一回馬車で見に行こうって。あたしらみんなが生まれたアイリッシュタウンにある家を、あたしとナニーもいっしょにってね。新しい流行りの馬車を借りてさ、音がしない、オルーク神父さまがジェイムズに前に教えてくれた馬車だよ――リューマチな車輪《リューマティック》〔空気入り車輪《ニューマティック》の覚え違い〕とかいうのがついているやつさ――日帰りだったらあっちのジョニー・オルークの店で借りれば安いんだって、ジェイムズは言ってた。日曜の夕方にあたしら三人で遠出しようって。そのことをずっと気にかけていて……可哀そうなジェイムズ！

——あの方の魂に、神さまのご慈悲がありますように！　とおばさんは言った。

イライザ婆さんがハンカチを取りだして、目を拭った。それからハンカチをポケットに戻すとしばらくの間、何も言わずに空の暖炉を見つめていた。

——いつでも細かいことを気にしすぎだったんだよねえ、と彼女は言った。神父さまが負わなくてはならない義務は、ジェイムズには重すぎたんだ。だからあの人の人生は、言ってみれば、十字架に縛りつけられてしまっていたんだよ。

——そうですねえ、とおばさんは言った。すごく悲しい思いをされたんですよね。それは、誰にでもわかりましたよ。

沈黙が、小さな部屋を支配した。静けさが垂れこめるなか、ぼくはテーブルに近づくと自分のシェリーを飲んで、それから部屋の隅にある椅子に静かに戻った。イライザ婆さんは、深い夢想に落ちこんでしまったようだった。ぼくたちは彼女に敬意を払って、彼女が沈黙を破るのを待っていた。長い間の後に、彼女はゆっくりと話した。

——ジェイムズが壊してしまった、あの聖杯ねえ……。あれが全ての始まりだったんだよ。もちろんね、みんなは大丈夫ですよって言ってくれたよ、つまりその、何も入ってなかったんだからってね。それでもやっぱり……。お手伝いの子が失敗したんだって言ってもくれたんだけどね。でもジェイムズは可哀そうに、すごく気にして。神さまのご慈悲がありますように！

——そのせいなんですか？　とおばさんが言った。ちょっと耳にしたことが……。

イライザ婆さんはうなずいた。

――あれで気が触れてしまったんだよ。あれから、一人でふさぎこみはじめたのさ。誰とも話さないで、一人でうろうろするんだよ。ある晩お呼びがかかったんだけれど、どこにも見当たらないことがあったのさ。本当に隅々まで総出で探したんだけれど、どこにも見当たらない。教会の人がチャペルはどうだとおっしゃって、鍵を持っていって開けてみたんだよ。その教会の人と、オルーク神父さまと、他にも神父さまがいたね。ジェイムズを探そうとしてチャペルに明かりを持ちこんでさ……。そうしたらばどうよ？　ジェイムズがいるじゃないのさ。暗闇の中で告解部屋に収まって、一人で背筋をしゃんと伸ばして座っていたんだ。ぱっちり目を覚まして、自分に向かって薄ら笑いでもしてるみたいだった。

婆さんは突然、耳をすましてあたりをうかがうかのように、話を止めた。ぼくも耳をすました。けれども、家の中では何の音もしていなかった。老いた神父が、棺桶の中に横たわっている。ぼくたちが見てきたままに。厳かに、獰猛に、死にとらえられて。胸には、役に立たない聖杯が。

イライザ婆さんが、また口を開いた。

――ぱっちり目を覚まして、自分に向かって薄ら笑いでもしてるみたいだったのさ……。だからね、みなさんにそんなのを見られてしまったんだから仕方がないんだけどさ、何かまずいことがあったんじゃないかって、思われてしまったんだよね……。

三　心霊の力

幽霊物語にとっての要諦は、懐疑的な読者に幽霊の肌触りを確かなものとして感じさせることにある。

クリス・ボルディック

『オックスフォード版ゴシック短編集』序論

キリスト教の信仰がその力を失うにつれ、近代人は死の恐怖に直面することになりました。物理学や心理学の発展は幽霊の存在を否定するのではなく、むしろその存在を検証することによって「死後の世界」を証明しようとする力動を生みだしました。結果として、インチキ霊媒の跳梁や疑似科学の蔓延につながりはしましたが、十九世紀末から二十世紀初頭のアイルランドを含む英国では、人々が幽霊や霊魂の存在を科学的に証明しようとする最後の戦いを繰りひろげていたのです。こうした風潮に応じて、この時期にはヴィクトリア時代に続いて無数の幽霊譚が書かれました。ですから、この時期の英国幽霊譚を読むにあたっては、そのような作品が幽霊の存在を信じる（あるいは完全には否定しきれていない）教養ある読者を想定して書かれていたことを、頭の片隅に置いておくべきでしょう。

十九世紀の降霊会が流行りだした時期、霊媒からの呼びかけに、幽霊たちは多くの場合、物理的な反応をもって応えました。ラップ音と呼ばれる音を発したり、机をひっくり返したり、エクトプラズムと呼ばれる物体を出現させたり。しかしながら、インチキ霊媒たちのペテンがゴーストバスターズによって暴かれてゆく過程で、心霊研究の中心は、死者と生者の間になんらかの交信が存在しているかどうかに移行してゆきました。近親者の死などにまつわる「虫の報せ」がその一例です。イングランドのユーモア作家でもあるジェローム・K・ジェローム（一八五九〜一九二七）の「科学の人」は、降霊会のドタバタ騒ぎは信じられないけれど、霊の存在は否定できない、という当時のインテリの感覚をよく表しています。ほぼ話のつくりがいっしょの「夜の叫び」と比べてみれば、この作品の洗練の度合いが感得できるでしょう。

日本では怪談をするのは暑い夏、ご先祖さまがお戻りになるお盆の時期ですが、英国ではクリスマスです。その伝統を名作『クリスマス・キャロル』を発表して確立したのが、誰あろうヴィクトリア朝英国の——アイルランドではありません。念のため——国民作家、チャールズ・ディケンズ（一八一二～七〇）でありました。ディケンズは幽霊譚の名作を多く残しましたが、その中でも一際名高いのが、「第一支線——信号手」です。十九世紀を通じ、アイルランドを含む英国全体を覆う鉄道網が敷設され、英国の至るところで人の身体など木っ端みじんにしてしまう鋼鉄のテクノロジーの塊が大地を疾駆する姿が見られるようになりました。実際に起こった事故の悲惨さもさることながら、自身がつくりだしたその圧倒的な破壊力に、人々は慄《おのの》いたのです。ディケンズはそうした同時代の恐怖を、見事に幽霊譚に組みこんでみせました。このセクションを〆る『ダブリナーズ』の「痛ましい事件」でも、人間の肉体は鉄道車両にかなうわけはなく、人は鉄の塊の前にブレイカブルであるという不安がヒシヒシと伝わってきます。

「痛ましい事件」では死者からなされる生者へのコンタクトの様子が、妖精モチーフも活用しつつリアリズムぎりぎりのラインで見事に表現されています。『ダブリナーズ』の中では霊との交感に最も接近した作品と言えるかもしれません。ジョイスのダブリンでもやはり、異界との交信に賑やかなラップ音はもはや必要ないのです。

科学の人

ジェローム・K・ジェローム

ある日ストランドでちょっとした出会いがあった。私はその男のことを、もう何年も会っていないよく知っている人だと思った。チャリング・クロスまでいっしょに歩き、そこで握手をして別れた。翌朝、この出会いを共通の友人に話したところ、初めてその男が六か月前に亡くなっていたのを知った。

私がある男を他の人と間違えたというのが、自然な推測だろう。私は人の顔を覚えるのが得意ではないので、よくこれをやらかす。しかしながらこの件に関しては、述べておくべきことがある。いっしょに歩いている間中ずっと、この人は別の死んだ男ではないだろうかという印象を持ちながら会話していたのだ。偶然かどうかはともかく、彼の返事は私が間違っていると一度たりとも示唆してはくれなかった。

私が話し終えるや、非常に考え深げに聞いていてくれたジェフスンは、私に心霊主義を「最大限に」信じているかどうか尋ねてきた。

「そいつは大きな問いだな」と私は答えた。「「心霊主義を最大限に」ってどういう意味だい?」

「そうだな、きみは、死者の霊魂には自らの意志でこの世を再び訪れる力があるだけではなく、この場で行動する力、もっと言うと、その行動を自分から熱意をもって行おうとするような力を持っていると信じるかい？　一つわかりやすい事例を挙げよう。ぼくには心霊主義者の友人がいる。分別があって、夢想に耽るような男じゃ決してない。かつて彼が話してくれたところでは、霊媒が友人の幽霊とコミュニケーションを取るにあたって習慣的に使っていたテーブルがあった。ある晩彼が一人で座っているときに、そのテーブルが部屋を横切ってゆっくりと彼の方に向かってきて、彼は壁に押しつけられてしまったのだそうだ。さて、きみらはみんな、こんな話を信じられるかい？」

「信じられはするが」とブラウンが引きうけて答えた。「でもその前に、きみにその話をしてくれたご友人とやらを紹介してほしいもんだ。一般的に言ってだ」彼は続けた。「我々が自然あるいは超自然と呼ぶ事柄の間にある違いは、ぼくには単に起こる頻度の差のように思えるのさ。我々が認めざるをえない現象に関して言うならば、真実ではないと証明できないものは何も信じない、というのは非論理的だと思うな」

「私からするとだ」マクショーナシーが言った。「我々の友人である幽霊が、彼らにその原因を帰しうる風変わりな余興を見せてくれる能力があるというのはまだ信じられるんだが、彼らにそうしたいという欲望があるという方は、どうもな」

「そいつは」ジェフスンが付け加えた。「社会の要請によって無理強いさせられているんじゃなく、尋常でないほど無関心な連中でいっぱいの部屋で、無理やり子どもじみた会話をして夕べを過ごすなんてことを、なんで幽霊が好きこのんでやるのかわからんってことかい？」

「まさしく私が理解できないことだね」マクショーナシーが追随した。

「ぼくもだよ」ジェフスンは言った。「でもね、今全く違うことをいっしょに考えているところだったんだ。ある男が、ものすごく切実な想いが満たされないまま亡くなったとしよう。その場合、彼の霊が地上に戻って、中断した仕事を完遂する力を持つことはあるかもしれないと信じるかい？」

「そうだな」マクショーナシーが答えた。「そもそも霊がこの世の諸事になんらかの興味を持ち続けている可能性を認めるなら、居間でつまらないインチキを余興として演じることに霊が従事すると信じるよりも、きみが示してくれたような任務にあたると想像する方が、確かにはるかに理にかなってはいるね。ところで、何の話を持ちだそうとしているんだい？」

「なんでこんな話をしたかというと」足を広げてまたがった椅子の背に両腕をもたれかけさせながら、ジェフスンは答えた。「今朝病院で、年寄りのフランス人の医師に一つ話をされたんだ。事実に関わる部分の情報は少なくて単純だ。知られていることは全て、四十二年前のパリ警察の記録で読める。

「でもね、この事件で一番肝となる部分は知られていないし、知られることもないだろう。

「ある男がもう一人の男に対してひどいことをして、物語ははじまった。どんなひどいことをしたのかは、知らない。でもね、女性が関わっているのだろうという考えにぼくは傾いている。そう思うのはなぜかというと、ひどいことをされた相手を憎んだ男というのが、女の吐息の記憶に煽《あお》られるのでなければ男の脳みそのなかでそうそう燃えあがることのないような憎しみをもって、その相手を追いまわしたからさ。

「でもこいつはただの推測にすぎないし、大事なところに関しては、物証はない。さて、ひどいことをしたその男は逃亡し、もう一人の男は彼の後を追った。その追跡行は、点と点をつなぐレースになった。第一の男は一日先に出発するアドヴァンテージをもらっている。コースは全世界で、賭けられているのは第一の男の命だ。

「そのころは、旅人の数は今のように多くなく、旅人同士の距離も離れていた。おかげで前を行く者の道筋をたどるのは簡単だった。第一の男は、追手が彼の背後でどれだけ遠くにいるのか近くにいるのか決してわからなかった。時折相手の裏をかけたかもしれないと願って、しばし休息をしただろう。第二の男は第一の男が自分のどのくらい先にいるのか常に知っており、決して立ち止まることはなかった。だから、憎しみによって駆りたてられた男は、恐怖によって駆りたてられている男に日毎に近づいていった。

「各々の町で、こんな具合にいつも代わり映えのしない問答がくり返されたんだろうね。

「『昨晩の七時でございます、ムッシュー』

「『七時——そうか十八時間か。何か食べ物をくれ、すぐに。馬をつないでいる間に』

「次の場所では、計算は十六時間になっていただろう。

「ぽつんと建っている羊飼いの小屋を通り過ぎるときに、ムッシューは窓から頭を突きだして『ここを馬車が通ってからどのくらいだ、背の高いブロンドの男が乗っていた馬車だが？』

「「そんなのが今朝早く通りましたな、ムッシュー」

「「すまんな、先を急いでくれ、夜が明けるまでに峠を通りぬけられたら、銘々に百フランずつだ」

「「死んだ馬には、ムッシュー？」

「「生きていたときの値段の二倍払う」

「ある日、恐怖に駆りたてられていた方の男が顔を上げると、前方に扉が開けはなたれた聖堂が見えた。彼は扉を抜けて跪《ひざまず》くと、祈った。彼の祈りは長く、熱狂的だった。大変な苦境に陥り信仰の藁にすがっている人々がする祈りだった。自分の罪が許されますように、と彼は祈った。より大事な点として、自分の罪の結果が許されて現在の苦境から解放されますように、と祈った。少し離れた椅子のところでは、彼の敵が彼と向きあって跪き、祈っていた。

「しかし第二の男の祈りは単なる神への感謝の祈りだったので、短かった。その結果、第一の男が顔を上げると、椅子越しに自分を見つめている相手の顔を目にすることになった。その顔には、嘲るような笑みが浮かんでいた。

「彼は立ちあがろうとさえせず、跪いたままだった。もう一人の男の目に輝く歓びに魅了されていたのだ。もう一人の男は背の高い椅子を一つ一つ動かしながら、彼の方に静かに向かってきた。

「それから過ちをなされた男が、彼に過ちを犯した男のすぐ横に、我が時来たれりと喜びに満ちて立ちはだかったまさにその時、聖堂の鐘楼で突然に鐘が鳴り響いた。待ち焦がれた時を迎えていた男は心臓をやられて後ろにひっくり返り、息絶えた。彼の口元には、嘲りの微笑がまだ残っていた。

「そんな具合に、彼はそこで斃《たお》れた。

「過ちを犯した男は立ちあがると、神を讃えながらその横を抜けて外に出た。

「もう一人の男の亡骸がどうなったかは、知られていない。聖堂で突然死んだ余所者の死体だったからだ。誰であるか特定できる者はなく、亡骸を引きとろうと申しでる者もいなかった。

「年月が過ぎ、悲劇の生き残りは価値ある有用な市民となり、著名な科学者となった。

「彼の研究室ではたくさんの物品が研究のために必要とされていた。それらの中でも特に目立っていたのは、部屋の隅の決められた場所に置かれている人間の骸骨だった。それはとても古くて、多くの個所が補修されていた。ある日、長らく予想されていた事態が訪れた。骸骨がバラバラになって崩壊してしまったのだ。

「というわけで、もう一体骸骨を買う必要が生まれた。

「科学の人は、知己である業者を訪れた。羊皮紙のような顔をした小柄な老人で、煤《すす》けた店を経営していた。店はノートルダム大聖堂の尖塔の影の中にあり、その場では何も売っていなかった。

「染みが多くてくしゃくしゃな羊皮紙のような顔をした小柄な老人は、ムッシューがまさにほしがっている物をちょうど持っていた——飛び切り上質で、非常に均整の取れた「標本」を。その日の午後にはその品はムッシューの研究室へと周旋されて、備えつけられることになった。

「業者は言葉を違えなかった。その晩にムッシューが研究室に入ると、その物はしかるべき場所に置かれていた。

「ムッシューは背もたれの高い椅子に座り、考えをまとめようとした。けれどもムッシューの思考は統制が取れずふらふらしがちで、かつ常に一定の方向へと彷徨《さまよ》っていった。

「ムッシューは大部の書物を広げて、読みだした。他人に過ちを犯してその人物から逃げた男について読んだ。相手はその男を追った。これを読んでいる自分に気づいて彼は腹を立て、本を閉じ、立ちあがって窓のところに行き、窓際に立って外を見た。前方に、太陽に貫かれた大聖堂の身廊《しんろう》が見えた。その石の床の上にかつて死人が一人、嘲るような笑みを浮かべながら横たわっていたのだった。

「自分を愚か者と罵り、笑いながら彼は窓から振りかえった。その笑いは長くは続かなかった。というのは、部屋の中にいる何かも笑っているように思えたからだ。突然にショックを受け、足が床に糊付けされてしまい、彼はしばらく立ちつくして、じっと耳をすました。それから、音がしたように思えた部屋の隅を、目を皿のようにして眺めた。しかし、そこに立っている白い物体が、ニッカリ笑いを返してくるだけだった。

「ムッシューは額と手に浮いた汗を拭い、そっと部屋を出ていった。

「二日ほど、彼はその部屋に再び入らなかった。三日目、自分が感じている恐怖はヒステリーを起こした女の子のようなものだと自分に言いきかせて、扉を開けて中に入った。恥をすすぐべく彼はランプを手にし、骸骨が立っている遠い端まで部屋を横切ってゆき、それを検分した。百フランで買った一組の骨だ。こんな枯れ尾花を怖がるとは、まるで子どもではないか！

「歯列が剝きだしになっているのでニッカリ笑っているようなその物体の頭の前に、彼はランプを掲げた。ランプの火が微かに、息がかかったかのように震えた。

「家の壁が古くてひびが入っているからだ、と彼は自分に言い聞かせた。どこからか風が入ってきたのかもしれない。その物体に目を据えながら、後ろ向きに歩いて再び部屋を横切りながら、もう一度自分にその説明をくり返した。自分の机のところにたどり着くと椅子に腰かけて、指が白くなるまで肘掛けを握りしめた。

「彼は作業をしようとしたが、ニッカリ笑った空虚な眼窩が彼をそちらへ引き寄せているように思えた。びくびくしながらチラチラと周囲に目をやっているうちに、扉の前に立っている背の高い衝立が目にとまった。彼はそれを前に引っぱってくると、自分とその物体の間に据えた。そいつが見えないように――あるいは、そいつから見えないように。それから椅子に座り直すと、とうとう仕事に取りかかった。しばらくの間、自分の前にある本に無理やり目を向けていたが、とうとう自分をそれ以上抑えきれなくなった。苦しいことに、どうしても目が向きたい方を向いてしまうのだ。

「それは、幻覚だったのかもしれない。衝立を、そういう幻覚が見えやすいようにたまたま置いてしまっていたのかもしれない。彼が見たのは、衝立の角の後ろからまわされてのぞいている、骨の手だった。叫び声をあげて、彼は床に昏倒した。

「家の者たちが駆けこんできて彼を担ぎだし、寝台に横たえた。回復するや彼の最初の問いは、その物はどこで見つかったか――みなが部屋に入ったときにそれはどこにあったか、だった。いつもあるところに立っているのを見ましたよ、とみなが彼に告げ、それから彼が狂ったように頼みこむのでもう一回部屋に見にゆき、笑いを隠そうとしながら戻ってくると、仕事のし過ぎや、変化と休息の必要性について話しだした。彼は、ならばみなが思うように私をしてくれと言った。

「何か月もの間、研究室の扉は鍵で閉ざされていた。やがて凍えるような秋の夕べが訪れたとき、科学の人はその扉を再び開き、自分の背後で閉めた。

「彼は明かりをつけて道具と本を自分の周囲に集め、背もたれの高い椅子に腰を下ろして、それらに対峙した。すると、古き恐怖が彼のもとに戻ってきた。

「しかし今回は、彼は自分自身を克服するのだと決心していた。彼の神経は今やより強靭で、頭脳はより明晰だった。自分の非合理な恐怖と戦うのだ。彼は扉のところに行き、鍵を閉めて自らを閉じこめ、鍵を部屋の反対側に放った。鍵は壺や瓶の間に落ちて、音を響かせた。

「夜が更けて、年老いた家政婦が家の中で最後の一周りをしながら、いつもの習慣に従って扉をノックし、主人の安眠を願った。はじめ何の反応もなかったので、心配になり、彼女はより大きな音がするようにノックをし、もう一度呼ばわった。するとようやく「お休み」という返事がかえってきた。

「その時は大したことと思わなかったが、後で思いかえしてみるに、返事をした声は奇妙なほど耳障りで機械的だった。何とか説明しようとして、彫像から聞こえるような声を想像した、と彼女はその声を喩えた。

「翌朝、扉はまだ鍵がかかったままだった。主人が一晩中仕事をするのは珍しくはなかったので、翌日だいぶ経つまで誰も驚くべきことと考えなかった。しかしながら夜が訪れても主人がまだ出てこなかったので、召使たちは部屋の外に集まり囁きあい、前に一度何があったかを思いだした。

「彼らは耳をすましたが、何も音は聞こえなかった。扉のノブをつかんで揺すって主人を呼ばわり、木の羽目板を拳で叩いた。しかしそれでも、何の音も部屋からは聞こえなかった。

「これは大変だとなり、扉を打ち破ることに決め、何度も扉に打撃を加えた。やっとのことで扉が観念して大きく開いたので、彼らは我先にと中に入った。

「彼は背もたれの高い椅子に、背筋をしゃんと伸ばして座っていた。最初みなは、主人が眠っているうちに死んだのではないかと思った。しかしそばに寄って光を当ててみると、喉の周りには骨ばった指によってつけられた青黒い痣があり、彼の目には、人間の目にはそうそう浮かぶことのないような恐怖が残っていた。

話が終わったあとに続いた沈黙を最初に破ったのは、ブラウンだった。彼は私に、ブランデーはあるかいと尋ねた。寝る前にブランデーを一口やりたくなってしまったんだ、と彼は言った。こいつが、ジェフスンの物語が持つ目立った効能の一つだった。彼の話を聞くと、いつもブランデーを少しきこしめしたくなってしまうのだ。

第一支線——信号手

チャールズ・ディケンズ

「おーい《ハロア》！　下の人《ビロウ・ゼア》！」

このように呼びかけられたとき、彼は自分の信号所の扉のところに立っていた。信号旗を手に持っていたが、旗は短い柄に巻きつけられていた。その場所の性質を考えれば、声がどちらの方向からかけられたのか、あやふやになるなどありえないと思われた。ところが、私は彼のほぼ真上、切り立つように掘削された場所の上に立っていたのだが、彼は私を見上げる代わりに向きを変えるや、線路を見下ろした。そのような彼の所作には、尋常ではない何かがあった。いったいそれが何なのか言葉にはできなかったが、それでもその所作がおかしいことはわかり、私の注意を引きつけた。彼の姿は遠く、深い溝の下方で、小さく縮んで影のようになっていたにもかかわらず、である。彼のはるか上方には燃えるような夕日の光が溢れていたので、私は西日を避けるために、彼に目を止める前から手を目の上にあてていた。

「おーい！　下の人！」

彼は線路を見下ろしていた体勢から再び向きを変え、目線を上げて、ずっと上にいる私の姿を認めた。

「きみと話をするのに、そこに降りてゆく道はあるかい?」

彼は返事をせずに私を見上げ、私は私であんまりすぐにくだらない質問をくり返して無理強いにならないようにと、彼を見下ろしていた。ちょうどその時、大地と空気に微かな振動が伝わってきた。その振動はすぐさま激しい脈動に変わり、列車の怒濤の接近がまるで自分を引きずり下ろす力を持っているかのように、私はたたらを踏んだ。速力ある列車から私の高さにまで蒸気が昇ってくると、蒸気は目の前を通り過ぎて、風景の中で散り散りになっていった。私がまた下を見ると、列車が過ぎる間に使っていた旗を、男が巻き直しているところだった。

私は質問をくり返した。一瞬の間があって、その間、彼は私のことを値踏みするかのように、じっと見つめていたようだった。彼は巻いた信号旗で、私と同じ高さにある二、三百ヤードほど先の場所を指し示した。私は下に向かって呼びかけた。「わかったよ!」そしてその地点に向かって行ってあたりを注意深く見回してみると、でこぼこではあるがジグザグに下ってゆく小道が刻まれているのを見つけたので、それをたどっていった。

掘削されたその場所はとんでもなく深く、尋常でない切り立ち方をしていた。湿っぽい石の岩盤が切り開かれており、私が下に降りるにつれその岩肌は、水が出て湿っぽくなっていった。おかげでその道を行くにはけっこうな時間がかかり、そういえば信号手が小道を指し示すのに、しぶしぶあるいは仕方なしといった妙な雰囲気だったたな、などと思い起こすのに充分な時間があった。

ジグザグの下り道を、また信号手が見えるくらいのところまで降りてくると、先ほど列車が通過した線路と線路の間に彼が立っているのが見えた。まるで、私が現れるのを待ってくれていたかのような態度だった。彼は左手を顎にやり、左手の肘を胸の前で右手に重ねていた。何かを期待して注視しているような物腰だったので、私は怪訝に思い、一瞬歩みを止めた。

私は道を下るのを再開し、線路の高さに来たところで道をはずれ、男に近づいた。彼は浅黒い肌をし、血色が悪く、顎鬚は黒くて、眉がかなり濃かった。彼の詰め所ほど孤立して寂しい場所は、見たことがなかった。両脇を水が滴る峻険な岩肌に挟まれ、開けた眺めといったら切りとられたように見える、頭上の空だけだった。先に延びて見えるのはこの強大な地下牢のねじ曲がった延長部だけで、反対方向に目をやれば、陰鬱な赤信号と、さらに陰鬱な黒いトンネルがすぐに口を開けていた。その巨大な構造物には、野蛮で抑えつけるような、禁断の雰囲気があった。この場所にはほんのわずかしか日光が届かなかったので土の臭いがひどくし、そこを激しく抜ける風はあまりに冷たいので、自然界を離れてしまったと思うぐらいの寒気に襲われた。

相手が身動きする前に、彼に触れられるぐらいのところまで近寄った。その時でもなお男は私から目を離さず、一歩退くと片手を上げた。

仕事をするにはなんとも寂しい詰め所だ（とはもう言った）。ここが、上方のあそこから見下ろしたときに、私の視線を釘付けにした場所だった。訪問者はほとんどいないと考えるべきだろう。たまに来た来訪者が厄介だと思われていないといいが。彼の目に映っている私は、人生の全てを狭い了見の中に閉じこめられてきて、ようやく自由の身になり、大きな仕事への興味を新たに目覚めさせている男にすぎない。私が彼に話しかけたのには、そのような自分なりの理由もあった。しかしながら、自分が使っている言葉が適切かどうか、まるで確信がなかった。というのは、私はどんな会話であれ自分からはじめるのが苦手であったうえに、その男には私を怯《ひる》ませる何かがあったからだ。

男はトンネルの出口のそばにある赤信号に、すごく奇妙な視線を送った。そして、まるで何かがそこから失われているかのように眺めまわしてから、私の方に目を向けた。

あの信号はきみの管轄だろう？　違うのかい？

彼は低い声で答えた。「そうだってわかりますでしょう？」

ひたとこちらに向けられた目と陰気な顔をじっと見ているうちに、こいつは幽霊であって人ではないのではないかという怪物的な考えが心に芽生えた。あれ以来、彼の心には人に強い影響を与える何かがあったのかもしれないと考えている。

自分の番になって、私は逡巡した。しかしそうしながら彼の目の中に、私に対する深甚な恐怖があるのがわかった。おかげで、怪物のように膨れあがった妄想は追いはらえた。

「きみは」私は無理やり笑みをつくりながら言った。「まるで私のことを恐ろしいものでも見るみたいに見るんだね」

「そんなことはないと思うんですが」と彼は返してきた。「前にどこかでお会いしましたかね？」

「どこで？」

彼は、自分が見ていた赤信号を指差した。

「あそこで?」と私。

すごく真剣に私を見つめながら、彼はイエスと（ただし音なしで）答えた。

「ちょっと待ってくれ、あそこで私が何をするっていうんだい?　さすがに、私はあそこにはいなかったよ、そうだろう?」

「そうですね」と彼は答えた。「ええ、確かにそんなことはないですね」

彼の態度は、私自身の態度と同様にはっきりしていた。彼は私の発言に淀みなく、言葉をしっかりと選んで答えた。この場所ではたくさんすることがあるのかい?　もちろん、彼には充分に負うべき責務があった。正確さと注意深さが求められ、実際に行う仕事――肉体労働――については、彼に並ぶ者はいなかった。信号を換え、明かりを調整し、時々鉄のハンドルを回すというのが、彼が自分の頭の下でやらなければならない全てだった。そうした作業をしながら過ごすとても長く孤独で煩瑣な時間は、私にはすごく大変そうに思えたが、彼からすると自分の生活のルーチンは、それ自体がそのように形作られてしまっているとしか言えない、とのことだった。そして、彼はそれに慣れてしまっていたのだそうだ。このはるか下方にある場所で、彼はある言語を自学自習していた――視覚を通じてしか学ばず、発音については自分で勝手に未熟な考えをひねり出してしまっている状態を、言語を学んでいると呼びうるならばだが。彼はまた分数や小数についても学び、算数を少しやろうとしていた。ただ彼は、学校にいるころから数字には弱かった。仕事に際して、この男は湿った空気の峡谷に常に留まっている必要があったのだろうか、このような高い岩の壁の間から、日の当たるところに昇っていけはしなかったのだろうか？　そいつは時と場合による、というものなのだろう。状況によっては、その支線は他の路線より仕事が少ないこともあるだろうし、昼と夜の特定の時間に関しても、同じことが言えるだろう。輝くような天気の日には、はるか下方にあるこの影から出て少しは上に行く機会をうかがったそうだが、いつ電気ベルに呼びだされるかという状況から逃れられるわけはなく、不安を倍増させながらベルに注意を向けているようでは、私が考えるのよりはるかに心は休まらないのだろう。

彼は、私を自分の信号所に連れていった。中では火が焚かれており、正確に記録しなくてはならない公式の業務日誌を書くための机、ダイヤルと針がある電報送受信機に、彼の話に出てきた小さなベルがあった。よい教育は受けた、おそらくこの詰め所で働くべき人間より上の教育は受けたのだ、という発言については彼なりの正当化（非難にならないように言いたいものだが）をしていたのだろうと私はにらんでいるが、彼が述べるところでは、そのようなわずかなかみ合わせのズレの実例は、人間が集まるところではないのが珍しいくらいで、救貧院でも、警察でも、絶望的に最後の手段である軍隊においてもそうであり、どんな大鉄道会社の社員も多かれ少なかれそうなのだった。彼は若いころ（と信じられればだが。この小屋に座っていると、彼にそういう時代があったとは信じられない気分になる）、自然哲学の学生で、講義にも出席していた。けれどもぐれてしまって機会を無駄にし、落ちぶれて、二度と浮かばれなかったのだそうだ。その報いに、文句はない。自分で床を整えて、そこで寝る。別の何かをするには、もうあまりに遅すぎる。

私がここでまとめあげた話全てを、彼は静かな調子で語った。厳かで暗い表情で、私と部屋の火とを隔てながら。彼は時々、「だんな《サー》」という言葉を、特に自分の若いころについて話す際に、言葉の合間に挟んだ。まるで、自分はあなたが見出した通りの者ですよ、と懸命に私にわからせようとしているようだった。彼の話は、小さなベルの音で何度か中断した。メッセージを迅速に読んで、返事をしなくてはならなかった。一度などはドアの外に立ち、列車が通過する際に旗を示して、運転士と言葉のやりとりをしなくてはならなかった。任務を遂行している彼の姿を見ていると、驚くほど正確で油断がなかった。指示の言葉を一息で発すると、やらねばならぬことが終了するまで沈黙を保った。

一言でいって、その能力においてこの人物は、充分に信頼して雇用できる人物であるとみなさざるをえなかった。ある例外を除いては。私と話している間に、彼は二度ほど顔色を失って急に話をやめ、音がしていない小さなベルに顔を向け、小屋の扉を開け（健康によくない湿気を入れないために、常に閉められていた）、トンネルの出口のそばの赤信号の方を見やった。どちらの機会でも、彼は説明しがたい雰囲気をまとって火のところに戻ってきた。その雰囲気は前にも述べたが、ある程度まで離れてしまうとどういうふうだかはっきりとはわからなくなってしまうのだった。

帰ろうとして立ちあがりながら、私は言った。「すごく充実して働いている人にお会いしたんだと、思っていいかな?」

（そう口にしたのは誘いをかけたのだと認めなくてはならないのは、つらい。）

「昔はそうだったと信じていますよ」と最初に話したときのような低い声で、彼は答えた。「でもね、サー、あたしは困っているんですよ。困っているんです」

できることならその言葉を取り消せればよかったのだろうが、彼はそう口にしてしまい、私は素早くその言葉尻をとらえた。

「なぜだい？　何に困っているんだい？」

「説明するのはとても難しいんですよ、サー。話すのはとってても難しいんです。でも、もしもう一回あたしのことを訪ねてくれるのなら、やってみましょう」

「じゃあ、もう一回きみのことを訪ねると、明確に意思表示させてもらうよ。いつだったらいいのかな？」

「朝は早く出ます。夜の十時にはまた仕事がありますよ、サー」

「十一時に来るよ」

彼は私に感謝し、扉のところまでいっしょに出てきた。「白灯を掲げておきますよ、サー」彼特有の低い声で言った。「だんなが帰りの登り道を見つけるまでね。道を見つけても、大声は出さないでくださいよ！　ちゃんと上にたどり着いても、大声を出してはだめですからね！」

彼の物腰のせいでその場が急に寒くなったように思えたが、私は「いいともさ」以上のことは言わなかった。

「それから、明日の晩に降りてくるときも、大声を出しちゃだめですからね！　最後に一つ訊かせてください。今夜、どうして「おーい！《ハロア》　下の人！《ビロウ・ゼア》」って叫んだんです？」

「覚えていないよ」と私は言った。「何かそういう類のことは叫んだけれど——」

「そういう類じゃないです、サー。正確にそうおっしゃっていました。間違いありません」

「じゃあ、正確にそう言ったとは認めるよ。でも私がその言葉を使ったのは、きみを下方《ビロウ》に見たからにすぎないよ」

「他の理由は何も？」

「他にどんな理由がありえるっていうんだい！」

「なんらかの超自然的な方法で、その言葉が伝えられてきたような感覚はお持ちではないですか？」

「ないね」

彼は私におやすみと告げ、ランプを掲げた。私は支線の線路の横を（列車が背後から来るのではないかという非常に不愉快な感情につきまとわれた）上へとあがる小道を見つけるまで歩いていった。降りるより登る方がはるかに楽だった。特に変わったことなく、私は自分の宿に戻った。

遠くの時計が十一時を打っているまさにその時、約束を違えず時間に正確に、私はジグザグの小道の最初の段のところに足を載せていた。彼は白灯をつけて、どん底で私を待っていてくれた。「大声は出さなかったよ」とおたがいの距離が近づいたところで私は言った。「もう話してもいいかな？」「もちろんですとも、サー」「それじゃ、こんばんは。握手しようじゃないか」「こんばんは、サー。喜んで」そんなやりとりをして、私たちは並んで彼の信号所まで歩いていった。中に入ると扉を閉め、火の傍らに座った。

「覚悟を決めましたよ、サー」私たちが腰を下ろすやいなや身を乗りだして、彼ははじめた。

囁き声よりほんの少し大きめなくらいの声の調子だった。「何があたしを困らせているのか、もう一度尋ねてくださらなくていいですよ。昨日の晩は、だんなを別の誰かと取りちがえていたんです。そのせいで困っているんです」

「勘違いのせいで?」

「違います。その他の誰かのせいです」

「誰だい、そいつは?」

「知りません」

「私に似ている?」

「わかりません。顔を見たことがないんです。左腕が顔の前に掲げられていて、右手を振ってるんです。必死で振るんですよ。こんなふうに」

私は彼の身振りを目で追った。極端なほどの感情と激しさを伴った、腕一本によるジェスチャーだった。「お願いだから、そこをどいてくれ!」

「ある月夜の晩でした」男は言った。「ここに座っていたら、誰かが叫ぶのが聞こえたんです。『おーい!《ハロァ》 下だ!《ビロウ・ゼア》』びっくりして立ちあがり、そこの扉から外を見ました。そうしたら、トンネルの近くの赤信号のそばに、その『他の誰か』が立っているのが見えたんです。あたしがたった今やってみせたみたいに手を振っていました。叫び声をあげているせいで、声が嗄れてしまっているようでした。『気をつけろ! 気をつけろ!』そしてそれからまた『おーい! 下だ! 気をつけろ!』ランプをつかむとそいつを赤にして、その人影に向かって走りながら叫びました。

「どうした？　何が起こった？　どこだって？」そいつはトンネルの暗がりのすぐ外側のところに立っていました。あたしは近づいてゆき、そいつが袖で目を隠し続けているのが見えて、それが不思議に思えるぐらいそばまで行きました。そいつのところまで走ってたどり着き、手を伸ばして顔の前にある袖を引っぱろうと思ったら、そいつはいなくなっちまったんです」

「トンネルの中へだね」と私。

「いいえ。あたしはそのままトンネルに駆け入りました。五百ヤードは。立ち止まって、頭の上にランプを掲げました。見えたのは、計測された距離を刻んだ数字と、壁に水を静かに伝わせて、アーチに水を滴らせている壁の沁みだけでした。あたしは外に走り出ました。中に向かって走っていったのより速くです（だって、そこにいるのはとんでもなく怖かったんですから）。自分の赤ランプを持って赤信号の周囲を見回り、物見の鉄の梯子を上まで昇って、それからまた降りてくると、ここに駆けもどりました。あたしは線路の行く先の両方に電報を打ちました。「警告アリ。異常アリヤ？」両方から返事がありました。「全テ以上ナシ」」

氷のように冷たい指が一本、背骨をゆっくりなぞってゆくのに抗しながら、私は彼に説いた。その人影とやらは、きみの視覚が惑わされていたに違いない。目の機能を司る神経が衰弱する病気に起因する人影は、よく患者を悩ませることが知られている。患者の中には自分を苛むものの性質に気づいている者もいるし、それは患者自身への実験によって証明されている。「想像上の叫び声については」私は言った。「ぼくらがこんなに低い声で話しあっている間にも、自然界にあるはずのない形をしているこの谷には風が吹き抜けている。ちょっと耳をすましてみたまえよ。

風が電線を使って奏でる荒っぽいハープの音にさ！」

しばらく腰を下ろして耳をすました後、彼は答えた。なるほど道理ですね。風と電線についてはもっとよく知っているべきでした。一人で見張りをしながら、幾度となくここで長い冬の夜を過ごしていますから。でも、まだ話は終わっていないと言わせてもらっていいですか。

私は彼に先走ってしまった赦しを請うた。私の腕に触れながら、彼はゆっくりとこう付け加えた。

「そいつの出現から六時間もしないうちに、この支線でみなさんの記憶に刻みこまれている事件が起こったんですよ。そして十時間もしないうちに、死人と負傷者がその人影が立っていた場所に、トンネルの向こうから運ばれてきたんです」

受けいれがたい震えが私の身体の上を這いまわったが、懸命にそれに抗した。驚くべき偶然というのは否定できないね。彼の心に深く印象づけようと計算しながら、私は答えた。しかし、驚くべき偶然が継続して起こったのは疑問の余地がないし、この題材を考察するにあたってそのことは当然勘案しなくてはならない。そう認めなくてはならないのだが、その時はさらに付け加えた(というのも、彼がさらに反論を持ちだしそうな気配を見せたように思ったからだ)。常識ある人は、人生に関わるありふれた計算をするにあたって、偶然の一致をあまり織りこんで考えたりはしないものだよ。

彼は再び、畏れながら、まだ話は終わってはいないのですが、と告げてきた。

私も再び、心ならずも話の腰を折ってしまってすまない、と謝った。

「あれが起こったのはですね」私の腕にまた手を置いて、虚ろな目で肩越しにチラリと後ろを振りかえってから、彼は言った。「たった一年前なんです。六、七か月が過ぎて、不意をくらったショックからようやく立ち直ってきたころでした。ある朝、夜が明けるころ、あたしはドアのところに立って、赤信号の方向を見てました。そして、またあの幽霊を見たんです」

彼は話を止めて、じっと私を見つめた。

「そいつは叫んでいたのかい?」

「いいえ。黙っていました」

「腕は振っていたかい?」

「振っていませんでした。信号の支柱にもたれて、両手を顔の前にやっていました。こんな具合にです」

再び、彼のアクションを目で追った。それは、お悔やみの動作だった。墓石に彫りこまれた人物のそのような体勢を見たことがあった。

「そっちまで行ってみたかい?」

「あたしは小屋の中に戻って、腰を下ろしました。一つには考えをまとめるため、一つにはそいつのせいで気が遠くなりかかったからです。もう一度ドアのところに行くと、太陽は頭上にあり、幽霊はいなくなっていました」

「でも、続いては何も起こらなかったんだろう? 何もそいつから生じたりはしなかったんだろう?」

彼は私の腕を人差し指で二、三度つつき、そのたびに気味悪くうなずいた。

「まさにその日にですね、列車がトンネルから出てきたとき、あたしは気づきました。あたしがいた側の客車の窓の一つが、手やら頭やらで大混乱に見えました。それに、何かが振られていました。あたしがそいつを認め、運転手に止まれと合図するのにちょうど間に合いました。ストップ！　運転手は列車を停止する作業に入り、ブレーキをかけました。でも列車はここを過ぎて百五十ヤードぐらい先まで行きました。あたしは列車の後を追ってゆき、そちらに向かっている間に、恐ろしい悲鳴や叫び声が聞こえてきました。お美しい若いご婦人が一人、客車の一つで急に亡くなられ、ここに運びこまれて、あたしたちの間のこの床に横たえられたんです」

彼が指し示した床板に目をやり、続いて彼へと視線を移しながら、私は思わず椅子を後ろに引いた。

「ほんとなんですよ、サー。本当なんです。起こった通りのことを正確にお話しししているんです」

口にできる言葉が何も思いつかなかった。どのような目的に対しても。口が異常に乾いた。風と電線が、その話を長く悲しげなうめき声でもって引きとった。

「信号のところで？」

「危険信号のところでです」

「そいつは何をしているようだった？」

以前やってくれた「お願いだから、そこをどいてくれ！」というジェスチャーを、そんなことが可能であればだが、情熱と激しさをさらに加えて彼はくり返した。

それから彼は続けた。「そいつのせいで、平穏も休息もないんです。頻繁に何度も訪ねてきやがるんです。苦しそうに、「下だ！　気をつけろ！　気をつけろ！」そいつは立ちはだかって、あたしに向かって手を振るんです。あたしの小さいベルも鳴らすし――」

私はその言葉尻をとらえた。「私が昨日の晩ここにいたとき、そいつはきみのベルを鳴らしたんだね？　それできみはドアのところに行ったんだ」

「二回ありましたね」

「おやおや」と私は言った。「きみの想像力はなんときみをミスリードしていることだろう。私はこの目をしっかりと見開いてベルを見ていたけれど、もし私が生者なら、その時にはそのベルは鳴ってはいなかったぜ。鳴ってないよ、他の時だって。鳴ったのは、駅がきみと連絡を取ろうとして、物理の法則による自然の成り行きに従ったときだけだ」

彼は頭を振った。「それに関しては、間違ったことはないんですよ、いまだかつてね、サー。幽霊のベル鳴らしを人間のとごっちゃにしたことはありません。幽霊のベルは、ベルの中のおかしな波動で起こるんで、他の何かから生じるんじゃないんです。ベルが目に見えて揺れるとか言っちゃいませんよ。だんなに聞こえていなくてもおかしいとは思いません。でもね、あたしは聞いたんです」

「それで、きみが外を見たらば、そこに幽霊はいたように見えたのかい？」

「い、い、いました、とも」

「二回とも？」

彼は決然と、私の言葉をくり返した。「二回とも」

「私といっしょにドアのところに来て、今そいつを探してくれるかい？」

彼はどこか気が進まないように下唇を噛んだが、それでも立ちあがった。私はドアを開けて昇り段のところに立ち、彼は戸口のところに立った。あそこが危険信号だ。それで、あそこが暗くなったトンネルの出口。向こうが、掘削されて聳える湿った石の壁。その上には、星が瞬いている。

「見えるかい？」彼の顔に特に注意を払いながら、私は尋ねた。彼の目は飛びださんばかりで、緊張していた。でもおそらく、同じ場所に懸命になって向けていた私自身の目ほどではなかっただろう。

「いいえ」彼は答えた。「いませんね」

「そうだね」私は言った。

我々はまた中に入り、扉を閉め、椅子に座り直した。優位に立ったこの状況——と言えるとしてだが——をさらに確かなものにするのが最善であろうと考えていると、彼は我々の間には事実に関して重大な問題はありえないとばかりに、さも当然のことを話すように会話を再開した。私は自分が最も不利な状況にいるかのように感じた。

「ここまでで完全にご理解いただけると思うんですが、サー」と彼は言った。「あたしがこんなにそら恐ろしい思いをして悩んでいるのはですね、この問いに答えられないからなんです。あの幽霊は、何を伝えようとしているんでしょう？」

完全に理解しているかどうか、確信はないよ、と私は彼に告げた。

「何を警告しているんだろう？」深く物思いに沈みながら目を炎に向け、時折ほんのわずかの間、視線を私に向けながら彼は言った。「何が危ないのか？　どこが危ないのか？　この支線の上のどこかに危険が潜んでいるんです。何か恐ろしい悲惨な事件が起こるでしょう。前に起こったことを考えれば、今度の三回目も疑う余地がない。それにしても、なんであたしに対してこんなひどい出方をするんだ。あたしに、どうしろっていうんだ！」

彼はハンカチを引っぱりだすと、熱を帯びた額から噴きでる玉のような汗を拭った。

「支線の行き先のどっちか、あるいは両方に危険を警告する電報を打つにしても、そうする理由があたしにはないんです」彼は手の汗を拭いながら続けた。「厄介事に巻きこまれて、何の役にもたちゃしない。気が狂ったと思われるでしょう。こんな具合になっちまうでしょうね――発信：「危険！　注意サレタシ！」返信：「危険ハナニカ？　イズコデ？」発信：「不明ナリ。シカシドウシテモ注意サレタシ！」あたしゃ、配置替えされますね。他にどうしようもないでしょうからね」

心に痛手を負った彼の姿は、見るも哀れだった。人命に関わる不可解な責任の重みで圧しつぶされそうになるとは、良心ある男にとっては耐えがたい精神的拷問だった。

「そいつが最初に危険信号の下に立ったときにですね」と彼は続けた。黒髪を頭から掻きあげ、どうしようもないほど強烈な苦悩を示しながら、両手を何度も何度もこめかみから後頭部に向けて滑らせた。

「なんで、どこで事故が起こるのか教えてくれないんでしょうか——もしそいつが必ず起こるなら？　なんで、どうやったら避けられるのか教えてくれないんでしょうか——もし避けられるものならば？　二度目に現れたときは顔を隠していましたが、なんで代わりに言ってくれなかったんでしょう、「その女性は死にますよ。家にいさせるようにしなさい」って？　この二回は、警告しているのが真実だって示すためだけに出ているようなもんですよ。あたしに三回目に備えろっていうなら、なんで今、素直に警告してくれないんですかね？　あたしはですね、神さま、お助けくださいい、この孤立した持ち場のしがない信号手にすぎないんです！　こういう話を信じてもらえるぐらい信頼があって、実効性が伴う行動のできる権力がある人のところに、なんで出ないんですか！」

このような状態の男を見ているうちに、公共の安全のためだけでなく、この哀れな男のために私が今やらねばならぬのは、彼の心を落ちつけることだと悟った。それゆえ、我々の間にある現実か非現実かというあらゆる問題は脇によけておいて、私は彼に言いきかせた。誰であれ徹頭徹尾自分の義務を遂行する者は、みなちゃんとやれるに違いない。人を混乱させるような幽霊の出現は理解できないかもしれないが、自分が果たすべき義務がわかっているなら、気を確かに持とうじゃないか。この働きかけは、彼に自身の思いこみを考え直させるという私の試みよりかなりましな成功をおさめた。彼は落ちついてきた。夜が更けるにつれ彼の仕事に付随している細々とした諸業務に、彼はより大きく自分の注意を向けなくてはならなくなりはじめた。私は午前二時に、彼のところを離れた。私は一晩いっしょにいようと申しでたのだが、彼は聞きいれなかった。別に隠さなくてもいいだろう。小道を登りながら、私は一度ならず赤信号を振りかえった。その赤信号は気に食わなかった。あの信号の下に寝床があったなら、きっとろくに眠れなかっただろう。これも隠さなくていいだろう。事件にまつわる二つの連鎖や、亡くなった若い女の話も、いやだった。

もっともあのような告白を聞いてしまったので、私の頭は自分がどうすべきかを考え、フル回転していた。すでに明らかにしたように、あの男は知的で、注意深く、労を惜しまず、正確を期す人物だった、けれどもあのような心の状態では、どのくらいの間それを維持できるだろうか？下の職位ではあったが、それでもとても重要な信頼を得ている。それなら私は（例えばだが）、彼が正確さを伴って義務を実行し続けるという目に、賭けた方がよいのではあるまいか？

腹蔵ないところを話し、中庸の道を示さず、彼が話してくれたことを彼の会社の上司に伝えてしまうというのは、どうしてもどこか裏切りに近い感じが拭えなかった。そこで私は最終的に（他の方面には彼の秘密を内緒にしたままにするとして）、この手のことにかけて聞き知っている限り最も賢明な医師のところへ彼を同道し、意見を求めるように申しでる決心をした。勤務時間の変更が次の晩にはある、と彼は教えてくれていた。日の出の一、二時間後にオフになり、次の仕事は日の入りのすぐ後だという。それに合わせてまた戻ってくるよ、と私は約束した。

次の日の晩は、素敵な晩だった。その晩を満喫しようと、早めに歩きに出た。例の深く掘削された場所のそばを通る野道を横切ったときには、日はまだすっかり沈んではいなかった。一時間ほど散歩を延ばそうかな、と私は自分に向かって言った。三十分先に進んで、戻るのに三十分。そうしたら、ちょうど私の信号手の詰め所に行く時間になるだろう。

散歩の足を延ばす前に、崖の縁のところに歩み寄り、機械的に下を覗きこんだ。最初に信号手の男を見た、まさにその場所からだった。自分がとらえられた戦慄を、表現できない。トンネルの出口の近くに、男が現れているのが見えた。左手の袖で目を隠し、熱をこめて右腕を振っている。

名状しがたい恐怖が私を圧しつぶし、瞬時に通り過ぎていった。というのはすぐに、自分が見ている男は実在の男であるとわかったからだ。ちょっと離れたところには男たちの小さな一団が立っており、その集団に向かって男はそのジェスチャーを試演しているのだった。危険信号は、まだ灯されていなかった。信号の柱に接するように、小さな背の低い差し掛け小屋が木の支柱と防水シートでつくられていた。私には、全く見馴れないものだった。その大きさは、ベッドより少し大きいくらいだった。

何か悪いことがあったという抗しがたい感覚にとらわれ——あの男をあそこにほったらかして、誰かに彼がすることを監視するか矯正するかさせなかったがゆえに、致命的な悲劇が起こってしまったのではないかという自分自身を責めたてる恐怖が閃き——私はできる限りのスピードで、刻み目がつけられた小道を下っていった。

「何があったんです?」私は男たちに尋ねた。

「信号手が今朝、死んだんです、サー」

「その信号所に詰めている男じゃないだろうね？」

「それがそうなんです、サー」

「私が知っている人じゃないだろうか？」

「ご存じなら、ご自分でどうだかわかると思いますよ、サー」と男が一人、他のみなを代弁し、厳かに帽子を取ってから、防水シートの端を引っぱり上げた。「顔はとてもきれいなままですからね」

「ああ、なんてこった！　何がどうなったんだ？」防水シートが降ろされる間に、一人ひとりの顔を順々に見ながら、私は尋ねた。

「機関車に轢かれちまったんですよ、サー。イングランドでやっこさんより自分の仕事がわかっている者はいないほどなのに。だけどどうしてだか、外側の線路から退避しなかったんです。明るい日中でした。信号を点けて、手にはランプを持っていました。機関車がトンネルから出てきたときに、そちらに背を向けていたんです。それで、轢かれちまった。あいつが運転していたんで、どんなふうだったか見せてくれていたんです。このだんなさんにも見せてやんな、トム」

暗い色の粗い生地の服を着た男が、トンネルの出口の前の、先ほど立っていた場所に戻っていった。

「トンネルの中のカーヴを曲がるとですね、サー」彼は言った。「その先にその人がいるのが見えたんです。まるで望遠鏡でも見ているみたいに。速度をどうこうする時間なんてなかった。彼がとても用心深いのは知っていました。汽笛に全然注意を払おうとしないようだったんで、轢いちまいそうになったときには汽笛を鳴らすのはやめて、できる限りでかい声で、叫んだんです」

「何て?」

「下の人《ビロウ・ゼア》! 気をつけろ! 気をつけろ! 後生だからそこをどけ!」

私は驚愕した。

「いやもう、ひどい瞬間でしたよ、サー。やっこさんに呼びかけるのはやめませんでしたが、この腕を目の前にやって見ないようにして、こっちの腕を最後まで振ったんです。でも、無駄でした」


この奇妙な諸状況については、何かをことさらに取りあげて物語を長々と引き延ばすようなことはしないが、話を閉じるにあたり、指摘させてもらいたい符合がある。運転士の警告に含まれていたのは、不幸な信号手が自分にとり憑いて離れないのだと私にくり返してくれた言葉だけではなかった。その言葉に加えて含まれていたのは、彼ではなく——私自身が自分の心中でそのジェスチャーと結びつけていた言葉だったのだ。

痛ましい事件

ジェイムズ・ジョイス

ジェイムズ・ダフィ氏は、チャペリゾッドに住んでいた。なぜなら彼は、自らがその市民である都市からは、できる限り離れたところで暮らしたいと願っていたからだ。それに、ダブリンの他の郊外は、彼からするとどれもつまらなくて、モダンすぎて、気取っていた。住んでいるのは薄暗く古い家屋で、そこの窓からは、操業をやめている醸造所を覗きこむか、その上方にダブリンが構築されている浅い川を上流に向かって眺めわたすかすることができた。絨毯が敷かれていない部屋の背の高い壁には、絵の類はいっさい架けていなかった。部屋にある家具は、全部自分で購入していた。黒い鉄製の寝台架、鉄製の化粧台、籐製の椅子が四脚、洋服掛け、石炭入れ、鉄製の炉格子、四角い机の上には筆記台にできる文具箱が置かれていた。アルコーヴには、白木で棚をつくった本棚を収めてあった。ベッドには白いシーツが掛けられ、足元には黒と緋色のラグが掛けてあった。化粧台には小さな手鏡が一つ掛けられ、昼間は白い笠がついたランプが、マントルピースの上で唯一の装飾になっていた。白い木製の棚には、本が下から上に向かって、厚さに従って並べられていた。『ワーズワース全詩集』が一番下の棚の片端に置かれており、『メイヌース教理問答集』はノート用の布カヴァーで綴じられて、一番上の棚の端にあった。文具箱の上には、ものを書く道具が常に置かれていた。そこにはハウプトマンの「ミヒャエル・クラメール」の訳稿があり、ト書きは紫のインクで記されていた。それから、小さな紙の束が銅製のピンで留められていた。これらの紙には折に触れて記された一文が残されていたが、タイミングの皮肉ないたずらで、一番上には胆汁薬の広告の見出しが糊付けされていた。文具箱の蓋を開けると、幽かな香りが漏れでた――新しい白檀の鉛筆か、糊の瓶か、そこに入れられて忘れられた熟しすぎた林檎かの香りだった。

ダフィ氏は、肉体あるいは精神の不調の徴候となるものは何であれひどくきらった。中世の医師であれば、彼のことを土星の影響を受けた陰気な気質と呼んだことだろう。彼の顔には彼の人生の全ての物語が刻みこまれており、ダブリンの通りが帯びる茶色い濃淡の一部になっていた。面長でかなり大きい顔の頭髪は潤いのない黒髪で、黄褐色の口髭は無愛想な口を覆いつくせてはいなかった。頬骨もまた、彼の顔にがさつな印象を与えていた。でも、彼の目はがさつではなかった。その目は黄褐色の眉の下から世界を見つめており、その目が与える印象は、他の人たちの中に欠点を補う直感を見出そうと常にアンテナを張っているものの、往々にして失望してしまう男のそれだった。彼は自分の身体からは少し離れたところで生きており、自分自身の行動を疑わしげに横目で見ていたのだ。彼は、自らの行動を書き記す奇妙な習慣を持っていた。そのせいで自分自身について、主語は三人称で述部は過去形の短い文を心の中で時折、作文した。彼は決して物乞いに施しをせず、頑丈なハシバミの杖を手に、毅然として歩き続けた。

彼は長年、バゴット・ストリートのプライヴェート・バンクの出納係を務めていた。彼は毎朝、市電でチャペリゾッドから市内に通っていた。昼にはダン・バークのパブに赴いて昼食をとり、ラガー・ビールを一本飲んで、アロールートのクラッカーを小皿に一盛り食べた。四時きっかりに、仕事から解放された。ジョージ通りの安食堂で夕食をとったが、そこでだとダブリンのチャラい若者たちの世界から自分が安全でいられるように感じた。また、その店の請求書にはある種素朴な誠実さが滲みでていた。彼の夕べは、大家の女性のピアノの前で過ごすか、市街地の外縁をぶらぶら歩くかのどちらかだった。彼の好みはモーツァルトだったので、時にはオペラやコンサートに出向いた。彼の人生でのささやかな浪費は、それぐらいだった。

彼には連れも友もおらず、信仰も信条もなかった。他者との精神的な交わりなしに、自身の霊的《スピリチュアル》生活を送っていた。クリスマスに親族を訪ね、彼らのうちの誰かが死ねば墓場に同道した。これら二つの社会的義務を古き権威のために遂行したが、市民生活を規制する諸慣習に対しては他には一切を譲歩しなかった。特定の状況下においては自分の銀行から金を強奪するだろうな、などと考えるのを自分に許してはいたが、そういう状況には決してならず、彼の人生は冒険のない物語を単調に紡ぎだしているのだった。

ある晩、ロタンダ〔現在のパーネル・スクエアにある文教施設が集まった場所〕での催しで、自分の席が二人のご婦人の隣であるのに彼は気づいた。会場に人はまばらで静まりかえっており、悩ましいことに公演は失敗に終わりそうな気配だった。彼の隣のご婦人は閑散とした会場を一、二度見まわして、それから口にした。

――今夜はこんなにガラガラでなんて残念だこと！　空っぽの席に向かって歌わなくてはなら

ないのは、辛いものね。

彼はその発言を、会話への誘いと受けとった。彼は、ご婦人のほとんど遠慮のない様子に驚いた。話している間に、彼は彼女を永遠に自分の記憶に定着させようと試みた。話からわかったのは、隣の若い女性は彼女の娘だそうで、その娘は自分より一歳かそこら若いくらいだろうと見積もった。きれいであったに違いない彼女の顔には、知的な様子が保たれていた。卵形をしており、強い特徴のある顔つきだった。目はとても濃い青で、まなざしがしっかりしていた。はじめのうちは挑戦的な調子であったそのまなざしは、瞳が虹彩にゆったりと消えてゆくように見えることとあいまって、一瞬ではあるが大いに感受性があるのを露わにした。瞳はそれ自体がすばやく自己主張を再開し、半分だけ明らかにされたその性質はまた慎重さの支配下におかれた。そして、彼女の子羊《アストラカン》の毛皮のジャケットはある種満ち足りた胸をかたどって、より明確に挑戦的な調子を打ちだしていた。

アールズコート・テラスでのコンサートから二、三週間ほどして、彼は彼女に再会した。お近づきになろうとして、娘の注意が逸れている機会を何度かとらえた。彼女は一度か二度、夫の存在をほのめかしたが、彼女の言葉の調子はそのほのめかしを警告とするようなものではなかった。彼女はシニコウ夫人といい、夫の曽々祖父はリヴォルノの出身なのだそうだった。夫は商船の船長で、ダブリンとオランダの間を定期的に往復していた。二人の間に子どもは一人だった。

彼女にたまたま出会ったのが三回目になり、彼は思いきって会う約束を取りつけてみた。彼女はやって来た。これが、数多《あまた》の逢瀬の最初だった。二人はいつも夜に会って、一番静かな界隈を選んでいっしょに歩いた。けれどもダフィ氏はこそこそしているようなやり方が嫌いで、密かに会うのを強いられていることに気づくと彼女に家に招くよう強く迫った。シニコウ船長は彼の訪問をむしろ奨励した。問題になっているのは、娘の方だと思っていたからだ。彼は自分の快楽の陳列室から、裏表なく自分の妻には退去してもらっていたので、他の誰かが彼女に興味を持つなどとは、思いもよらなかったのだ。彼女の夫はよく遠方におり、娘は音楽のレッスンをしに出かけていたので、ダフィ氏は夫人と共にいる機会を何度も享受できた。彼も彼女も、こんなアヴァンチュールをこれまでに経験したことはなかったし、どちらも別に場違いとは思っていなかった。少しずつ、彼は自分と彼女の思考を絡み合わせていった。本を貸し、思想を吹きこみ、自分の知的生活を彼女と分かち合った。彼女は、全てを聞いてくれた。

彼の理論へのお返しに、彼女は時々、自分の生活における事実をいくばくか開陳してくれた。ほとんど母親のような気づかいを発揮して、彼女は彼に、自分の性質を全て曝けだしてほしいと促した。私はあなたの聴罪師となりましょう。そこで彼は彼女に話した。しばらくの間、彼はアイルランド社会党の集会のサポートをしていた。ほとんど照明としては意味のない灯油ランプに照らされた屋根裏部屋で、十人かそこらの素面《しらふ》の労働者たちの中にいる自分が、つくづく変わり者に感じられた。その党が三つの会派に分裂したとき、それぞれがそれぞれのリーダーの下、それぞれの屋根裏部屋に分かれたのを機に、彼は顔を出すのをやめにした。労働者たちの議論はね、と彼は言った。あまりに情けないものなのさ。賃金の問題に対して示す興味といったら尋常じゃない。彼らは強面《こわもて》の現実主義者たちで、余暇が生みだすものには自分たちの手がどうしても届かないのが許せないのだと、彼には感じられた。彼は彼女に言った。社会主義革命なんてのは、ダブリンには数世紀は起こりゃしないね。

彼女は彼に、なぜあなたは自分の考えを書きださないの、と尋ねた。何のために？　念入りに軽蔑をこめて、彼は尋ねた。続けて六十秒も考えることのできない、美辞麗句を並べたてるような連中と張りあうためにかい？　自分たちの倫理は警察官に、芸術は興行主に委ねてしまうような、愚鈍な中産階級の批判に自分自身を曝すためにかい？

ダブリンの外にある彼女の小さなコテージに彼はよく赴き、二人だけの晩を過ごした。少しずつ二人の思考が絡み合うにつれ、二人が話す主題の隔たりは小さくなっていった。彼女といっしょにいることは、外来の南洋植物にとっての暖かな土壌のようなものだった。ランプを灯すのを控えて、彼女は何度も二人の上に暗がりが落ちるがままにした。上品さが保たれた暗い部屋、二人だけの孤独、二人の耳でまだ振動している音楽が、二人を結びつけた。この結びつきは彼を有頂天にさせ、彼の性格の角を削ってゆき、彼の精神生活を豊かにした。時折、自分が自らの声に聞きいっているのに気づいた。彼女の目には、自分が天使のような高みに昇っているように映っているのだろう、と思っていた。そして、自分の友の熱烈な性質にさらにさらに馴染んでゆくにつれ、奇妙な、非人間的な声を聞いた。彼が自分自身の声と認識していたその声は、魂の癒しようのない孤独を述べたてた。我々は、我々自身を与えられはしない、とその声は言った。我々は、我々自身でしかない。その声とのこうした対話は、ある晩に終焉を迎えた。その晩、シニコウ夫人は、いつもと違った興奮の仕方をしているあらゆる徴候を示していた。彼女は情熱的に彼の手を取り、自分の頬に押しつけた。

　ダフィ氏は、驚愕した。自分の言葉に対する彼女の解釈が、彼を幻滅させた。彼は一週間、彼女を訪ねなかった。それから彼女に、自分と会ってくださいと手紙を書いた。二人でどうしようもない懺悔をしあって最後の面会を面倒なことにしたくなかったので、彼はシニコウ夫人とパークゲートのそばの小さなケーキ屋で会った。寒い秋の日だったがその寒さにもかかわらず、二人は三時間近くフィーニックス公園の道をうろうろと彷徨《さまよ》った。二人は、自分たちの関係を終わりにすることに合意した。全ての絆は、と彼は言った。悲しみへの絆なんですよ。公園から出て、二人は市電に向かって黙って歩いた。けれども、ここに至って彼女がひどく身体を震わせはじめたので、彼女の方がもう一段落ちこんだりしては厄介だと、彼は素早く別れを告げ彼女から離れた。数日後、自分の本と楽譜が入った包みを、彼は受けとった。

　四年が過ぎた。ダフィ氏は、規則正しく単調な自分の生活へと戻った。彼の部屋はまだ、彼の心の内がきちんと整理されているのを証明していた。新しい楽譜が一階の譜面台を塞ぎ、棚にはニーチェの二冊の本、『ツァラトゥストラかく語りき』と『愉しい学問』があった。机の上の紙束にはめったに書き記さなかった。そこに書かれた文の一つは、シニコウ夫人と最後に会ってから二か月後に書いたもので、こう読めた。男と男の間の愛は、不可能である。なぜなら性交渉がないに違いないから。男と女の間の友情は不可能である。なぜなら性交渉があるから。万が一でも彼女に会わないように、コンサートは避けた。父親が死に、プライヴェート・バンクの部下は退職した。それでもまだ、彼は毎朝市電に乗って市内に入り、毎晩ジョージ通りで慎ましい食事をとり、デザート代わりに夕刊紙を読んでから、市内から家に歩いて帰ってくるのだった。

ある晩、コーンビーフとキャベツを口に入れようとしたまさにその時、彼の手が止まった。彼の目は、水差しに立てかけていた夕刊紙のある小さな記事に釘付けになった。口に運ぼうとしていた食事を皿の上に戻し、その記事を注意深く読んだ。それから彼はコップ一杯の水を飲み、皿を脇に押しやり、自分の前で肘と肘の間に収まるように新聞を二つに折りたたんで、その記事を何度も何度も読んだ。皿の上のキャベツからは、白くて冷たい油が出はじめた。店員の娘が彼のところにやって来て、食事がちゃんと調理できていませんでしたか、と尋ねた。彼はとてもいい出来だよと言って、無理やり数口、口に詰めこんだ。それから支払いを済ませて、店を出た。

彼は速足で、十一月の黄昏を抜けていった。太めのハシバミのステッキが規則的に地面を打ち、ぴったりとした仕立てのコートの横ポケットからは、黄色っぽい紙の『ダブリン・イヴニング・メイル』紙の端が覗いていた。パークゲートからチャペリゾッドへと続く寂しい道で、彼は歩くペースを落とした。ステッキはそれほど力をこめて地面を叩かなくなり、不規則になっていた彼の呼吸は、ため息に近い音と共に、冬の空気の中で深く落ちついたものになっていった。家に着くとすぐに二階の寝室にあがって、ポケットから新聞を取りだし、窓から入る薄れゆく光の中で、またその記事を読んだ。声にだして読みあげはしなかったが、司祭が密かに口の中で祈禱を読みあげるときのように、唇を動かした。これが、その記事である。

シドニー・パレードで婦人死亡

痛ましい事件

本日ダブリン市立病院の検死官代理（レヴァレット氏不在時）が、エミリー・シニコウ夫人（四三）の死体の陪審検死を行った。夫人は昨晩、シドニー・パレード駅で死亡した。検死によると、亡くなった婦人は線路を横切ろうとして、キングズタウン十時発の普通列車の機関車にぶつかり、それによって頭部と右半身を負傷し、死亡するに至った。

ジェイムズ・レノン運転士によると、運転士は、鉄道会社に十五年勤務している。車掌の笛の音が聞こえたと同時に列車を発車させたものの、一秒か二秒後に複数の大声が聞こえたため、列車を停止させようとした。列車は徐行運転になりつつあった。

鉄道荷役夫のP・ダン氏によると、列車が動きだそうとしたまさにその時に、婦人が線路を横切ろうとしようとしているのを認めた。婦人の方に走ってゆき叫んだが、たどり着く前に婦人は機関車の緩衝器にひっかけられ、地面に倒れてしまった。

陪審員――ご婦人が倒れるのを見たのですね？

証人――はい。

クロリー巡査部長の宣誓証言によると、巡査部長が到着した時点で故人はプラットフォームに横たえられており、死亡しているようだった。救急車が到着するまでの間に死体を待合室に運んだ。

巡査五七Eが証言を追認した。

ダブリン市立病院専任外科医助手のハルピン医師によると、下部の助骨が二本折れており、右肩に重度の挫傷を被っていた。頭部右の負傷は、倒れた際のものである。その負傷は、通常であれば人を死に至らしめるほどではなかった。医師の所見では、おそらく衝撃と突発的な心不全で死に至ったものと思われる。

H・B・パタースン・フィンレイ氏は鉄道会社を代表し、事故に対して深い哀悼の意を表した。会社は人々が跨線橋以外を通って線路を横切らないように、あらゆる予防措置をとっていた。全ての駅に掲示を出し、平地の踏切には特許を受けたバネ式遮断機を設けていた。故人はこれまでも度々プラットフォームからプラットフォームへ、夜遅くに線路を横切っており、今回の事件の諸状況を鑑みるに、鉄道会社役員に責があると氏は考えていない。

故人の夫であるシニコウ船長（シドニー・パレード、レオヴィル在住）もまた、証言をした。船長によると、故人は自分の妻である。その朝にロッテルダムから戻ってきたばかりだったので、事故の時間にはダブリンにいなかった。結婚生活は二十二年になり、二年ほど前に妻が習慣的に大量の飲酒をするようになりはじめるまでは、幸せに暮らしていた。

娘のメアリー・シニコウさんによると、最近、母親は夜に酒を買いに出かけるのが習慣になっていた。証人は度々自分の母親を諭して、禁酒の会に参加させるべく説得しようとしていた。シニコウさんは、事故の一時間後まで家に帰っていなかった。

医療上の証拠に基づいて陪審は評決を下し、レノンは全てにおいて過失なしとした。

検死官代理は、非常に痛ましい事件であり、シニコウ船長とご令嬢に同情を禁じえない、と述べた。検死官代理は鉄道会社に対して、この先同様の事故が起こる可能性を排除する強力な方策をとるように促した。誰も責は問われなかった。

ダフィ氏は新聞から視線を上げて、窓から喜びのない夜の風景を見つめた。無人の蒸留所の横を静かに川は流れ、時々、ルーカン通りにあるどこかの家に、光が一つ現れた。なんて終焉だ！彼女の死に関する全ての語りが彼にとっては不快で、自分が彼女に自らの聖なるものをどのように話していたかを考えるとむかむかした。陳腐で俗な死の詳細を隠すために記者がひねりだした、使い古された言いまわし、空虚な同情の表現、慎重な言葉が、彼の胃の腑を痛撃した。彼女は自らを貶《おとし》めただけではない。彼も貶めたのだ。彼が見たのは文字で表された彼女の悪習の領域だった。悲惨で、腐臭を放っている。私の魂の伴侶が！　頭に浮かんだのは、バーテンに中身を注いでもらおうと缶や瓶をよたよたと運んでいる、彼が見かけたことのある与太者たちだった。おおい神さま、なんという終焉だ！　彼女は明らかに、生きてゆくのに不適合だったのだ。決断を行ういかなる力もなく、習慣に容易く餌食にされ、文明がその上に築かれた廃墟の一つだった。それにしたって、そんなに下の方まで沈むこともあるまいに！　まさか彼女に関して全くの考え違いをしていたのだろうか？　あの晩の彼女の号泣を彼は思いだし、今までに試みていたよりもはるかに辛辣にそれを解釈してみた。今になっても、自分がとった道筋を是とするのに困難はなかった。

光が消え、記憶が彷徨いだすと、彼が考えたのは、自分に触れた彼女の手だった。はじめに彼の胃の腑を襲った衝撃は、今度は神経を襲った。彼はすばやくコートを羽織り、帽子をかぶって外に出た。敷居のところで冷たい空気が彼を迎え、コートの袖口から服の中に這いいってきた。チャペリゾッド橋のところのパブを訪れ、店に入って熱いパンチを注文した。

店主は慇懃に彼に接したが、あえて話をしようとはしなかった。店では五、六人の労働者たちが、キルデア県のさるジェントルマンの土地の価値について議論していた。彼らは時々、巨大なパイント・タンブラーから飲んでは煙草を呑み、頻繁に床に唾を吐いてはたまにごついブーツで唾の上におがくずを引っぱってきてかけていた。ダフィ氏はスツールに座ってそちらの方を見つめていたが、彼らの姿は見えていなかったし、その会話も聞いてはいなかった。しばらくして労働者たちは出てゆき、ダフィ氏はもう一杯パンチを求めた。彼は、その一杯で粘った。店はとても静かだった。店主は『ハロルド』紙を読み、欠伸をしながらカウンターのところにだらしなく座っていた。時たま外で、寂しい道沿いに市電が通り過ぎてゆくのが聞こえた。

彼はそこに座りながら、彼女との人生を生き直し、彼がその時、彼女に対して抱いていた二つのイメージを、代わる代わる思い起こした。そうしながら、彼は悟った。彼女は死んでいた。存在するのを止めていた。記憶になってしまっていた。彼は、落ちつかなくなりはじめた。他に自分に何ができたかを、自問自答した。彼女と欺瞞の喜劇を演じるなど、できなかった。おおっぴらにいっしょに暮らすのも無理だった。自分としては、最善と思えることをした。自分に、何の咎《とが》がある？　彼女が逝ってしまった今になって、彼女の人生がどれほど孤独だったに違いないかがわかった。来る晩来る晩あの部屋で、一人で座っていたに違いない。自分の人生も、孤独になるだろう。死ぬまで、存在するのを止めるまで、記憶になるまで——もし誰かが、彼を覚えていてくれたらだが。

店を出たときには九時を過ぎていた。その晩は寒くて陰鬱だった。第一ゲートを通ってフィーニックス公園に入り、不気味な木々の下を歩いた。四年前に二人で歩いた、荒涼とした小道を通っていった。暗闇の中で、彼女がそばにいるようだった。時折、彼女の声が耳に触れ、彼女の手が自分の手に触れるのを感じたように思った。彼は立ちつくし、耳をすました。なぜ、彼女に人生を与えぬことにしてしまったのか。なぜ、彼女に死を宣告してしまったのか。自分の徳性が木っ端みじんになるのが感じられた。

マガジン・ヒルのてっぺんに着くと足を止め、ダブリンに向かって流れてゆく川を見やった〔コミュニティの外縁にある丘や砦跡には、妖精の棲み処という評判が付き物〕。ダブリンの灯が寒い夜に赤く、それでいてもてなしをするように燃えていた。斜面を見下ろすと、麓のあたりの公園の壁の影の中に複数の人影が横たわっているのが見えた。金目当ての人目を忍んだそうした秘め事が、彼を絶望で満たした。彼は、自分の人生の品行方正さを嚙みしめた。自分が人生の楽しみからの追放者であるかのように感じた。一人の人間が、彼を愛したらしい。そして彼は、彼女の人生と幸せを否定した。つまり、彼は彼女に、恥辱を味わえと宣告したのだ。恥による死を。壁のそばの地面で横たわっている連中がじっと自分を見つめており、あっちへ行けと願っているのが彼にはわかっていた。誰も、自分を欲していない。自分は、人生の楽しみからの追放者なのだ。灰色に光る川に、視線を転じた。川は、くねりながらダブリンに向かっている。川越しに、貨物列車がキングズブリッジ駅をくねりながら出てゆくのが見えた。火のような頭《ファイアリー》を芋虫のように苦労して執拗にくねらせながら、暗闇を抜けてゆく。列車はゆっくりと視界から消えていったが、機関車の発する勤勉な唸るような低音《ドローン》が彼女の名前の音節をくり返しているのが、まだ耳の中で聞こえていた。

彼は、来し方を振りかえった。機関車のリズムが、耳の中で弾んでいる。彼は、記憶が自分に告げた現実に確信が持てなくなりだしていた。一本の木の下で立ち止まり、そのリズムが消えゆくがままにした。暗闇の中で、自分のそばに彼女を感じられはしなかったし、彼女の声が耳に触れるのを感じられもしなかった。数分ほど、耳をすまして待った。何も聞こえなかった。夜は、完璧に沈黙していた。もう一度、耳をすました。完璧に沈黙している。彼は感じた。私は、一人だ。

四　底なしの愛

やめてくれ、母さん！　ほっといてくれ、ぼくを生かしておいてくれ。

ジェイムズ・ジョイス『ユリシーズ』

アイルランドの自治獲得は一九二二年、共和国を正式に名乗るのは一九四九年。二十世紀初頭のアイルランドは、英国の支配下にありました。アイルランドの独立を夢見る数多くの者たちが血を流し、さらに流し続ける運命にあったわけですが、そのアイルランドの歴史を反映した民間伝承、貧しい老婆、シャン・ヴァン・ヴォフト、あるいはキャスリーン・ニ・フーリハンを「超愛国的」に劇化したのが、イェイツとアイルランド文芸復興運動のパトロネスであったグレゴリー夫人（一八五二〜一九三二）の共作、「キャスリーン・ニ・フーリハン」です。この劇は、一七九八年にフランス軍がアイルランドに上陸した史実を基にしています。

アイルランドの女神は自らを慕う者に底なしの献身を求めますが、あたしのために死ねというキャスリーンの要請が、『ダブリナーズ』の「死者たち」のヒロイン、グレタのかつての恋人を思う言葉に響いていることを指摘したのは、トロント大学の碩学ヒュー・ケナーでした（グレタの台詞はこの短編集最後の「死者たち」の抄訳でご確認ください）。本来、人がその身を捧げるのは抽象的な概念ではなく、同じ人に対してでありましょう。特に母親の子への思いは、人と人とのあらゆる絆の中で一番強いものの一つです。このセクションの残り二編は、母親の強力な愛と情念を扱っています。

十九世紀中ごろのジャガイモ飢饉をきっかけに、アイルランドは大量の移民をアメリカやオーストラリアなどに送りだし、現在ではアイルランドの国外にかなりの数のアイルランドにルーツを持つ人々がいます。特にアメリカでは、自らの、あるいは祖先の故国であるアイルランドの物語は、今も昔も多くの人々を惹きつけてきました。

ジェレマイア・カーティン(一八三五〜一九〇六)は、アメリカのスミソニアン協会のエスノグラファー。彼がアイルランドで収集して出版した物語には、エンターテインメント的なコントロールを排した素の民話の手触りがはっきり残っています。実話怪談的と言ってもいいかもしれません。「死んでしまった母親」は、アメリカへの移民を扱った、カーティンらしいセレクションです。母の愛は、死してなお海をも越えるのです。なおこの物語の原文では、冒頭でカーティン自身が他の物語にまたがる付言をなしていますが、本書ではその部分は訳出していません。

その一方で、ジョイスの「エヴァリーン」における母の思いは、死してなお娘をアイルランドに縛りつけます。母の亡霊がなんと言っているのか、ジョイス研究者で解き明かした者はいません。この作品の最後で、父への思いだけでなく母の亡霊の呪文に金縛りにされる娘の姿を、読者は目の当たりにすることになります。怖い物語です。

タイトルにもなっているヒロインの名前の表記は既訳の多くと異なっていますが、作品終盤に出てくる"Evvy!"をどうしても綴りに近い音の表記にしたく、数ある発音の可能性の中からこの名前の表記を選びました。

キャスリーン・ニ・フーリハン

ウィリアム・バトラー・イェイツ&グレゴリー夫人

登場人物
ピーター・ギレイン
マイクル・ギレイン　ピーターの息子、結婚間近
パトリック・ギレイン　十二歳の少年、マイクルの弟
ブリジット・ギレイン　ピーターの妻
デリア・カヘル　マイクルの婚約者
貧しい老女
隣人たち

一七九八年、キラーラのそばにある小さな家屋の室内。ブリジットがテーブルのところに立ち、包みを開けている。ピーターは、暖炉の片側に寄って座っている。パトリックはその反対側にいる。

ピーター　何か音が聞こえるな、何だ？

パトリック　何も聞こえないよ。［耳をすます］今度は聞こえた。歓声みたいだ。［窓のところに行って外を見る］何に歓声をあげているんだろう。誰も見えないや。

ピーター　ハーリング〔アイルランド固有のホッケーのような球技〕かもな。

パトリック　今日はハーリングの試合はないよ。歓声はきっと町の方からだよ。

ブリジット　若い衆が何かお楽しみをしているんだろうさ。こっちに来ておくれよ、ピーター。マイクルの結婚式の服を見ておくれ。

ピーター　［椅子をテーブルの方に寄せる］こいつはいい服だな、全く。

ブリジット　あんたがあたしと結婚したときは、こんな服は持ってなかったものねえ、他の日はともかく、日曜日に羽織るコートすらなかった。

ピーター　全くその通りだ。おれらの息子が結婚式にこんなスーツを着てくれるなんて、思いもよらなかった。嫁を連れて来られるような場所があるなんてこともな。

パトリック　［まだ窓のところで］年をとった女の人が道をやって来るよ。ここに来るつもりなのかな。

ブリジット　近所の人が誰か、マイクルの結婚式の話を聞きに来ようとしているんじゃないのかい？　誰が来るのか見えるかい？

パトリック　余所者だと思うよ。でも、家《うち》には来ないや。モーティーンさんが息子たちと羊の毛の刈りこみをやっている谷の方に曲がっていった。［ブリジットの方を向いて］十字路のウィニーがこの前の晩に、戦争や争い事が起こるときにいつも国中を彷徨《さまよ》うっていうおかしな女の人について話していたのを覚えてる？

ブリジット　ウィニーの戯言《たわごと》は勘弁しとくれよ。でも、兄さんのためにはドアを開けてやっておくれ。帰ってくるよ。道を歩いてくる足音が聞こえるからね。

ピーター　デリアの持参金を無事持って帰ってくれているといいんだが。おれがまとめた話を、あっちが反故《ほご》にしたりしているといかんからな。面倒は今までのでもう充分だ。

［ピーターが扉を開けると、マイクルが入ってくる］

ブリジット　何につかまっていたんだい、マイクル？　みんなでずいぶん待っていたんだよ。

マイクル　神父さんの家に寄って、明日の結婚式の準備をしておいてもらえるように頼んできた。

ブリジット　何か言っていたかい？

マイクル　とてもお似合いの二人だって言ってくれたよ。自分の教区では、ぼくとデリア・カヘルよりも結婚して喜びを覚える二人はいないって。

ピーター　持参金は受けとれたか、マイクル？

マイクル　ここにあるよ。

［マイクルはテーブルの上に袋を下ろし、炉辺のだき石〔戸口や炉の脇を支える柱の部分〕のところに行ってそこにもたれかかる。ブリジットはその時までずっと衣装を検分している——縫い目を引っぱったり、ポケットの裏地を試してみたりなどなど——が、その服を化粧台の上に置く］

ピーター　［立ちあがって袋を手に取り、金を外に出す］よし、おまえのためにうまく話し合いはやれたようだぞ、マイクル。ジョン・カヘルは、このうちの一部をもう少し手元に置いておきたかったようだがな。「最初の男の子が生まれるまでは、このうちの半分を取っておかせてくれないかな」とやっこさんは言ったさ。「それはできんな」とおれは言った。「男の子がいようがいまいが、百ポンド全部が、マイクルがおまえさんの娘を家に連れてくる前にマイクルの手になきゃいかん」そこで奥方さまがやっこさんに声をかけてくれて、やっとこさ折れてくれたんだ。

ブリジット　お金を弄《いじ》りまわしていると、ずいぶんと嬉しそうだね、ピーター。

ピーター　あったりまえよ。百ポンド、いや二十ポンドだって、手にした幸運は、自分が結婚した奥さんと分かちあいたいと願っていたんだから。

ブリジット　ああそうかい、あたしはたくさん持ってこなかったから、多くを手に入れられなかったっていうのかい。結婚した日にあんたが持っていたのは、自分で餌をやっていた雌鶏が一群れと、バリーナの市《いち》に追っていった数頭の羊だけだったじゃないか？［彼女は腹を立て、化粧台に水差しを叩きつけるように置く］あたしが財産を持ってこなかったとしてもね、あたしはそいつを自分の骨からつくりだしたんだ。赤ん坊を藁束の上に生みおとしてね。今そこに立っているマイクルをさ。イモを掘りおこしながら、素敵なドレスやら何やらを決してほしがらないで、あたしはひたすらに働いたんだよ。

ピーター　全くその通りだ、本当に。［彼は彼女の腕を軽く叩く］

ブリジット　この家にやって来る女のための準備ができるまで、ほっといておくれ。
ピーター　おまえはアイルランド最高の女だよ、でも金は金でいいものだ。［彼はまた金を弄りだし、腰を下ろす］この四方の壁の内側にこんなに金があるのを目にするなんて、考えたことがなかったよ。こいつを手にした今ならすごいことができる。ジャムジー・デンプシーが死んでから売りに出ているあの十エーカーの土地を手に入れられる。あそこでなら放牧できるぞ。バリーナの市に行って、一群れ買ってこよう。デリアは、自分が使うために金をいくらか取りおくように頼んできているか、マイクル？
マイクル　頼んできていないよ、本当に。あんまり気にしていなかったみたいだよ。というか、そもそも金を見ちゃいなかったかな。
ブリジット　驚くこっちゃないね。なんでそんなもんを見なくちゃいけないのかね、あんたっていう素敵で逞しい若い男がいるってのに？　あんたを手に入れられるってのが誇らしいに違いないよ。善良でしっかり者の、お金をちゃんと活かしてくれるだろう若者をさ。他の男みたいにそいつをたちまち使い尽くしたり、飲み代にしたりしないだろうしね。
ピーター　マイクルだって、持参金のことはそんなに考えていなかったろうさ。頭にあったのは、お目にかかる女の子はどんな感じかってことさ。
マイクル　［テーブルの方に近づいて］まあその、かわいい素敵な娘にやってほしいことっていったら、そばにいて、いっしょに歩いてくれることでしょ。持参金はいつまでもあるわけじゃないけれど、嫁さんはずっといるんだから。

パトリック　［窓から振りかえって］町の方でまた歓声があがってるよ。たぶん、エニスクローンからの馬を陸揚げしているんじゃないかな。馬が船出するときとか、歓声があがるでしょ？

マイクル　町に馬はいないよ。市も近くでやっていないのに、どこに行くつもりなんだろう？パトリック、町に行って、何が起こっているか見てきてくれないか。

パトリック　［扉を開けて外に出ようとするが、敷居のところで一瞬止まる］デリアは覚えてくれていると思う？　家に来るときに、グレイハウンドの子犬を持ってきてくれるって、ぼくに約束したでしょ？

マイクル　持ってくるよ、大丈夫。

［パトリックは出てゆく。扉は開いたまま］

ピーター　持参金を探すのは、次はパトリックの番だな。だが、そんなに簡単には見つからんだろうな。自分の家がないからな。

ブリジット　あたしは時折、考えるんだよ。今のところ物事は、あたしたちにとってうまくいってくれている。カヘルさんたちはこの地域であたしたちのそれはいい後ろ盾になってくれるだろうし、デリアのおじは神父さまだ。いつか、パトリックを神父さまにするようにあたしたちはなるかもしれない。パトリックは本を読むのが好きだからね。

ピーター　まだ充分時間はある、あるともさ。おまえの頭の中はいつでも計画でいっぱいなんだな、ブリジット。

ブリジット　パトリックはあたしたちで立派に教育できると思うんだよ。お布施で生きる哀れな学者さんみたいに、国中をふらふらさせることはないじゃないか。
マイクル　まだ歓声がおさまらないな。［扉のところに行き、少しの間そこに立つ。手をあげて目の上にあて、陰をつくる］
ブリジット　何か見えるかい？
マイクル　お婆さんが道をやって来るのが見える。
ブリジット　いったい誰だい？　ちょっと前にパトリックが見た余所者の女に違いないね。
マイクル　とにかく、近所の人じゃないよ。外套を頭から掛けているけれど。
ブリジット　どこかの貧しい女が、あたしたちが結婚式の準備をしているのを聞きつけて分け前にあずかろうとしているのかもしれないね。
ピーター　金は見えないところに置かないとな。誰であろうと余所者の目につくところに放りだしておくことはないからな。
［隅にある大きな箱のところに行き、それを開けて袋を入れ、鍵をぎこちなく弄《いじ》くる］
マイクル　女が来たよ、父さん！
［老女が一人、窓のところをゆっくりと通り過ぎる。そうしながら、彼女はマイクルを見る］
結婚式の前の晩に、家に余所者は来てほしくないな。
ブリジット　扉をお開け、マイクル。その貧しい人を待たせちゃいけないよ。
［老女が入ってくる。マイクルは横に避けて、通れるようにしてやる］
老女　ここいるみなさんに神のお恵みを！

ピーター　あなたに神のやさしいお恵みを！
老女　いい住まいをお持ちだね。
ピーター　私らの家がどんなであろうと、歓迎しますよ。
ブリジット　ようこそ。火のそばにお座りになってくださいな。
老女［手を暖めながら］　外は強い風が吹いていてね。
［マイクルは扉のところから興味深そうに老女を見る。ピーターはテーブルのところに行く］
ピーター　今日は遠くからお越しになったんですかな？
老女　遠くからね、とても遠くから。あたしと同じぐらい遠くまで旅する者は、まずいないね。あたしを歓迎しない者たちはたくさんいる。あたしの友だちだと思った強壮な息子たちを持っている人がいたけれど、その息子たちは、羊の毛を刈っているばかりで、あたしの話に耳を傾けやしなかった。
ピーター　自分の居場所がないというのは、誰であれ本当にたいへんですからな。
老女　そりゃそうだね、あんた。放浪をはじめてから、ずいぶん長いこと路上にいるよ。
ブリジット　そんなに歩きまわっているにしては、疲れきってはいないようですね。
老女　時折、足は疲れるし、手は動かなくなる。でも、あたしの心は鎮まらないんだ。あたしが口を噤んだのを見たら、連中はあたしも老いたと思うだろう。昂《たかぶ》る心はあたしから出ていってしまったのだとね。でもね、厄介事の火の粉が降りかかるなら、あたしは友人たちに語りかけなきゃならないんだ。

ブリジット　どうして放浪しなくちゃならなくなったんです？
老女　余所者が家に多すぎたんだよ。
ブリジット　その厄介事のせいで、えらく割を食っていらっしゃるようですもんねえ。
老女　厄介事を抱えているのかといったら、その通りだね。
ブリジット　どうして厄介事を抱えることになってしまったんです？
老女　あたしの土地が奪われてしまったからだよ。
ピーター　ずいぶんな広さの土地を取られたんですかな？
老女　美しい緑のあたしの四つの土地さ。
ピーター　［ブリジットに囁いて］ちょっと前にキルグラスの地所から追いだされたケイシーの後家ってことはありうるかな？
ブリジット　ないね。ケイシーの後家さんなら、バリーナの市で昔会ったことがあるよ。潑剌《はつらつ》とした太った女だよ。
ピーター　［老女に］歓声があがっているのを聞きましたかね、丘を登ってくるときに？
老女　友人たちがあたしのもとに馳せ参じるときによく耳にする音があるのだけれど、そいつを聞いたように思うね。［半ば自分に向かって歌いだす］
　あの女といっしょに泣きに行こう
　黄色い髪のドナーが死んだから
　絞首刑の綱を襟巻にして

頭には白い布を掛けられて――

マイクル　［扉のところからやって来る］何を歌っていらっしゃるんですか？

老女　昔あたしが知っていた男のことを歌っているんだよ。ゴールウェイで首を吊られた黄色い髪のドナーをさ。［ずっと大きな声で、歌い続ける］

あたしといっしょに泣きに来ておくれ
あたしの髪はざんばらだ
畑を耕すあの人を覚えてる
地面の赤い側を掘りかえして
丘の上に納屋を建てた
いい石をモルタルで固めてさ
あの吊るし台を引きたおしてやったのに
あれがエニスクローンでのことだったら！

マイクル　どうしてその人は死ぬことになったんです？

老女　あたしへの愛のために死んだんだよ。たくさんの男たちが、あたしへの愛のために死んできたんだ。

ピーター　［ブリジットに傍白して］厄介事のせいで頭がおかしくなってるぞ。

マイクル　その歌がつくられてから長いんですか？　その人が死んでから、ずいぶん経つんですか？

老女　そんなに前じゃない、前じゃないよ。でもね、はるか昔にも、あたしへの愛のために死んだ者たちがいるよ。

マイクル　そばに住んでいる人たちだったんですか？

老女　あたしのそばにおいで。みんなのことを話してあげるよ。

［マイクルは、炉辺の彼女のそばに座る］

北にはオドネルの赤い男がいた。南にはオサリヴァンの男、ブライアンは海のそばのクロンターフで命を落とした。西にはそれはたくさんの者たちがいて、何百年も前に死んだ者がいれば、明日死ぬ者たちもいるよ。

マイクル　明日死ぬ男たちがいるのは西なんですか？

老女　もっと、もっとそばにお寄り。

ブリジット　あの女、大丈夫だと思うかい？　それとも、この世の向こうから来た女なのかしらん？

ピーター　自分が何を言っているのかわかっとらんのさ。今までに失ったもの、経てきた面倒のせいだろう。

ブリジット　可哀そうな人、ちゃんともてなしてあげなきゃ。

ピーター　牛乳を一杯と、オーツのケーキを少しやっておけ。

ブリジット　何かいっしょにあげた方がいいだろうね、この先持っていけるように。銅貨を何枚か、さもなくば銀貨を一枚あげちゃどうかね、今、家にはあんなにお金がいっぱいあるんだから。

ピーター　そりゃ、あの人に分けるぶんがあるならケチったりはせんが、手持ちが尽きたりすれば早晩あの百ポンドを崩さなくちゃならなくなる。そいつはちょっとなあ。

ブリジット　何言ってんのさ、ピーター。あの人に、祝福と共に銀貨をあげなさいな。さもないと、あたしたちから運が落ちちまうよ。

［ピーターは箱のところに行き、銀貨を取りだす］

ブリジット　［老女へ］牛乳をお飲みになりますか？

老女　あたしがほしいのは、食べ物や飲み物じゃないんだよ。

ピーター　［銀貨を差しだしながら］こいつをどうぞ。

老女　これは、あたしがほしいもんじゃないよ。あたしがほしいのは、銀じゃないんだよ。

ピーター　あんたはいったい、何を求めている？

老女　あたしに手を貸そうって者は、あたしに命を捧げないといけないんだよ。あたしに全てを。

［ピーターはテーブルのところに行って、びっくりしたように手にある銀貨を見つめる。そして立ったまま、ブリジットにひそひそと話す］

マイクル　同じぐらいのお年で、あなたの面倒をみてくれる人はいないんですか？

老女　いないね。あたしに愛をもたらしてくれた全ての恋人たちの誰にだって、臥所《ふしど》を整えてやったことはないね。

マイクル　その道をお一人で行かれるんですか？

老女　あたしには、考えと願いがある。
マイクル　あなたが持ち続けている願いとは、何なんですか？
老女　あたしの美しい土地を再び取りもどすという願いだよ。あたしの家から余所者たちを追いはらうという願いだよ。
マイクル　どんな方法でそれを成しとげると？
老女　あたしを助けてくれる、よき友人たちがいるんだよ。あたしを助けるために、今集まってくれている。あたしは恐れない。今日やられても、明日は勝つ。［立ちあがる］友人たちに会いに行かなくちゃならない。あたしを助けるために来てくれているのだから、あの人たちを迎えるためにその場にいなくては。近くにいる者たちを呼びあつめて、彼らを迎えなくては。
マイクル　ぼくもいっしょに行きます。
ブリジット　あんたが迎えに行かなくちゃならないのは、その女の人のご友人たちじゃないよ、マイクル。あんたが迎えなくちゃならないのは、この家にやって来る娘っ子だ。やらなくちゃならないことがたんとある。食べ物に飲み物を家に持ってこなくちゃ。この家に来る女は手ぶらで来るんじゃないんだ。その娘の前で、空っぽの家は見せられないよ。［老女に］おそらくご存じないと思うのですが、あたしの息子は明日、結婚の予定でしてね。
老女　あたしが助けを求めて探しているのは、結婚しようとしている男じゃない。
ピーター　［ブリジットに］この女、いったい誰だと思う？
ブリジット　まだお名前をうかがっておりませんでしたね。

老女　哀れな老女と呼ぶ者がいれば、キャスリーン、フーリハンの娘と呼ぶ者もいるよ。

ピーター　昔そういう名前の誰かを知っていたような気がするな。誰だったかな。子どものころに知っていた誰かに違いない。いや、違う違う、思いだしたぞ。歌で聞いたことがあったんだ。

老女　［戸口のところに佇んでいる］あの人たちは、あたしのためにつくられた歌があったかどうか考えている。あたしのためにつくられたたくさんの歌が、あったとも。そのうちの一つが、今朝風に乗って聞こえてきたよ。［歌う］

大声で哀しんで泣くな
明日墓穴が掘られても
白いスカーフをした騎手を
明日行われる埋葬に呼ぶな
明日行われる通夜に
余所者を呼ぶための食事を広げるな
明日死ぬ者たちのための祈りに
金をくれてやるな

その人たちに、祈りはいらないんだよ、その人たちに、祈りはいらないんだ。

マイクル　その歌が何を意味しているのかはわからない。でも、あなたのために何ができるか教えてくれませんか。

ピーター　こっちへ来い、マイクル。

マイクル　黙って、父さん。この人の話を聞いて。
老女　あたしを助けるためにしなくてはならないのは、厳しい任務さ。今、赤い頬をしているたくさんの者が、青白い頬をしている者になるだろう。丘や沼地《ボッグ》やイグサの間を気ままに歩いている者たちが、遠くの国で過酷な道を行くために送りだされるだろう。たくさんのよき計画が挫かれる。金を集めている者たちは、それを使うために留まっていられないだろう。子どもが生まれ、名前が与えられる洗礼式に、その子の父親はいないだろう。赤い頬をしている者は、あたしのために青白い頬になるだろう。そしてこうした全てがゆえに、自分はなんと報われたのだと思うだろう。［女は外に出てゆく。外で歌う彼女の声が聞こえる］
　彼らは永遠に覚えてもらえる
　彼らは永遠に生きる
　彼らは永遠に語り続ける
　人々は永遠に彼らの声を聞く
ブリジット　［ピーターに］マイクルを見とくれよ、ピーター。気が触れた人みたいな顔をしているよ。［声を張りあげて］こっちを見な、マイクル。結婚式の服だよ。なんて素敵なんだろう！　もう試しに着てみてもいいよ。サイズが合ってなかったりしたら、明日という日がそれは残念な具合になっちまうからね。若い衆に笑い物にされるよ。マイクル、こいつを持っていって、あっちで着てみて合わせてごらん。［マイクルの腕に服をかける］
マイクル　何の結婚式の話をしてるんだい？　明日ぼくが何の服を着るって？

ブリジット　明日デリア・カヘルと結婚するときに、この服を着るんだよ。
マイクル　忘れてた。［服を見て、奥の部屋に向かおうとする。けれども、外の歓声に足を止める］
ピーター　叫び声をあげている連中が、うちの前に来よった。いったい何が起こっとるんだ？
［隣人たちが押しあいながら入ってくる。パトリックとデリアがいっしょにいる］
パトリック　湾に船団がいる。フランス人たちがキラーラに上陸しているんだ！
［ピーターは口にしていたパイプを手に取り、帽子を脱いで立ちあがる。服が、マイクルの腕から滑りおちる］
デリア　マイクル！
マイクル！
［彼は気がつかない］
［彼は彼女の方を向く］
どうしてあたしのことを、知らない人みたいに見るの？
［彼女が彼の腕を放すと、腕はそのまま下に落ちる。ブリジットが彼女のところへ行く］
パトリック　若い衆はみんな丘を下って、先を争ってフランス軍に加わろうとしているよ。
デリア　マイクルは、フランス軍には加わらないわ。
ブリジット　［ピーターに］行くなと言っておくれ、ピーター。
ピーター　無駄だ。おれたちが話すことを、一言だって聞いちゃいない。
ブリジット　マイクルを炉辺に連れていって諭してみて。

デリア　マイクル、マイクル！　行かないで。あなたはフランス人といっしょに行くんじゃない、あたしたちは、結婚するのよ！

［彼女は彼に腕をまわし、彼は今にも屈しそうな様子で彼女の方を向く］

［老女の声が外でする］

彼らは永遠に語り続ける

人々は永遠に彼らの声を聞く

［マイクルはデリアから身を振りほどくと、扉のところに少し立ち、それから老女の声を追って勢いよく外に駆けだしてゆく。ブリジットは、声を出さずに泣くデリアを両腕でかき抱く］

ピーター　［パトリックの腕に片手を置き、彼に話しかける］年をとった女が道を下ってゆくのを見たか？

パトリック　見ていないよ。でも、若い女の人は見た。女王みたいに歩いていたよ。

死んでしまった母親

ジェレマイア・カーティン

……この物語は、あの世とこの世の間で、完璧なコミュニケーションが時折成立する証となるものである。

クローハン〔ケリー県ディングル半島にある村〕に、メアリー・シェイという名の娘がいた。彼女はフィッツジェラルド家の男と結婚して、子どもを三人もうけた。息子が一人と娘が二人。夫が死ぬと親族は未亡人に辛くあたり、諍いになった。メアリーは静かでいい人だったので、争いは好まなかった。そこで彼女は義理の兄弟に、もし二人の娘といっしょにアメリカに行ける金を工面してくれるなら、自分が持っているわずかばかりの土地はあきらめ、男の子は自分が呼び寄せられるようになるまで彼のもとに残しておくと告げた。

義理の兄と他の友人たちが金を工面したので彼女は去り、一年ぐらいはアメリカでうまくやったが、それから熱病に罹《かか》り、亡くなった。

母親が死んだまさしくその週に、娘たちは弟のためにお金を送った。彼女たちは母親が寝こんでいる間にお金を送りたかったが、母親がよくなるのかどうかわかるまで待とうとした。ところが母親は死んで、埋葬された。

女が死んでから二週間ほどして、ある晩クローハンの女の子が一人で海藻とりにカッスルグレゴリーに出かけていった。歩いていると、女が一人、前を歩いているのが見えた。道連れになって長い道のりを短く思えるようにしてもらおうと考え、急いで後を追った。前を歩く女は急いではいなかったようで、彼女を待っていた。

女の子は話しかけ、二人で歩いてゆくうちに、女がどこに行くのかと尋ねてきたので教えてやった。「あたしのことを知っているかい？」女は尋ねた。

「知らない」と女の子は言った。「でも、会ったことがあるように思う」

「メアリー・フィッツジェラルドは知っているかい？」

「ああ、そっか。いつ帰ってきたの？」

「二週間ぐらい前だね」

「あなたがここにいるのをあなたのお母さんが知らないみたいなのが、不思議なんだけれど？」

「クローハンには行ったさ」女は言った。「みんなに会ったよ。あたしの息子に辛くあたっているのは困ったものだけれど、もうあんなことをさせてはおかないよ。あの子はね、アメリカにいる姉たちのところに行くんだ。あたしはね、二週間前に死んだんだよ。でも怖がらなくていいよ。あたしはあんたには何もしないからね。あんたには、あたしに話しかけてほしかったんだよ。そうしたら、あんたがどうしたらいいのか教えてあげられるからね。明日家に帰ったら、あたしの母親のところに行って、あたしがアメリカで死んだって伝えとくれ。この岸辺にいるのを目にするだろうってね。歩いて行ったり来たりして、寒さで死にそうな思いをしているって。あたしの名において、後生だから靴と靴下を一足ずつ買って誰か貧しい人にあげるように、あたしの母親に言っとくれ」

メアリーは女の子に長いこと話し、女の子は彼女の母親のところに行く約束をした。

メアリーの息子は何をするにしてもおじに鞭打たれていたようで、クローハンにメアリーが戻ってきた最初の晩には、男の子は昼に泣き、夜はベッドで泣いていた。男の子を除いて、家は静まりかえっていた。男の子は泣いていた。母親は歩み入ると、息子に向かって身を屈め、肩に手を置いて言った。「もう泣くのはおやめ、可哀そうなあたしの息子よ。すぐにお姉ちゃんたちといっしょになれるからね。もう母さんには会えないけれど、母さんなしでも大丈夫だからね」

男の子はベッドの上で起き直ると母親を認め、彼女にしがみついて、おじさんとお祖母さんが目を覚ますぐらいの金切り声を出した。男の子は二人に、何を見たか話した。

次の日、アメリカから彼の母親の死を知らせる手紙が届いた。女の子が家にやって来て靴のことを話した直後に、その手紙が持ちこまれたのだ。

メアリーの母親は靴を一足買って、メアリーの魂の平穏のために、後生だからと言われた通りに貧しい女にそれを与えた。その後、メアリーが浜辺で目にされることはなかった。

エヴァリーン

ジェイムズ・ジョイス

　彼女は窓辺に腰を下ろし、通りに夕べが侵入してくるのを見つめていた。窓のカーテンに頭をもたせかけていたので、鼻の穴の中で埃っぽい綿織物《クレトン》の臭いがした。彼女は疲れていた。

　ほとんど人は通らなかった。最後の家から出てきた男が家路についた。男の足音がコンクリート舗装に響き、続いて新しい赤い家が並んでいるあたりのシンダー舗装の小道を踏みしめてゆく音が聞こえた。かつてあそこは野原で、夕方にはよくよその家の子たちと遊んだ。その後、ベルファストからやって来た男が野原を買いとり、何軒も家を建てた――彼女らの家のような茶色い小さな家ではなく、光り輝く屋根をしたピカピカのレンガ造りの家だった。同じ通りに住む子どもたちと、よくいっしょにその野原で遊んだものだ――デヴィーンさん、ウォーターさん、ダンさんの子どもたち。チビのキーオーは足が不自由。それに自分と、きょうだいたち。でも、アーネストは絶対遊ばなかった。もう大きかったし。彼女の父親はよくリンボクの杖を振りまわしては、子どもたちを野原の外に追いだしていた。でもチビのキーオーがいつも見張りに立っていて、彼女の父親がやって来るのを見つけると、大声で警告してくれた。あんなでも、あの時はまだけっこう幸せだったように思える。あのころの父さんは、そんなにひどくなかった。それに、母さんが生きていた。あれは、昔々の物語。彼女もきょうだいたちも、みんな大きくなった。母さんは死んだ。ティジー・ダンも死んだ。ウォーター一家はイングランドに帰った。みんなが変わってしまった。あの人たちのように、今や去ってゆくのは自分の番だ。自分の家を、後にして。

家か！　彼女は部屋を見回して、慣れ親しんできた物たち全部を見直した。この埃はどこから来るんだろうと思いながら週に一回、何年も埃を払ってきた物たち。自分と隔てられることになるとは夢想だにしなかったこうした慣れ親しんだ物全てを、たぶんもう目にはしない。壊れたオルガンの上の壁には、色刷りされた聖マルガリタ・マリー・アラコク〔イエスの聖心の啓示を受けた聖人〕に向かってなされた約束の言葉の横に、黄ばんだ神父さまの写真が架かっている。これまでずっと、その神父さまの名前を知らずにきてしまった。その神父さまは、父さんの学友だった。お客さんにその写真を見せるとき、父さんは必ず一言足して、写真を渡した。

――そいつは今、メルボルンにいるんだよ。

去ること、家を出ることを、彼女は承諾していた。賢明な選択なのだろうか？　彼女はその問いを、天秤にかけた。家にいればとにかく雨風はしのげるし、食べ物はある。周囲には、自分がどうやって生きてきたのか全部知っている人たちがいてくれる。もちろん、家でも職場でも一生懸命働かなくてはならない。駆け落ちしたってわかったら、店ではなんて言われるだろう？　あの娘、馬鹿ね、とかかな、たぶん。そして彼女が担当だったところは、求人広告で埋められるのだ。ギャヴァンさんは喜ぶかな。あの人はいつも、彼女に棘がある言い方をする。特に聞いている人たちがいるときはいつだって。

――ミス・ヒル、こちらのお客さまがお待ちなのが見えない？

――もっと潑剌として見えるようにしてちょうだい、ミス・ヒル。お願いだから。

店を去ることに関しては、そんなに泣きはしないだろう。

でも彼女の新しい家は、遠い未知の国にある家は、こんなじゃないだろう。それから、私は結婚するのだ――私、エヴァリーンは。そうすれば、みんな彼女に敬意をもって接してくれるだろう。母さんみたいに扱われたりはしないんだ。今だって十九歳を越えてはいるけれども、父親の暴力に時々身の危険を感じることがある。まさにそのせいで動悸が激しくなるのだと、彼女にはわかっていた。みなが成長してからは、父親は決して彼女に暴力をふるったりはしなかった。ハリーやアーネストに昔していたみたいには。なぜなら、彼女は女子だからだ。けれども最近、彼女に対してすごんだり、おまえにこんなふうにしなきゃならないのは全部おまえの死んだ母親のせいだとか言ったりしはじめていた。それに今は、彼女を守ってくれる者は誰もいない。アーネストは死んでしまったし、教会の装飾をする仕事をしているハリーは、ほとんどいつも田舎のどこかにでかけていた。それに加えて土曜日の夜にお金をめぐって必ず起こる諍いが、言いようもないほどに彼女を疲弊させはじめていた。彼女はいつも稼ぎの全部を――七シリングだけれど――出したし、ハリーはいつだってできるだけのお金を送ってくれていた。問題は、父さんからどうやってお金をもらうかだった。父さんは、おまえはその金を無駄遣いしてしまうよなとか、おまえは馬鹿だとか、おれが一生懸命稼いだ金をおまえに渡したら、通りに捨てるも同然だとか、もっとひどいことも言った。というのも、土曜の夜はいつでもひどく酔っぱらっていたからだ。それでも最後には彼女にお金を渡して、日曜日の夕飯を買ってくるつもりはあるのかと訊くのだった。そうなったらさっさと家を飛びだして、買い物をしてこないといけなかった。黒革の財布をしっかりと手に持ち、人混みをかき分けて、食糧の山といっしょに家に戻れば、もう遅くなっているのだった。家をなんとかまとめるために、彼女が面倒を見ることになってしまった幼い下のきょうだい二人が規則正しく学校にいっしょに行き、規則正しく食事をちゃんと食べさせてもらうために、彼女は懸命に働いていた。しんどい仕事――しんどい人生――だった。けれども、いざもうこの生活とはおさらばだとなると、全部が全部、望ましくない生活であるとも思えないのだった。

彼女は今まさに、フランクといっしょにもう一つの人生を求めようとしている。フランクはとても親切で、男らしく、心が広い。彼女は夜の船で彼といっしょに出ていって、あの人の奥さんになって、私を待つ彼の家があるブエノスアイレスで、彼といっしょに暮らすのだ。初めて会ったときの彼がどんなだったか、それはよく覚えている。彼女がよく訪れる目抜き通りにある家に、彼は逗留していた。ほんの数週間前のことのように思えた。彼は門のところに立ち、尖《とん》がり帽を阿弥陀にかぶり、赤銅色の顔には髪の毛が垂れていた。それから、二人は知りあったのだ。毎晩、雑貨店の外で彼と待ちあわせて、家におくってもらった。『ボヘミアの少女』を見に連れていってくれた。彼といっしょに劇場の慣れない場所に座っていると、得意な気分になった。彼は音楽がすごく好きで、少し歌った。みんなは二人が付きあっているのを知っていたから、彼が船乗りに恋する小娘《ラス》の歌をうたうと、いつも嬉しいのだけれど恥ずかしかった。彼はよく彼女をからって、ポピンズと呼んだ。何はともあれ最初はこういう男性ができたことに興奮したが、それから彼が好きになりだした。彼は、遠くの国々の物語を知っていた。働きはじめはカナダ行きのアラン航路の船で、一か月一ポンドの見習いの甲板小僧だった。自分が乗ったことのある船の名前だとか、自分がやったいろいろと異なる仕事の名前を教えてくれた。マゼラン海峡を抜けたこともあり、恐ろしいパタゴニア人の話をしてくれた。ブエノスアイレスに根を張ったんだ、と彼は言った。故郷には、休日だからやって来ただけなんだよ。もちろん父さんは二人のことを嗅ぎつけてしまい、彼と一切口をきくなと言われてしまった。

——ああいう船乗りがどんなだか、おれにはわかっているんだよ、と父さんは言った。

ある日、父さんはフランクと喧嘩をし、その後、彼女は恋人とこっそり会わなくてはならなくなった。

通りで夕べが深まってゆく。腿の上に置いた二通の手紙の白さが、はっきりしなくなってゆく。一通はハリーへ。もう一通は父さんへ。アーネストは彼女のお気に入りだったが、ハリーも好きだった。父さんが最近めっきり老けこんできたのに、彼女は気づいていた。自分がいなくなったら寂しがるだろう。とてもいい父親であるときも、たまにだがあったのだし。少し前に、自分が丸一日寝こんでしまったときには幽霊の話を朗読してくれたし、暖炉でトーストを焼いてくれた。また別のある日には、母さんが生きていたころだったけれども、ホウスの丘にみんなでピクニックに行った。子どもたちを笑わせようと、父さんが私に母さんのボンネットをかぶせてくれたっけ。

彼女の時間はどんどん尽きていったが、それでも頭を窓のカーテンにもたせかけて、カーテンの埃っぽいクレトン生地の香りを吸いこみながら、窓のそばに座り続けていた。通りのずっと向こうから、ストリート・オルガンが演奏される音が聞こえてきた。その曲は、知っていた。たまたまだろうが、よりによって今晩あの曲がかかって彼女に母親との約束を思い起こさせるとは、奇妙な話だ。できる限り長く家族がいっしょにいられるようにすると、母さんと約束した。病気をした母親の最後の晩は覚えていた。ホールの反対側で、あの時も彼女は閉じられた暗い部屋の中にいて、外ではメランコリーな調子のイタリアの音楽が奏でられていたのだった。オルガンの演奏者は六ペンスを与えられて、あっちへ行けと命じられた。父さんが肩をいからせながら病室に戻ってきて、こう言ったのを覚えている。

――忌々《いまいま》しいイタリア人めが！　こんなところにまで来やがって！

物思いに耽っているうちに、人生の悲哀に満ちた母親の幻影が、彼女の存在のど真ん中に、その魔法をかけてきた――最後は錯乱のうちに終わった、ありふれた犠牲からなる人生。愚かなほど執拗に、母親が常にくり返していた言葉がまた聞こえてきて、彼女は身震いした。

――デラヴォーン・サローン！　デラヴォーン・サローン！

いきなり恐怖の衝動にとらわれ、彼女は立ちあがった。逃げなきゃ！　逃げなきゃだめ！　フランクがあたしを救ってくれる。彼なら自分に人生を、たぶん愛も与えてくれる。自分は生きたいのだ。なんで不幸せでないといけない？　私には、幸せになる権利がある。フランクがその腕に私を迎えて、包みこんでくれる。彼なら、私を救ってくれる。

＊

ノースウォールの波止場にある駅で揺れ動く人混みの中に、彼女は立っていた。彼が手を取ってくれていて、自分に向かって話しかけているとわかってはいた。何か航路について、何度も何度も同じことを言っている。駅は、茶色い装備を担いでいる兵士たちでいっぱいだった。待合所の大きく開いた扉の向こうに、埠頭の壁に横づけされた船の黒い巨体が見えた。船腹にある窓が、光り輝いている。彼女は何も答えなかった。自分の頬が蒼《あお》ざめて冷たくなっているように感じ、苦悩の迷路から自分を導いてください、何が自分の義務なのかを示してください、と神に祈った。船が、哀悼の意を捧げるような汽笛を霧の中へと長く響かせた。行くならば、明日にはフランクと海の上だ。汽船に乗って、ブエノスアイレスへ。二人の航路は予約済みだった。彼が自分のために全部してくれたのに、今さら退けるだろうか？　苦悩のあまり身体にも影響が出て、吐き気を催し、黙ったまま懸命に祈りを捧げ　唇を動かし続けていた。

鐘の音が一つ、心臓の上で鳴った。彼が手を取るのを感じた。

——おいで！

世界の全ての海が、彼女の心を翻弄した。彼が、自分をそこに引きずりこもうとしている。溺れさせられちゃう。彼女は両の手で、鉄の手すりを握った。

——おいでったら！

だめ、だめ、だめよ！　無理。狂乱状態で、両手でその鉄を握りしめた。大海のど真ん中で、彼女は苦悶の叫びをあげた。

——エヴァリーン！　エヴヴィ！

彼は柵を飛び越えて、ついて来いと彼女に呼びかけた。彼は船から早く来いと叫ばれていたが、それでもまだ彼女に呼びかけていた。蒼白になった顔を、彼に向けた。受け身でなすすべのない動物のように。その目は彼に、愛も、別れも、認識も、どの徴《しるし》も与えはしなかった。

五　まつろわぬ魂

パーネルがあんまりじゃないか！　彼は大声で叫んだ。我が死せる王よ！

ジェイムズ・ジョイス『若き芸術家の肖像』

SF小説を世に定着させた名作家と仰がれるイングランド人のハーバート・ジョージ・ウェルズ（一八六六〜一九四六）の怪談「赤い部屋」は、十九世紀末に刊行されました。暖炉の前で若い男が語りだすという幽霊譚定番のはじまり方をしながらも、安易に「お化け」を出さない手並みに、ウェルズなりの矜持が感じられます。この作品の影と老人の扱い方は、セクションを〆るジョイスの「蔦の日に委員会室で」の冒頭と驚くほど似ています。どうぞ読みくらべてみてください。

前セクションの「四　底なしの愛」の前口上でも書いたように、このアンソロジーに収められた作品が書かれたころ、アイルランドは長らくイングランドの支配下にありました。したがって、アイルランドの数ある歴史上の英雄たちは、イングランドの支配を覆せなかった以上、そのほとんどが敗北者です。結果、アイルランドは数多の悲劇のヒーロー、ヒロインで溢れ、アイルランドの人々は彼ら彼女らを貶《おとし》めた裏切り者たちに対して憎しみの炎を燃やしました。人々の怨恨を背負った者の魂は、イェイツの「ハンラハンの幻視《ヴィジョン》」に描かれているように、永遠にこの世とあの世のあわいを彷徨う運命に甘んじなくてはならないようです。

一八八〇年代にカリスマ的政治指導者としてアイルランドを自治獲得寸前まで導いたのが、チャールズ・スチュアート・パーネル（一八四六〜九一）でした。自ら率いる政党の議員の妻と不倫関係になったことで失脚したパーネルは、カトリック教会やその敬虔な信者たちから非難を受けながらも再起を目指しましたが、その過程で病に斃《たお》れ、急死しました。その悲劇的な姿は、アイルランドの多くの文学者たちに霊感を与えるところとなり、ジョイスも幼いころからパーネルを題材にした詩などをしたためていたようです。「蔦の日に委員会室で」では、幽霊話をするように暖炉の傍らでたむろする男たちの前でパーネルの死を悼む詩が声高らかに吟じられます。パーネルの安らぎの時は、まだまだ先であるようです。

赤い部屋

ハーバート・ジョージ・ウェルズ

「言っときますが、ぼくを怖がらせるつもりなら、実際に触《さわ》れるような幽霊じゃないとだめですよ」私はそう言って、グラスを片手に暖炉の火の前に立った。

「あなたさまが選んだことですからな」腕が萎《しな》びた男が言って、チラリと私を斜《はす》に見た。

「二十八年生きてきましたが」私は言った。「まだ幽霊というものにお目にかかったことはないんでね」

年老いた女が青い目を大きく見開いて、くわっとばかりに炎を見つめて座っていた。

「あー」その女が割って入った。「二十八年、あなたさまは生きてきなさったけれど、この家のようなものは見たことがないんだね。見るべきものはたくさんあるよ。まだたった二十八年しか生きていない人にはね」女はゆっくりと頭を左右に振った。「見るべきもの、それがために悲しむべきものは、たくさんあるんだよ」

老人たちがしつこく物憂げに話すのは、自分たちの家の霊的な恐怖を高めようとしているのではないかと私は半ば疑っていた。空のグラスをテーブルに置くと、私は部屋を見回してみた。すると、自分自身の姿がちらっと見えた。その姿は上下に縮まりながら左右に拡張し、ありえないぐらいがっしりとした体軀をしていた。部屋の端にある奇妙な古い鏡のせいだった。「ええと」私は言った。「もしぼくが今晩何かを見られるというなら、それだけ賢くなれるというものですよ。先入観なく事にあたりに来ていますからね」

「あなたさまが選んだことですからな」腕が萎びた男が、もう一度言った。

外の廊下で杖と足を引きずりながら石畳の上を進むような音が聞こえ、扉を蝶番《ちょうつがい》のところで軋ませて、年老いた二人目の男が入ってきた。一人目よりいっそう腰が曲がり、皺がよって、齢を重ねた男だった。身体を一本の松葉杖で支え、目は庇の下で陰になっており、黄色い虫歯のところから下唇が少しそって、青白くピンクに垂れ下がっていた。彼はテーブルの反対側にある肘掛け椅子のところへ真っすぐに進んでゆき、もたもたと腰を下ろし、咳をしはじめた。萎びた腕の男は、この新参者に対してあからさまに嫌悪のまなざしをチラリと向けた。老女は男がやって来たことに注意を払わず、じっと炎に目を据え続けていた。

「あなたさまが選んだことだと――言いましたからな」新参者の咳がしばらくおさまったタイミングをとらえて、萎びた腕の男が言った。

「ぼくが選んだことですとも」と私は答えた。

眉庇《まびさし》をした男が初めて私の存在に気づき、頭を少し後ろに振って横を向き、私を見ようとした。一瞬だけ彼の目が見えた。小さくキラキラした、燃えあがるような目だった。それからその老人はまた咳きこみ、唾をまき散らしはじめた。

「飲むかい？」萎びた腕の男が、彼に向かってビールを押しやった。眉庇をつけた男は震える手でグラスにビールを注いだが、樅《もみ》の木でできたテーブルの上に半分ぐらいは零してしまった。彼の怪物のような影が壁の上で身を屈め、ビールを注いで飲む仕草を滑稽に真似ていた。正直に言おう。このグロテスクな管理人たちには、ほとんど期待していなかった。私の心にとって、年老いるということは非人間的で、卑屈で、かつ先祖返り的なところがあった。年老いた人々からは人間としての資質が、知らないうちに日に日に落ちていってしまっているように思えるのだ。彼ら三人は、私の気分を悪くした。寂しく黙りこくり、姿形を湾曲させ、私にそしておたがいに対して、明らかに非友好的な態度を取っていたからだ。

「もしですね」と私は言った。「幽霊が出るとかいうあなた方の部屋を見せてくれれば、もうあなた方の手は煩わせませんよ」

咳をしていた老人が、こちらがびっくりするぐらい突然に頭を後方に向かって引きつらせ、庇の下から赤い目で、再びチラリと私に視線を寄こした。けれども、誰も返事はしなかった。私は一人ひとりを見やりながら、少しばかり待った。

「もしですね」と私は少し声を大きくして言った。「もし幽霊が出るあなた方の部屋を見せてくれれば、後は自分でそこでうまくやりますから、と言っているのですが」

「扉の外の敷石の上に、蠟燭が一本ある」と萎びた腕の男が私の足を見ながら、私に向かって言った。「けれども、もしあなたが今夜、赤い部屋に行くというなら——」

（「よりによって今夜だってさ！」と老女が言った。）

「一人で行っていただけますかね」

「けっこうですよ」私は言った。「で、どこに行ったらいいですか?」

「扉に突きあたるまで、廊下に沿ってちょっと行ってください。そこを抜けると螺旋階段がある。途中まで昇ると、踊り場とベーズで覆われた別の扉がある。そこも抜けてもらって長い廊下を端まで歩いたら、左手の階段を上がったところが、赤い部屋です」

「ちゃんと正しく理解できているか、確認させてもらっていいですか?」と私は言って、彼の指示をくり返した。彼は、一点だけ訂正をした。

「それで、あんた本当に行くのかね?」と眉庇の男が私を見ながら言った。その老人が私を見るのは三回目で、顔を奇妙かつ不自然に傾けていた。

(「よりによって今夜だってさ!」と老女は言った。)

「ぼくはまさにそれがために来たんですから」と私は言って、ドアに向かって移動した。私がそうしている間に眉庇の老人が立ちあがり、他の連中といっしょに暖炉の火に近づこうと、テーブルの周りをよたよたと歩いていった。ドアのところで私は振りかえり、彼らの方を見た。彼らは身体を寄せあい、火の光の前にいるせいで姿を暗くして、齢を重ねた顔に真剣な表情を浮かべ、肩越しに振りかえって私を見つめていた。

「おやすみなさい」私は扉を開いたままにして言った。

「あなたさまが選んだことですからな」と萎びた腕の男が言った。

蠟燭にしっかりと火が点くまで、扉を大きく開けたままにしておいた。それから私は彼らの部屋の扉を閉めてやり、冷えきった音が反響する廊下を歩んでいった。

事実に即した状態に自分を置こうとしていた努力もむなしく、公爵の未亡人が城の管理を任せていたこの三人の使用人たちのおかしな様子と、連中が集まっていた管理人室の深い趣きのある古風な家具とに、私はすっかりあてられてしまっていたと白状せねばならない。彼らは別の時代の人間のように見えた。より古い時代、霊的な事柄が我々の時代とは異なる、より不確かな時代、凶兆と魔女が信じられ、幽霊が否定できない時代。彼らの存在そのものが幽霊的だった。服の裁ち方は、死んだ者の脳を持って生まれた人間のいでたちだ。彼らの部屋にある装飾や造作は不気味だった――消え失せた人々の思考が今日の世界に関わっている、というよりとり憑いているようだった。それでも苦労した末に、そうした考えをあさっての方向へと押しやった。風がよく通る地下の長い廊下は、寒々として埃っぽかった。手にした蠟燭の火が大きくなり、影を縮こまらせて震えさせた。足音の木霊が螺旋階段を昇り降りし、影が一つ、私の後をすうっと追って上がってきたかと思うと、私の前から頭上の暗がりへと逃げていった。踊り場まで来て、そこで少し立ち止まった。かさかさと音が聞こえるのではないかと夢想して、耳をすました。それから完全なる無音状態に満足して、ベーズ生地で覆われた扉を押しあけ、廊下に佇んだ。

私が期待した効果は、ほとんどなかった。壮麗な階段室の大きな窓から射しこむ月光が、あらゆるものにくっきりとした黒い影か、銀色の輝きを与えていたからだ。あるべきものがあるべき場所にあった。この住居が放棄されたのは十八か月前などではなく、昨日なのかもしれない。燭台には蠟燭が立てられていた。絨毯や磨かれた床の上にある埃はどのようなものであれ、あまりに均等に積もっているので月光の中ではよく見えなかった。前に進もうとして、私は急に止めた。踊り場に、一群の銅像が立っていた。壁の隅にあったので、私からは見えなくなっていたのだ。しかしながらその影は驚くべき明晰さを伴って白い羽目板に落ちており、誰かが身を屈めて待ちかまえているような印象を私に与えた。おそらく三十秒ほどは、石のように立ちつくしていただろう。それからポケットに手を入れてリヴォルヴァーをつかんで進みでて見てみれば、ガニメデと鷲が月光の中で輝いているのを目にしただけだった。その少しの間の出来事は、私に落ちつきを取りもどさせた。だから、私が通り過ぎたときにブール卓の上で陶器製の中国人の人形が音もなく首を揺らしても、ほとんど驚きはしなかった。

赤い部屋の扉と、それに続く階段は、隅の陰になったところにあった。私は蠟燭を左右に動かした。扉を開ける前に、自分がその前に佇んでいるこの奥まった場所の性質をはっきりと見極めるためだ。ここだな、前任者が見つかったのは、と私は考えた。その話の記憶が突然、不安を呼び起こした。私は肩越しに月光の中のガニメデをチラリと見やり、青白い静寂に包まれた踊り場に顔を半分向けたまま、覚束ない手つきで急ぎ赤い部屋の扉を開けた。

部屋に入りすぐに扉を閉め、内側から刺さっているのを見つけた鍵を回し、蠟燭を掲げて立って、寝ずの番をする場所を検分した。ローレイン城の大きな赤い部屋。ここで、若き公爵は亡くなったのだ。というよりむしろ、彼の死の過程はそこではじまったのだ。彼は扉を開けて、私が昇ったばかりの階段を頭から落っこちたのだから。彼の寝ずの番は、その場所の幽霊伝説を征服せんとした雄々しい試みだったが、そのような終わり方を迎えてしまった。思うに、卒中の発作も、迷信を終わらせるには大した働きができなかった。さらにその部屋には、他にもより古い話がまとわりついていた。完全に信じられているわけではないのだが、全ての始まりとされているのは臆病な妻とその悲劇的な死の物語で、彼女の夫が冗談で妻を怖がらせたのが、彼女の死の原因だった。影になった張りだし窓、凹所やアルコーヴのあるその陰鬱な大きな部屋を見回せば、部屋の黒い角や成長してゆくような暗がりからその手の伝説が芽吹いたのは無理ならぬことと思える。広大な空間の中で私の蠟燭は光の小さな舌に過ぎず、部屋の反対側まで光を届かせることはできなかった。光がつくる島の向こうには、謎と暗示の大海が広がっていた。

すぐに、その場所を順序だてて調べようと決心した。そこの暗所のせいで、いらぬ空想に誘われてしまいそうだったので、そのような空想にとらえられる前に暗がりを追いはらってしまうためだ。扉にしっかり鍵がかかっていることに満足し、部屋の中を歩きまわりはじめた。家具を一つ一つ見てまわり、寝台の掛け布を折りたたみ、カーテンを大きく引きあけた。ブラインドを引きあげ、窓にそれぞれ鍵がかかっているかどうか鎧戸を閉める前に確認し、幅広の煙突の暗がりを身を乗りだして見上げ、何か秘密の開口部がないかと暗色のオークの羽目板をコツコツと叩いてみた。部屋には大きな鏡が二つあった。それぞれに燭台が二つ付いていた。炉棚にも陶器の蠟燭立てにもさらに蠟燭があった。私はその全てに、一本一本火を点けていった。炉火が置かれていたのは、年老いた管理人の予想外の配慮だった。私は火を熾《おこ》し、震えを引き起こすいかなる原因も取りのぞこうとし、暖炉の火がよく燃えだしたところで背を暖炉に向けて、再び部屋の様子をうかがった。私はインド更紗のカヴァーが掛けられた肘掛け椅子とテーブルを、ある種のバリケードを自分の前につくるために引き寄せ、リヴォルヴァーをすぐ手に取れるようにそこに置いた。自分の緻密な調査に満足はしていたが、それでもその場所から離れたところにある暗がりと完璧な静けさは、未だに想像力を刺激しすぎるくらい刺激した。暖炉の火が揺らいだり爆《は》ぜたりする音の反響は、私には慰めの類にならなかった。とりわけ部屋の端にあるアルコーヴの中にある影には、何かがいるという説明しがたい気配があった。あたりを徘徊し生きているものが持つ、あの奇妙な気配だ。この感覚は、静謐な場所に一人でいるとすぐ忍びよってくるものだ。とうとう自分を安心させないではいられなくなり、蠟燭と共にそこに歩み入って何も触知可能なものがないのを確認して自分を満足させた。蠟燭をアルコーヴの床に立て、その場所に置いたままにした。

　この時まで、精神的にはかなりの緊張状態にあった。自分の理性がそのような状態に陥る相応の理由などなかったのにである。そうはいっても私の精神は完璧に明晰だった。超自然的なことなど何も起こるはずがないのだ、と留保などせず思考していた。暇つぶしに、詩行をつなぎあわせはじめた。それはインゴルズビー〔英国牧師バラムの筆名。怪談、神話、伝承などを集めた『インゴルズビー伝承』が有名〕のやり方で、この土地固有の伝承の形だった。数行ほど朗誦してみたが、その音の響きは不快だった。しばらくしてから同じ理由で、幽霊やその出現の不可能性について声に出して自問自答するのも止めた。私の精神は、階下にいる三人の年老いてひねくれた連中へと引きもどされたので、それについて考え続けることにした。その部屋の陰鬱な赤と黒が、私の心をざわめかせた。七本も蠟燭が灯されているのに、その場所は薄暗かった。アルコーヴに置いた一本の蠟燭が隙間風で燃えあがり、その炎のちらつきが影と明暗の境を絶えず動かし、ざわめかし続けていた。気を落ちつかせるために別のことを考えようとして、廊下で目にした蠟燭を思いだした。少しばかり気持ちを奮いおこして蠟燭を携え、扉を開けたまま月光の中へ歩みでて、ほどなくして十本ばかりの蠟燭を携えて戻った。部屋には、様々な陶器の小物がばらばらと置かれて飾られていた。持ちかえった蠟燭に火を灯してそれらに立てて、影が一番濃いところに、床に、窓辺の凹みに、最終的に十七本の蠟燭を配置して、少なくともそれらのうちの一本の光は部屋の隅々まで直接届くようにした。幽霊が来たら蠟燭につまずかないように警告できるな、と考えたりした。今や部屋は、相当に明るく照らされていた。こうした小さな炎の光の連鎖の中には、とても心浮きたち安心できる何かがあった。蠟燭の芯を切る作業は私にするべき作業を与えてくれたし、時の経過を感得する助けにもなってくれた。

とはいえこれらをもってさえ、寝ずの番の先行きの暗い見通しは、私の心に重くのしかかった。真夜中が過ぎたころ突然アルコーヴの蠟燭が消え、黒い影が跳びはねるようにその場所に戻ってきた。蠟燭が消えたところは、見ていなかった。見知らぬ人間が予期せぬ場所にいるのを目にしたら驚いてしまうような具合に、単純に振りかえってみたら、そこは闇だったのだ。「まいったな！」大きな声で私は言った。「強い隙間風だったんだな！」そしてテーブルのマッチを手に取ると、隅の蠟燭にまた火を灯そうとして、気楽なふうを装い、部屋を横切って歩いていった。最初のマッチにどうしても火が点かず、二本目で成功したときに、目の前の壁で何かが明滅したように思った。思わず頭をめぐらすと、暖炉のそばの小卓に置いた二本の蠟燭が消えていた。私は即座に立ちあがった。

「変だな！」私は言った。「うっかりやってしまったかな？」

私は引きかえして、一本に再び火を点けた。私がそうしている間に、片方の鏡の右側にある燭台の蠟燭が明滅してすぐに消えてしまったのが見えた。そしてほとんど間をおかず、反対側の燭台の蠟燭の火も消えた。間違いなかった。まるで灯心が人差し指と親指でいきなりつままれたように、炎が消えたのだ。灯心はそこに火が残るでも、煙があがるでもなく、ただ黒かった。ぽかんと口を開けて私が立ちつくしている間に、寝台の足下にあった蠟燭が消え、複数の影がまた一歩、私に向かって近づいたように思えた。

「ありえない！」炉棚の上の蠟燭が一本消え、さらにもう一本消えた。

「何が起こっている？」叫んだ私の声にはどこか奇妙で甲高い響きが加わっていた。それに合わせて衣装棚の上の蠟燭が消え、灯し直したアルコーヴの蠟燭も追随した。

「落ちつけ！　蠟燭が足りないぞ」半分ヒステリックな滑稽さを漂わせてそう口にしながら、暖炉に置いた燭台の蠟燭のためにマッチを擦った。両手がひどく震えていたので、マッチ箱のざら紙に二度当ててそこなった。暗闇から再び炉棚が姿を現しているうちに、窓の遠い方の端にある二本の蠟燭が陰った。しかし私は同じマッチで、大きい方の鏡の複数の蠟燭を再び灯し、戸口のそばの床の上の蠟燭にも複数火を点けた。おかげでその瞬間は火が消されてゆく一連の流れを引きはなしたように思えた。ところがそれからすぐ、部屋の別の隅にある四本の蠟燭が、一斉に消えた。震えながら慌ててもう一本マッチを擦り、どれに火を点けようか迷って立ちつくした。

　私が決めかねているうちに、目に見えない手がテーブルの上にある二本の蠟燭を払ったように見えた。私は恐怖の叫びを一つあげてアルコーヴへ駆けてゆき、それから部屋の隅、それから窓のところ、都合三本の蠟燭に火を点けたが、そうしている間に、暖炉のそばで二本が消えた。そこで私はよりよい方法に気づいて、マッチを複数本、部屋の隅にあった鉄張りの書類箱の上に出して、寝室の燭台を手に取った。その燭台の蠟燭を使って、マッチを擦ることで生じる遅れを回避しようとしたのだ。それでもこうしたあらゆる試みをもってしても、火が消えてゆく不断の過程はとどまるところを知らなかった。私が恐れおののきながら戦う影は、舞いもどってきては私のところに這いよってきた。こちらの側で私が一歩進むと、あちらの側でも一歩進むのだ。不規則に広がる嵐の雲が夜空の星々を薙《な》いでゆくようだった。時には一本だけ少しの間、意外と火が灯り続けていることもあったが、また消えてしまった。迫りくる暗闇への恐怖に対抗するために今や私はほとんど狂乱状態で、冷静さはすっかり失われてしまった。私は息を切らしながら飛びまわり、髪を振り乱しながら蠟燭から蠟燭へ、無慈悲な暗闇の前進に対して無駄な抵抗を続けた。

　テーブルに太腿をぶつけて痣《あざ》をつくり、椅子を逆さまにひっくり返し、つまずいたせいでテーブルのクロスを引きぬきながら倒れることになった。蠟燭が私の手から転がっていってしまったので、立ちあがりながら別の一本をひっつかんだ。しかしその蠟燭はいきなり消えてしまった。テーブルから手に取ったときに、私の咄嗟の動きが起こした風が火を吹き消してしまったのだ。そして、残っていた二本の蠟燭がすぐに追随した。けれども、まだ部屋に灯りはあった。赤い光が私から影を追いはらってくれていた。暖炉の火だ！　暖炉柵の間から蠟燭を突っこめば、当然また火を点けられる！

光り輝く石炭の間でまだ炎が踊り、家具に赤い反射光をとび散らしている場所を私は振りかえり、暖炉柵に向かって二歩進んだ。すると炎はすぐに小さくなって、消えてしまった。輝きは失せ、反射光も共に慌てて追いかけるように消えた。私が柵の間に蠟燭を突っこんでいる間に、目を閉じるかのような暗闇が私の上に降りてきて窒息するような抱擁でもって包みこみ、視界を封印した。そして、私の頭脳に残っていた理性の最後の欠片を押しつぶした。手から蠟燭が落ちた。両手を突きだして、垂れこめるような暗闇を自分から押しやろうと無駄な試みをした。声をあげ、力の限り叫んだ——一度、二度、三度。それから、よろよろと立ちあがったのに違いないと思う。月光に照らされた階段が急に心に浮かんだのはわかっている。頭を下げ、両腕で顔を覆い、扉に向かって走った。

けれども、私は扉の正確な場所を忘れており、寝台の角にひどいぶつかり方をした。私はたたらを踏み、向きを変え、殴られたか、嵩《かさ》のある何かの家具に自分でぶつかるかした。漠然とした記憶があるのは、暗闇の中を行き来しながらこのように自分自身を打ちすえたこと、あちらこちらに走りだしたときの自分自身の狂ったような叫び声、とうとう自分の額に下されたあの重い一撃、いつまでも続くかと思われた恐ろしい落下の感覚。足場を確保しようと半狂乱になってあがいた最後の努力。それからのことは、もう覚えていない。

日中の光の中で、目を開けた。頭にはぞんざいに包帯が巻かれており、萎びた腕の男が私の顔を見つめていた。何が起こったのか思いだそうとしながら、あたりを見回してみた。少しの間、何も思いだせなかった。目玉をぐるりと回して目の端まで動かすと、老女が見えた。もう物思いに耽ってはおらず、薬を数滴、小さな青い小瓶からグラスに垂らしていた。「ここはどこだ？」私は尋ねた。「あんた方を知っているように思うのだけれど、誰なのか思いだせない」

それで、彼らは話してくれた。私は幽霊の出る赤い部屋のことを、物語を聞いている誰かさんのように聞いていた。「わしらはあんたを明け方に見つけたんだよ」老人は言った。「額と唇から出血していたよ」

自分が何を経験したのか、記憶がゆっくりと回復していった。「今なら信じられるだろ？」老人は言った。「あの部屋には、出るんだって」彼の話し方はもはや闖入者に対して挨拶をするようではなく、打ちひしがれた友人を悲しんでくれている者のようだった。

「そうですね」私は言った。「あの部屋には、出ますね」

「じゃ、そいつを見たんだね。ここで人生の全てを過ごしているわしらは、目にしたことがないんだよ。なぜって、あえてそんなことをする気にはとてもとても……教えてくれんか、本当にそいつは昔の伯爵の——」

「違いますね」私は言った。「違います」

「言っただろ」グラスを手にしている年老いた婦人が言った。「恐れおののいていた、可哀そうな若い伯爵夫人だって——」

「違います」私は言った。「伯爵の幽霊も、伯爵夫人の幽霊もあの部屋にはいませんでした。あそこには、幽霊なんていなかったんです。でももっと悪い、もっとはるかに悪い――」

「何だい？」彼らは言った。

「哀れな生身の人間にとり憑く全てのものの中で、最悪のものですよ」私は言った。「そいつはですね、完全に剝きだしになった――恐怖ですよ！ 光も音もない恐怖、理性をもってしても耐えられない、音を消し、光を消し、圧倒してくる恐怖。そいつが、廊下を通ってぼくを追いかけてきたんです。ぼくはあの部屋でそいつと戦って――」

私は急に止めた。沈黙の間があった。私は片手を包帯にやった。

それから、眉庇の男がため息をついて言った。「その通りだよ」彼は言った。「わしにはわかっていたんだ。暗闇の力さ。そんな呪いを女にかけるなんて。そいつはあそこをいつも彷徨っている。昼間にだって感じられるさ。明るい夏の日だって、部屋に架けられた品々に、カーテンに、どう対峙しようとしたって、あの部屋に入った者の背後に隠れ続けているんだ。黄昏時になるとそいつは廊下に沿って這いだしてきて、追っかけてくる。だから振りむくなんて、とてもできっこない。あの人の部屋には恐怖がいるのさ――黒い恐怖がこれからもいるんだろうさ――この罪の家が建ち続けている限り」

ハンラハンの幻視《ヴィジョン》

ウィリアム・バトラー・イェイツ

それは六月のこと、ハンラハンはスライゴーのそばの路上にいた。けれども町には入らずに、ベン・バルベン〔スライゴー県にある地元のシンボル的な丘〕へと向かった。いにしえの想念が彼の心に去来していたので、市井の人々と交わる気にはなれなかったのだ。歩きながら、自分に向かって歌をうたった。夢の中で一度、心に去来したことのある歌だった。

「老いて骨ばった死の指は
そこに我らを見出せない
高貴で虚ろな町では
愛は与えられ分かちあうためのもの
枝という枝が花と実をつける
一年のいかなる時であっても
そこの川では水といっしょに

赤い麦酒や茶色い麦酒も流れる
老人が一人バグパイプを奏でる
金と銀の森の中で
女たちの青い目は氷のようだ
群れ集って舞う女王たち

「そのチビの狐野郎は呟いた
「この世の終わりなんぞくそくらえ」
太陽がやさしく笑い
月が私の手綱を引いた
けれどもその赤毛のチビは呟いた
「手綱を引いちゃいけねえよ
町に向かって行っちまうだろうが
そこはこの世の終わりだよ」

「太刀を浴びせたくなるほど
心高ぶるとき
彼らは重い剣を

金と銀の枝から下ろす
けれども戦いで殺された者たちは
みな目覚めて生きかえる
彼らの話が人間たちの間で
知られていないのは幸いだ
だってそれ、頑健な農民たちは
鋤を放りだしてしまうだろうし
彼らの心は枯れてしまうだろう
誰かが飲み干した杯のように

「ミカエルは頭上の枝から
自分の喇叭《らっぱ》をはずし
夕食の準備が整うと
小さく音を出す
ガブリエルが水中からやって来るだろう
滑るようなフィッシュ・テールのステップで
そして驚くべきことを話してくれるだろう
人々が行き交う雨の路上で何が起こったか

それから銀を打ってつくった
古い角笛のような杯を掲げて
星の端で眠りに落ちるまで
飲んだくれるのだ」

ハンラハンは、ベン・バルベンを登りはじめた。歌うのは止めた。彼にとっては長い登りだったから。時折腰を下ろして、しばらく休まなくてはならなかった。そうやって何回か休むうちに気がつけば、そばに野薔薇の茂みがあった。土砦《ラース》の傍に生い茂って、花を咲かせている。メアリー・ラヴェルによく野薔薇を持っていってやったのを思いだした。彼女の後には、そんなことをしてやった女はいない。彼は、枝を少し折りとった。その枝には蕾がいくつか、花が幾輪かついていた。彼は、自分の歌をうたいながら進み続けた。

「そのチビの狐野郎は呟いた
「この世の終わりなんぞくそくらえ」
太陽がやさしく笑い
月が私の手綱を引いた
けれどもその赤毛のチビは呟いた
「手綱を引いちゃいけねえよ

町に向かって行っちまうだろうが
そこはこの世の終わりだよ」

彼は丘を登り続け、ラースから離れた。すると、恋人たちを詠んだ古い詩がいくつか心に浮かんだ。よいものも悪いものも。おたがいの愛の力によって墓所での眠りより目覚めてしまった者たちについての詩。彼らはどこか昏《くら》い場所で生をえて、審判の日を待ちながら、神の面前から追放されて暮らすのだ。

夕闇迫るころ、彼はようやく余所者峡谷《スティープ・ギャップ・オヴ・ザ・ストレンジャーズ》にたどり着き、岩棚に寝そべって、谷を覗きこんだ。山から山へと、灰色の霧が広がっていた。

見ているうちにその霧が、男女の影の形に変わってゆくように見えた。その眺めへの畏怖と悦びで、彼の心の臓は激しく打ちはじめた。彼の手はいつも落ちつきがないのだが、その手で持っていた薔薇の枝から葉をちぎり取った。その葉っぱがひらひらとした一団となって谷の奥へと舞い落ちて消えてゆくのを、彼はじっと眺めていた。

突然、幽《かす》かな音楽が聞こえてきた。この世のいかなる音楽よりも、笑いと涙を含んだ調べだった。それを聞くや心が高ぶり、彼は呵々大笑しはじめた。なぜなら彼にはその音楽が、この世の人間を超えた美と偉大さを有する何者かによって奏でられているのがわかったからだ。谷をひらひらと落ちてゆく薔薇の小さな葉が、姿を変えていくように彼には見えた。やがてその葉っぱは霧の奥底で、薔薇の色をした男女の一団のように見えるまでになった。それからその色は様々な色に変じ、続いて彼が目にしたのは、長身の美しい若い男たちと、女王然とした女たちが、長く一列に連なっている姿だった。彼らは遠ざかってゆくのではなく、彼の方へとやって来て、そのまま通り過ぎていった。彼らは高貴な見た目をしていたが、その表情はやさしさで満ちていた。それでいて、気高く悲しいものを果てしなく探し続けているかのように顔色は青白く、疲弊していた。霧の中から影のような腕が、彼らをつかまえんとするがごとく伸ばされた。けれども、彼らに触れられはしなかった。なぜなら彼らの周囲にある静けさは、決して壊すことのできぬものだったから。そして彼らの前で、彼方で、敬意をはらうかのように距離を取りつつ、別の影がいくつも浮き沈みし、行ったり来たりしていた。渦を巻くようなその飛び方から、ハンラハンにはそいつらが妖精《シー》であるとわかった。戦いに敗れたいにしえの神々。シーたちをつかまえようとして、影の腕が掲げられることはなかった。なぜならシーたちは、罪を犯すことも、従うこともできない者に属していたからである。シーたちはみな遠ざかり、小さくなっていった。彼らは、山の中腹にある白い扉に向かっているようだった〔ベン・バルベンの中腹には、妖精が飛びだす扉代わりの白い石があるとされる〕。

今や目の前に広がっている霧は灰色の長く続く波となって山並みを洗い、寂しく茫漠たる海のようだった。けれども見る間に霧が再び、それ自体の一部である生命で満たされはじめた。流され壊れたその生命には、知性がなかった。灰色の霧の中に、腕が何本も、乱れ髪に覆われた頭がいくつも現れた。霧の中に現れた生命は高く高く、切りたった岩の端に水平になるところまで昇ってきた。するとしっかりした形を取りだして、霧に半分覆われたまま新たな行軍を形づくり、不ぞろいな足並みでとてもゆっくり通り過ぎていった。それぞれの影の深奥には、何かが星明かりの中で輝いていた。どんどん近づいてくるにつれ、彼らもまた恋人たちであるのがハンラハンから見てとれた。心臓の代わりに、心臓の形をした鏡が胸についていて、おたがいの鏡の中にある自分自身の姿をひたすらに、ただひたすらに見つめ続けている。彼らは行軍を続け、進むにつれて沈降し、すると別の影が彼らのところまで上がってくるのだけれど、肩を並べられはせず、おたがいの後を追いかけて、激しく相手を求めて腕を突きだしていた。ハンラハンには、追いかけられているのが女たちであるのがわかった。どの顔もこのうえなく美しいが、身体の方は命のない影でしかない。長い髪が、まるでそれ自体が恐ろしい生命を持っているかのように彼女らの周囲で動き、震えていた。急に霧が舞いあがって彼女らを隠すと、一陣の風が北東の方向へと彼女らを吹き飛ばし、同時にハンラハンを雲の白い翼で覆ってしまった。

　彼は震えながら立ちあがって、その谷から離れようとした。するとその時、岩のすぐ向こうで、まるで空中に立っているかのように、半身しか見えない二つの暗い人影があるのが目に入った。うち一人は物乞いのような悲しみに満ちた目をしており、女の声で彼に向かって話しかけた。

「何か私に向かって話してちょうだい。もう七百年も、この世でも、別の世界でも、私に話しかけた者はいないから」

「いったい誰が通り過ぎていったのか、教えてくれないか」ハンラハンは言った。

「最初に通り過ぎていったのは」女は言った。「いにしえに最も偉大な名を成した恋人たち、ブラナダとディアドラとグラニア〔アイルランド語の古い写本に残る物語に登場する傾国の美女たち〕とその親しい仲間たち、それから、それほどよく知られてはいないけれど、とても愛された、とてもたくさんの者たち。若さの盛りだけではなくて、夜と星々のようにずっと続く美をおたがいに求めあっているから、夜と星々は、戦《いくさ》や殺戮から彼らを守ってやっている。戦や苦難をこの世にもたらしてしまったのは、あの人たちの愛なのに。そして次にやって来たのは」と彼女は言葉を継いだ。「甘美な空気をまだ呼吸しており、心の臓に鏡を持った者たち。あの人たちは、詩人に詠われてはいない。だって、もう一人の相手に打ち勝とうとしていただけだから。自分の力と美を証明しようとして、あの人たちはある種の愛をつくる。影の身体を持つ女たちはといえば、勝ち誇ることも愛することも望みはせず、ただ愛されることだけを願っていた。一度の接吻をきっかけに血が体内をめぐるまでは、心の臓にも身体にも、血が通うことはない。彼女らに命があるのは、ほんの少しの間だけのこと。あの者たちはみな不幸。けれども一番不幸なのは、私。だって私がかのダーヴァディラなのだから。こちらはダーモット。私たちの犯した罪により、ノルマン人たちはアイルランドにやって来た〔ダーモット・マクマローは中世のアイルランド東部のレンスター王。国内の覇権を得るため、ノルマン征服後のイングランドの王、ヘンリー二世に派兵を求めた。同盟を結んだマンスター王の妻ダーヴァディラ（ダヴォーギラとも）をさらったと伝えられる〕。あらゆる世代の呪いが、遍《あまね》く私たちの上に降りかかっている。私たちと同じように罰せられている者など、どこにいよう。若い盛りに愛しあった男と女の姿が、おたがいの内にあるばかり。土くれの死にゆく美であって、永遠の美ではない。私たちが死んだとき、永遠に続いて壊れることのない静けさは、私たちのところにやって来てはくれなかった。私たちがアイルランドに持ちこんでしまった戦による苦難が、私たち自身の罰になった。私たちは共に、永遠に彷徨《さまよ》うのだ。でも恋人だったはずのダーモットはいつも、長らく土中にある死体のように私のことを見る。そして私は、あの人が自分をそのように見ていると知っている。もっと、もっと私に尋ねてちょうだい。

長きにわたる年月の全てが私の心に知恵を残していってくれたのに、七百年もの間、誰も私の言葉に耳を傾ける者はいなかったのだから」

ハンラハンは、ひどい恐怖にとらわれた。もろ手をあげるや、彼は叫び声を三度あげた。谷にいた牛の群れが頭をもたげてモーと鳴き、山の端の森にいた小鳥たちは眠りから目覚めて、震える葉叢の間を飛び交った。けれども岩の端の少し下には、まだ薔薇の葉の一群が宙に漂っていた。永遠に通じる門戸が口を開けたものの、心臓が一打ちするうちに、また閉じてしまったからだった。

蔦の日に委員会室で

ジェイムズ・ジョイス

ジャック爺さんがボール紙の切れ端で燃えがらを掻き集め、白くなった石炭の山の上に広げて振りかけた。よく考えられた行動だった。石炭の山が薄く覆われると爺さんの顔は闇の中へと消えていったが、彼がまた石炭を扇ぎはじめるや、身を屈めた彼の影法師が反対側の壁を這いあがり、その顔がゆっくりと、また光の中に現れた。それは老人の顔で、とても骨ばっており、毛深かった。潤んだ青い目が火に向かって瞬き、湿った口が時折あんぐりと開き、閉じるときに一度、二度と機械的にもしゃもしゃと動いた。燃えがらに火が移ると、彼はボール紙の切れ端を壁に立てかけて、ため息をついて、言った。

——ましになりましたよ、オコナーさん。

オコナー氏は白髪交じりの若者で、顔にはたくさんのあばたやにきびがあった。彼は形よく丸めた紙に煙草の葉を詰めているところだったが、話しかけられると考え事をしているかのように手を動かすのを止めた。それから少しばかり物思いに耽ってから、また煙草を巻きはじめた。そしてちょっと考えてから、その巻紙を舐めた。

――ティアニーさんは、いつ戻ってくるって言ってた？　オコナー氏はしゃがれた裏声《ファルセット》で尋ねた。

――何も言ってませんでしたよ。

オコナー氏は煙草を口にくわえ、ポケットを探りはじめた。彼は、ボール紙のカードを一束取りだした。

――マッチを持ってきますよ、と老人は言った。

――気にしなさんな、こいつでなんとかなるからさ、とオコナー氏は言った。

彼はカードを一枚選ぶと、そこに書いている文言を読んだ。

市政選挙
ロイヤル・エクスチェンジ区
貧民救助法ガーディアンであるリチャード・J・ティアニーは、来るロイヤル・エクスチェンジ区での選挙におけるみなさまのご投票とご支援を謹んでお願いいたします。

オコナー氏は、ティアニー氏のエージェントによってロイヤル・エクスチェンジ区の一部で集票活動をするように差配されていたが、天気が荒れ模様でブーツの中まで水が染みてきてしまったので、その日のほとんどをウィックロー・ストリートの委員会室で、年寄りの管理人のジャックといっしょに火のそばで座って過ごしたのだった。短い日が暗くなりだしてから、彼らはずっとそんな具合に座っていた。その日は十月六日で、外は陰気で寒かった。

オコナー氏はカードを一枚破って火を点け、それで煙草にも火を点けた。彼がそうしていると、コートの襟につけられた、光沢のある暗い色の蔦の葉のバッジ〔蔦の葉はパーネル（本節の前口上参照）のシンボル〕が炎によって照らしだされた。老人は彼をじっと見つめ、それから再びボール紙の切れ端を取りあげて、彼の相棒が煙草を吹かしている間に、ゆっくりと火を扇ぎだした。

――いや、なんといいますか、と彼は口にしてから、続けた。子どもをどんなふうに育てたらいいかは、なかなかわからんもんですな。あいつがあんなふうになるなんて、誰も思わんかったでしょう。あいつをクリスチャン・ブラザーズの学校にやって、できることはやってやったんです。そしたらどうです、飲み歩いてばっかりですよ。なんとかたしなみがある男にしようとしたんですがねえ。

彼はボール紙の切れ端を、力なく置いた。

――こんなふうに年寄りじゃなかったら、調子に乗っているのをなんとかしてやるんですがね。あいつを見張っていられたら、背中を杖でどやしつけてやるのに――ずっと前にやっていたみたいに。母親がですね、何くれとなくあいつを甘やかすんですよ……。

――そいつは子どもたちをだめにするな、とオコナー氏は言った。

――間違いなくそうですわ、と老人は言った。そんなことしたって、感謝なんかしてもらえんのです。つけあがるだけですよ。あたしが一杯やっているのを見ると、いつだって生意気な口をききやがる。息子が父親にあんな口をきくなんて、なんて世の中になっちまったんだか。

——息子さんはいくつだい？　オコナー氏は尋ねた。

——十九です、と老人。

——ちょっとは苦労させたらどうだい？

——全くですわ。あいつが学校を出てこの方、あの酔っぱらい野郎にうるさく言ったことはないんです。もう養ってやらねえぞって言ってやりますよ。自分で仕事を見つけなきゃだめだってね。でも、だめだな。あいつが仕事をするようになったら、なお悪いですよ。全部飲んじまうでしょうからね。


オコナー氏は同情して首を振り、老人は炎を見つめて押し黙った。誰かが部屋の扉を開けて、声をかけてきた。

——やあ！　こいつはフリーメイソンの集会かい？

——誰だね？　と老人は言った。

——暗闇で何をやっているんだい？　声が尋ねた。

——ハインズ、きみか？　オコナー氏が尋ねた。

——そうだよ。暗闇でいったい何をやっているんだい？　炎がつくる光の中に歩みでながら、ハインズ氏が言った。


彼は背が高くてすらりとした若者で、明るい茶色の口髭を蓄えていた。帽子の縁から雨の滴が今にも滴りそうになっていて、ジャケットコートの襟は立てられていた。

——それでマット、彼はオコナー氏に言った。どんな具合だい？

オコナー氏は首を振った。老人は暖炉を離れ、部屋のあちこちでけつまずきながら、二本の蠟燭を持って戻ってきた。彼はそれを一本ずつ火の中へ突っこんでから、テーブルのところに運んだ。部屋のあられもない様子が見えるようになり、炎は心が浮きたつような色を全部失ってしまった。部屋の壁は、選挙演説の写しが貼られている他は剝きだしだった。部屋の真ん中には小さなテーブルがあり、その上には書類が山となっていた。

ハインズ氏はマントルピースにもたれかかって、尋ねた。

――まだ払いはないのかい？

――まだだよ、とオコナー氏。今晩は、苦境にある我々を彼が放置しないことを神に願うよ。

ハインズ氏は笑った。

――払ってくれるって。心配しなさんな、と彼は言った。

――ビジネスのつもりなんだったら、もっとスマートに見えるようにやってほしいもんだな、とオコナー氏は言った。

――あんたはどう思う、ジャック？　ハインズ氏は皮肉な調子で老人に向かって言った。

老人は火のそばの自分の席に戻りながら、言った。

――そんなではないでしょうが、ビジネスはやってますよ、とにかく。別のティンカー〔アイルランドでは、ロマなど放浪する民への呼称〕とは違ってね。

――別のティンカーって？　とハインズ氏。

――コルガンでさ、老人は軽蔑も露わに言った。

——コルガンが労働者だからって、あんた言うのかい？　善良で正直なレンガ積みとパブの親父の間にどんな違いがあるっていうんだよ——ええ？　労働者が自治体の一員になる権利は、他の誰に対しても劣るもんじゃない——やれやれ、名を成した人の前だといつも帽子を手に持っているようなイングランドのシンパよりは、はるかに立派な権利を持ってるんじゃないかね。そうじゃないか、マット？　とオコナー氏に向けて、ハインズ氏は言った。

——きみが正しいと思うよ、とオコナー氏は言った。

——素朴で誠実な男がいて、そいつが保守傾向のあるリベラルじゃないとする。だとすると、そいつが労働者階級を代表する者になるだろうさ。きみが働いてやっているあの御仁は、地位か何かがほしいだけさ。

——そりゃもちろん、労働者から誰か代表は出さないといけませんさ、と老人は言った。

——労働者は、ハインズ氏は言った。辛いことを全部引きうけているのに実入りが少ないよな。でも、労働こそが全てを生みだしているんだ。労働者は、息子や甥っ子やいとこに有利な仕事を求めているんじゃないんだよ。労働者は、ドイツの王国を喜ばそうとしてダブリンの名誉に泥を塗ったりはしないだろうさ。

——どういうことです？　と老人は言った。

——エドワード王がもし来年ここにいらしたら〔英国王エドワード七世のアイルランド訪問は一九〇三年に実現〕、連中が歓迎の辞を捧げようとしているのを知らないのかい？　外国の王さまに叩頭《こうとう》の礼をして、何がほしいっていうんだろう？

――おれたちの候補は、その歓迎の辞に賛成票は投じないだろうさ、とオコナー氏は言った。ナショナリストの公認候補者名簿に載っているからね。

――そうかあ？　とハインズ氏は言った。やっこさんがどうするかわかるまで待とうじゃないか。あいつがどういうやつか、わかってるんだから。なんたって抜け目ないのにふらふら《トリッキー・ディッキー》しているティアニーなんだから。

――なるほどね！　たぶんそいつは当たってるよ、ジョー、とオコナー氏は言った。まあ、とにかく、やっこさんにおかれましては現ナマといっしょにご登場、と願いたいもんだね。

三人の男たちの間に沈黙が降りた。老人はさらに燃えさしを掻き集めはじめた。ハインズ氏は帽子を脱いでそれを振り、それからコートの襟を倒して、いつもしているように襟につけられた蔦の葉のバッジがよく見えるようにした。

――もしこの男が生きていたなら、とその葉を指さしながら、彼は言った。歓迎の辞の話なんて、我々はしなかったろうさ。

――全くだね、とオコナー氏。

――なんてこったい、あの時代に神の思し召しを！　と老人が言った。あのころは、時代の活力ってもんがありましたな。

部屋はまた、静かになった。すると、あくせくとした小男が鼻をくんくんいわせながら、寒さで赤い耳をして、部屋に押し入ってきた。彼は素早く火のところへと歩いてゆき、火花でも出そうとしているみたいに両手を擦りあわせた。

——金はないのかい、みなの衆、と彼は言った。

——こっちに座んなせ、ヘンチーさん、と椅子を譲りながら老人は言った。

——お、気にすんな、ジャック、気にすんな、とヘンチー氏。

彼は素っ気なくハインズ氏にうなずき、老人が空けてくれた椅子に腰を下ろした。

——エインジャー・ストリートは当たったのかい？　と彼はオコナー氏に尋ねた。

——ああ、とオコナー氏は、メモを探してポケットをいろいろとまさぐりながら言った。

——グライムズは訪ねたかい？

——行ったよ。

——どうだった？　どんな態度だった？

——約束はしてくれなかったな。どのように投票するかは、誰にも言わないようにしていますので、だそうだ。でも、彼は大丈夫だと思うよ。

——なんで大丈夫？

——推薦者にはどんな人たちがいるんだって尋ねてきたから、教えてやったんだよ。バーク神父の名前を挙げておいたよ。おれは、大丈夫だと思うよ。

ヘンチー氏は鼻をすんすんいわしだし、恐ろしいスピードで火の上で両手を擦りあわせはじめた。それから彼は言った。

——神さまの愛のためにさ、ジャック、もうちょっと石炭を持ってきてくれないかな。いくらか残っているはずだろ？

老人は部屋を出ていった。

――だめだったよ、ヘンチー氏が首を振りながら言った。あの靴磨きの坊主みたいな御仁に頼んでみたんだが、こう言いやがったよ。あ、はい、ヘンチーさん、うまくお仕事をやってくださっているなら、あなたのことを忘れたりしませんよ。そう思っていただいて大丈夫、だってさ。さもしいチビのティンカーめ！　やれやれ、あいつはそれ以外の何者でもないな。

――ぼくが何て言ったか覚えているだろう、マット、とハインズ氏は言った。抜け目ないのにふらふらしているティアニーさ。

――はん、みなさんおっしゃる通り、あいつが抜け目のないのは確かだね、とヘンチー氏は言った。あんなだから、何をやっても雀の涙ほどの実入りもないいんだよ。くたばっちまえ！　男らしく、払うもんを払えないもんかねえ、あのですね、その、ヘンチーさん、ファニングさんに話さないといけないんですよ……ずいぶん出費が嵩んでいますから、なんて言う代わりにさ。卑しい、地獄の、チビの靴磨きめ！　あいつの父親が小さな老体に鞭打って、メアリー・レーンで親から受け継いだ店をなんとかやっていた時代なんかは忘れちまったんだろうさ。

――でも、そいつは事実なのかい？　とオコナー氏は尋ねた。

――何言ってんだよ、当たり前だろ！　とヘンチー氏。あんた聞いたことないの？　日曜日の朝っぱらから、パブが開く前にチョッキやらズボンやらを買いに来ていた連中はさ――まあ、無理もないんだが――抜け目ないのにふらふらな、小柄で老体の親父さんはだ、いつも抜け目なく小さな黒瓶を店の隅に置いてたんだよ。とんでもないと思うかい？　そういうわけだよ。あいつはあれで、閃いたんだな。

老人が石炭の塊を数個持って戻ってきて、火の中のそこここに置いた。

――そいつはご挨拶だったね、とオコナー氏は言った。ちゃんと払いをするつもりがないのに、よく我々が自分のために働いてくれると思えるもんだ。

――どうしようもないよ、とヘンチー氏は言った。うちに帰ったら、玄関のホールに借金取りがいるんじゃないかな。

ハインズ氏が笑い、肩でマントルピースを押して、部屋を出ていく体勢を取った。

――王さまのエディがいらっしゃるころには大丈夫じゃないの、と彼は言った。それじゃ、みなさん、今のところは失礼するよ。じゃあね。バイバイ。

ゆっくりと彼は部屋を出ていった。ヘンチー氏も老人も何も言わなかったが、扉がまさに閉じようとしているときに、むっつりと火を見つめていたオコナー氏が、突然大きな声を出した。

――じゃあね、ジョー。

ヘンチー氏はちょっと待ってから、扉の方に向かってうなずいた。

――教えてくれよ、炎越しに彼は言った。我らがご友人は、ここに何を持ちこんでいたのかね？　何が望みだ？

――やれやれジョーも気の毒に！　とオコナー氏は吸いきった煙草の端を火の中に放りながら言った。ぼくらと同じように、彼も金に苦労しているんだよ。

ヘンチー氏は精一杯いやな顔をして、火が消えんばかりのすごい量の唾を火の上に吐いたので、火はシューッとばかりに抗議の声をあげた。

——おれの私的にして率直な意見を申しあげさせていただければだな、と彼は言った。あいつは、他の陣営から来たんだと思うね。コルガンのところのスパイさ、おれに言わせてもらえば。その辺をまわっていろいろ覗いて、連中がどうしているか見てきてくれ、きみなら疑われないだろう、さ。わかるべや？

——うーん、ジョーが気の毒だな、彼はちゃんとした人だよ、とオコナー氏は言った。

——父君は、ちゃんとしていて尊敬すべき男だったな、とヘンチー氏は認めた。気の毒なラリー・ハインズ爺さん！　元気なころは、いいことたくさんしてくれたよなあ！　でもおれは、我らがご友人は見た目ほどきらきらしているわけじゃないと、大いに懸念しているのさ。ちくしょうめ、金で困っているやつは理解できるが、人にたかる野郎は理解できないね。あの野郎が男らしさの欠片《かけら》でも見せてくれればいいのに。

——あの人がいらしても、あたしも歓迎するのは無理ですわ、と老人が言った。ご自分のところで働いていただいて、この辺をうろうろしてスパイをするのは止めてほしいですな。

——どうかなあ、煙草と巻紙を取りだしながら、オコナー氏が疑わしげに言った。ぼくは、ジョー・ハインズはまっとうな男だと思うよ。賢くもある。文才があるんだよ。彼が書いたあれを覚えているかい……？

——その辺にいる虱《しらみ》だらけになって山にこもって武装している連中やフィニアン〔十九世紀アイルランドの民族主義過激派〕たちの中には、ちょっと賢すぎる連中もいるってもんじゃないかね、おれに言わせてもらえば、とヘンチー氏は言った。そういう小物の賢ぶった連中についてのおれさまの私的にして率直な意見を聞きたいかね？　あいつらの半分は、ダブリン城〔この時代のイングランドによるアイルランド支配の拠点〕から給料をもらってやがるとおれは信じているよ。

――でたらめだ、と老人が言った。

――ところがどっこい、おれは事実として知っているのさ、とヘンチー氏。あいつらはダブリン城の犬なんだよ……ハインズのことを言ってるんじゃないよ……ちぇっ、違うったら、ハインズはそんなのより一枚上手だよ……どこ見ているかよくわからないチビで高貴なお方がいるじゃないか――おれが言わんとしている愛国者が誰か、わかるだろ？

オコナー氏がうなずいた。

――駐屯地司令官サー〔ヘンリー・チャールズ・サー。十八世紀末のダブリンの反乱鎮圧で悪名高い〕の直系の子孫だって言っちまおうか、その方がよければ！　おお、愛国者の心臓の血よ！　そいつが今や、二足三文で自分の国を売るってわけだ――やれやれ！――あいつはがっくりと跪《ひざまず》いて、自分に売る国があることを全能の神に感謝するんだろうさ。

扉がノックされた。

――入んな！　ヘンチー氏が言った。

貧相な聖職者か貧乏な役者に似た人物が、戸口のところに現れた。小さな体軀に、ぴっちりとボタンをかけた黒い服を着ていた。カラーが聖職者のものか俗人のものか、判別は不可能だった。というのは、みすぼらしいフロックコートの襟が首のところで立てられていたからだ。コートのボタンははずされ、蠟燭の光を反射していた。頭には、固い黒のフェルト地の丸帽子をかぶっている。雨粒で光っている顔は赤くなって、頬骨がどこか示しているところを除いては、湿った黄色いチーズのように見えた。とても大きな口が失望を表すために突然に開かれ、と同時にとても明るい青い目が、喜びと驚きを表すために大きく見開かれた。

――おや、キーオン神父さまじゃないですか！　とヘンチー氏は椅子から飛びあがって言った。あなたでしたか。どうぞ中へ！

――いやいやいや、けっこう！　キーオン神父は子どもに話しかけるかのように唇を突きだし、早口で言った。

――お入りになって、座っていかれれば？

――いや、いいんだいいんだ！　慎み深く鷹揚な、ヴェルヴェットのような声でキーオン神父は言った。お邪魔はせんよ！　ファニングさんを探しているだけなんでな……。

――ティアニーさんの黒鷹《ブラック・イーグル》亭にいますよ、とヘンチー氏は言った。でも、お入りになって、少し座っていかれたら？

――いやいや、ありがとう。ちょっと仕事に関することでな、とキーオン神父は言った。お気づかい感謝するよ、本当に。

神父が戸口のところから引っこんだので、ヘンチー氏は蠟燭を一本つかみ、扉のところに行くと、階段を降りてゆく神父を照らしてやった。

――おっ、気づかいせんでくれ、頼むから！

――気づかいなんてしてませんよ。でも、階段がすごく暗いですから。

――いやいや、見えるよ……感謝するよ、本当に。

――もう大丈夫ですか？

――大丈夫だよ、ありがとう……ありがとう。

ヘンチー氏は蠟燭を持って戻ってくると、その蠟燭をテーブルの上に据えた。彼はまた、暖炉のそばに座った。少しの間、沈黙が降りた。

――教えてくれ、ジョン、とオコナー氏は、ボール紙のカードをもう一枚使って煙草に火を点けながら、言った。

――ああん？

――正確なところ、あの人は何なんだ？

――もうちょっと簡単な質問にしてくれよ、とヘンチー氏は言った。

――ファニングとあの人は、私にはすごく親密に見えるんだが。よくいっしょにカヴァナーのパブにいるからね。そもそもあの人は、神父なのかい？

――うーん、だと思う。おれはそう信じてる……あの人は思うに、いわゆるはずれ者だよ。世の中に大勢いるわけじゃないが、神さま感謝します、どうしても少しはああいう人がいるものさ……ある種、不幸な人なんだよあの人は……。

――それでどうやって、やっていってるんだい？　オコナー氏が尋ねた。

――そいつはもう一つの謎だな。

――どこかのチャペルか、教会か、組織か何かにくっついてはいるのかい？

――いいや、とヘンチー氏は言った。自分の金であちらこちらに行ってるんだと思うよ……神よ、許したまえ、と彼は付け加えた。おれ、あの人のことを、スタウトビールが一ダース来たと思っちまったんだよな。

――酒が来る当てがあるのかい？　とオコナー氏が尋ねた。

――あたしも喉が渇きました、と老人が言った。

――あのチビの靴磨き野郎に、三回も頼んだんだよ、とヘンチー氏が言った。スタウトを一ダース送ってくれないかって。今もまた頼みに行ったんだけれど、やっこさんは上着を脱いでカウンターにもたれかかって、カウリー参事会員と話しこんでやがったんでね。

――思いださせることができなかったと？　とオコナー氏は言った。

――そりゃ、カウリー参事会員に話しかけている間はそっちに行けるわけないだろ。あいつと目が合うまで待っていて、言ったんだよ。例の些細な件についてなんですが、お話ししていたあの件を……そいつは大丈夫ですよ、Hさん、だってさ。なんてこった。間違いないや、あのドチビは全部忘れちまったんだ。

――あっちの地区じゃ駆け引きが続いているんだな、とオコナー氏は考えこみながら言った。サフォーク・ストリートの角で昨日、連中のうちの三人が、かなり力を入れてやっているのを見たよ。

――連中がやっているちょっとしたゲームならわかっていると思うぜ、とヘンチー氏は言った。

今時は、市議会のお偉方に借金をしていなきゃいけないのさ、もしダブリンの市長になりたいのなら。借金をしていれば、みんなが市長にしてくれるってわけだ。やれやれ、いっそ自分が市会議員になってやろうかってマジ考えるね。どう思う？　おれは適任かな？

　オコナー氏は笑った。

——金を借りるって点に限ってならね……。

——マンション・ハウス〔市長公邸《ダブリン》〕を馬車に乗って出てくるわけよ、とヘンチー氏は言った。アーミンだかヴァーミンだかの毛皮を着て、そこにいるジャックに髪粉をつけた鬘《かつら》をかぶって後ろに立ってもらってさ——どうだい？

——そしたらぼくを、きみの私設秘書にしてくれたまえよ、ジョン。

——もちろんよ。そしてキーオン神父をおれの私設司祭にするのさ。みんなでファミリー・パーティーが開けるぜ。

——全くねえ、ヘンチーさん、と老人が言った。連中のうちの何人かよりは、あんたの方がうまくやれるでしょうよ。この前、荷役夫の老いぼれキーガンと話したんですよ。あたしは言ったんです。それで、新しいご主人さんは気に入ったのかい、パット？　ここのところ、お楽しみがないだろう？　ってね。お楽しみだって！　やっこさんは言いました。ご主人さまはえらく困っているらしいんだよ。それからあたしに何て言ったと思います？　この場で神さまに向かって宣言しますがね、あたしゃ信じられませんでしたよ。

——何て？　とヘンチー氏とオコナー氏は言った。

——あいつはあたしに言いました。自分の夕食のために厚切り肉《チョップ》を一パウンド〔約四百五十四グラム〕注文するダブリン市長さまを、どう思う？　お偉いさんの暮らしに、そういうのはどうかなあ、ですと。なんとなんと！　ってあたしゃ言いました。チョップ一パウンドごときがマンション・ハウスにやって来るんだぜ、とやっこさん。あたしは、なんと！　今せっているのはいったいどういう人たちなんだかって言ったんです。

ここで扉がノックされ、少年が一人、顔を覗かせた。

——何だね？　と老人

——黒鷹亭からです、と横向きに歩いて中に入り、瓶をガチャガチャいわせてバスケットを床に置きながら、少年は言った。

老人は、少年がボトルをバスケットからテーブルに移すのを手伝い、全部で何本か数えた。テーブルに移し終えると、少年はバスケットを腕に掛けて尋ねた。

——瓶はありますか？

——何の瓶だって？　と老人。

——まず飲ませてくれよ、とヘンチー氏。

——空き瓶について訊いてこいって言われてるんです。

——明日また来な、と老人が言った。

——そうだ、少年！　とヘンチー氏が言った。オファレルのパブに行って、コルク抜きを貸してくれって頼んでくれないかな——ヘンチーさんが頼んでるって言ってくれ。本当にすぐ返すからって。籠はそこに置いておけよ。

少年が出ていくと、ヘンチー氏は嬉しそうに両手を擦りあわせはじめて言った。

——いやいや、結局のところ、あいつもそんなに悪いやつじゃないじゃないか。自分で言うぐらいはいいやつだぜ、とにかく。

——タンブラーはありませんよ、と老人が言った。

——そんなことは気にすんな、ジャック、とヘンチー氏は言った。昔はおすましだった連中の多くが、今じゃ瓶から飲んでんだから。

——ともあれ、何もなしにならんでよかった、とオコナー氏。

——あいつも悪いやつじゃないな、とヘンチー氏。ファニングに首根っこを押さえられちまってるのだけがなあ。悪気はないんだけど、何というかな、やり方がちゃちでティンカーみたいなんだよな。

少年がコルク抜きを持って戻ってきた。老人が三つの瓶の栓を開け、コルク抜きを返そうとしたところで、ヘンチー氏が少年に言った。

——きみも一杯やるかい、少年？

——そちらがよろしければ、サー、と少年は言った。

老人はしぶしぶもう一本開けて、少年に渡した。

——おまえいくつだ？　彼は尋ねた。

——十七です、と少年は言った。

老人がそれ以上何も言わなかったので、少年は瓶を手に取って、最高に尊敬しますよ、サー！とヘンチー氏に言い、中身を飲んで瓶をテーブルの上に戻すと、袖口で口を拭った。それからコルク抜きを取って、扉を横向きで抜けながら、何か挨拶のような言葉をもごもごと言った。

——ああいうふうに、はじまるんですぜ、と老人が言った。

——楔《くさび》の先ってか、と言ったのはヘンチー氏だった。

老人が栓を開けてくれた三本の瓶が、その老人から手渡された。すると男たちは同時に、瓶から飲んだ。飲み終わるとそれぞれがマントルピースの上の手が届くところに自分の瓶を置き、満足そうに長い息をついた。

——いやいや、おれは、今日はいい仕事をしたよ、と一息おいてからヘンチー氏が言った。

——そうなのかい、ジョン？

——そうともさ、ドーソン・ストリートでやっこさんのために、一票か二票は固めてやったからね。クロフトンとおれでさ。ここだけの話にしてほしいんだけどさ、ほら、クロフトンはさ（ちゃんとしたやつだよ、もちろん）、選挙運動員としちゃ、全然なんだよな。犬に一言かけることだってしやしない。おれがしゃべっている間、やっこさんは立ちんぼで、人を見ているだけなんだから。

ここで、二人の男が部屋に入ってきた。一人はとても太った男で、青いサージの服がなだらかな体軀から滑り落ちそうに見えた。その大きな顔の表情は若い牡牛に似ており、青い目でじっと相手を見つめ、白髪交じりの口髭を蓄えていた。もう一人ははるかに若くてなよなよしており、きれいに髭をあたった細い顔をしていた。高い二重襟の服を着て、縁が広い山高帽をかぶっていた。

——やあ、クロフトン！　とヘンチー氏は太った男に言った。悪魔に聞かれたな……。

——その酒はどこから出てきたんだい？　と若者が尋ねた。牝牛が子どもでも産んだかい？

——おお、さすが、バンタムは最初に酒を見つけるな！　とオコナー氏が笑いながら言った。

——あんたらはこんなふうに選挙運動をするのかい、とライアンズ氏は言った。クロフトンとぼくに、寒さと雨の中、票を集めさせといて？

——おいおい、ご挨拶だな、とヘンチー氏は言った。おまえら二人が一週間で集めるよりたくさんの票を、おれなら五分で集めてやるぜ。

——スタウトを二本開けてやってくれ、ジャック、とオコナー氏が言った。

——どうやってです？　と老人が言った。コルク抜きがないのに？

——あわてんな、あわてんな！　とすばやく立ちあがりながら、ヘンチー氏が言った。このちょっとしたトリックを、見たことあるかい？

彼はテーブルから二本取り、火のところに持っていって、暖炉の棚《ホブ》のところに置いた。それから火のそばに座り直し、自分の瓶からさらに一口飲んだ。ライアンズ氏はテーブルの端に座り、帽子を首筋の方に押しやって、両脚をぶらぶらさせだした。

——ぼくの瓶はどっちだい？

——こいつだな、とヘンチー氏。

クロフトン氏は箱の上に座り、ホブのところにあるもう一本をじっと見つめた。彼は、二つの理由で黙っていた。一つ目の理由はそれ自体で充分な理由で、彼には何も話すことがなかった。二つ目の理由は、彼は仲間たちを自分より下だと考えていた。彼は、ウィルキンズの運動員だった。保守派だ。けれども保守派が自分たちの候補を引っこめて、二つの災いのうちからましな方を選んでナショナリストの候補者を支援したがために、彼はティアニー氏のために働いてきたのだった。

数分のうちに申し訳なさそうな、ポック！ という音が聞こえ、ライアンズ氏の瓶のコルクが飛んだ。ライアンズ氏はテーブルから飛び降り、暖炉のところに行って、自分の瓶を取ってテーブルに戻った。

——ちょうどみんなに話していたところだったんだよ、クロフトン、とヘンチー氏は言った。おれたちは、今日はうまい具合に数票は集めたってね。

——誰が入れてくれるって？ ライアンズ氏が尋ねた。

——えっと、パークスが一人目、アトキンスンが二人目、ドーソン・ストリートでワードもね。あのご老体もいい人だよな——お堅い年寄りの洒落者で、年寄りの保守派だ！ しかし、きみのところの候補者はナショナリストじゃないのかね？ と爺さんは言ったよ。立派な男ですよ、とおれは言ったね。彼はこの国の利益になるなら何でも賛成する男です。かなりの固定資産税を払っているんですよ、とおれ。街中に広大な住居を資産として持っていますし、ビジネスのための不動産も三つお持ちです。固定資産税を抑えておくというのは、彼にとっても有利でしょう？

あの人は飛び抜けて、尊敬されている市民ですよ、とおれは言ったね。さらには貧民救助法のガーディアンなんですから。いい政党にも悪い政党にも無関心な政党にも無所属ですよ。あいつらには、こういうふうに話してやるもんさ。

——それで、王さまへのご挨拶はどうなった？　ビールを飲んで舌鼓を打ったあとに、ライアンズ氏が言った。

——まあ、聞けよ、とヘンチー氏は言った。おれたちがこの国でほしいものはだな、老いぼれワードにおれが言った言葉をくり返すなら、資本だよ。ここへの王のご来臨は、この国への金の流入を意味する。ダブリンの市民たちは、それによって利益を享受するだろう。そこの埠頭沿いに並ぶ工場を考えてみろよ、全然稼働してやしない！　製材所だとか、造船所だとか、工場だとか、古い産業しかやらないっていうなら、この国にどんだけ金があるのか調べてみろよ。おれたちがほしいのは、資本なんだ。

——ちょっと待てよ、ジョン、とオコナー氏は言った。なんで我々が、イングランドの王を歓迎せねばならんのだね。パーネル自身がだね……。

——パーネルはさ、とヘンチー氏は言った。死んだんだよ。今ここでのおれの理解はね、こうさ。お年を召したご母堂に玉座を遠ざけられているうちに髪の毛が白くなってきちまった御仁がさ、とうとうその座につかれるわけだよ。彼は世界から注目を集める男で、我々に悪意を持っちゃいない。愉快で素敵で上品な男だよ、おれに言わせてもらえば。やっこさんに関しては、くだらない戯言《ざれごと》は言われていない。あの人は自分に向かってこう言えばいいのさ。老いた我が母はワイルドなアイルランドの人々に会いに行こうとはしなかった。なんたることだ。私はこの目で、彼らがどんなであるか見にゆくことにしよう。友好的にここにやって来てくれる人を侮辱するっていうのか？　ああん？　そいつはよろしくないだろうよ、クロフトン？

クロフトン氏はうなずいた。

――そうはいってもさ、ライアンズ氏が議論を惹起するように言った。エドワード王の私生活はおわかりの通り、そんなに……。

――過去のことは水に流してやれよ、とヘンチー氏は言った。おれは個人的にあの人をいいと思っているんだよ。彼はあんたとおれみたいな、どこにでもいる俗なやつなんだよ。グロッグを一杯やるのが大好きでさ、たぶんちょっとは遊び人なんだろうけど、たいそうなスポーツマンじゃないか。やれやれ、おれたちアイルランド人は、フェアプレイでいかなきゃいかんだろう？

――おっしゃることに全部筋が通ってはいるけどさ、とライアンズ氏が言った。でも今は、パーネルの事例を考えてみようじゃない。

――神の名において、ヘンチー氏は言った。この二つの事例のどこが似てるっていうんだ？

――ぼくが言いたいのはさ、とライアンズ氏は言った。ぼくたちにはぼくたちの理想があるってことさ。なんで今、ぼくたちがあんな類の男を歓迎しなきゃならないのさ。やらかしたあとのパーネルは、ぼくたちを率いるにふさわしい男だったと思うかい？　今やライアンズ夫人となったご婦人と知りあいになってほしいと、ぼくが考えるような男だと思うかい？　そういうわけでさ、エドワード七世に対してだって、ぼくたちがそんなことをしてやるのはどうかなと思うのさ。

——今日はパーネルの記念日なんだ、とオコナー氏は言った。悪しき血を掻きまわすのは止めようぜ。今は、彼は故人なんだし、みなで敬意を払うべきさ——保守派だって、そうだろ？　クロフトン氏の方に向いて、彼は付け加えた。

ポック！　ぐずぐずしていたコルクが、クロフトン氏の瓶から飛んだ。クロフトンは座っていた箱から立ちあがると、火のところに行った。自分の獲物といっしょに戻りながら、深みのある声で彼は言った。

——議会の私たちの方は、彼に敬意を払っているよ。彼の家柄は立派だからね。

——その通りさ、クロフトン！　ヘンチー氏は猛々しく言った。あの人しか、猫が何匹も入ったあの袋に秩序を保てるような男はいなかった。お座りだな、犬ども！　伏せだ、ワン公！　そんな具合に彼はあいつらを扱っていたんだから。入れよ、ジョー！　入れったら！　戸口のところにいるハインズ氏に目を止めて、彼は呼ばわった。

ハインズ氏が、ゆっくりと入ってきた。

——もう一本スタウトを開けてくれ、ジャック、とヘンチー氏は言った。いけね、コルク抜きがないの忘れてた。よう、一本頼む、火のところに置くからさ。

老人がもう一瓶手渡してくれたので、彼はそれをホブの上に置いた。

——座りなよ、ジョー、とオコナー氏は言った。ぼくたちはちょうど、チーフについて話していたところだったんだ。

——そうそう！　とヘンチー氏は言った。

ハインズ氏はライアンズ氏のそばのテーブルの横に腰を下ろしたが、何も言わなかった。

——とにかくだ、とヘンチー氏は言った。彼に背を向けなかった者たちの一員がいらっしゃるぞ。あんたのことだよ、ジョー！ いや、ほんとに、男らしく、あんたは彼を見捨てたりはしなかったよな！

——ああそうだ、ジョー！ と急にオコナー氏が言った。きみが書いた、あれをやってくれよ——覚えているかい？ まだあれをやれるかい？

——そうだ、いいね！ とヘンチー氏は言った。あれをやってくれよ。聞いたことあるかい、クロフトン？ 今ここで聞いてやれよ、立派なもんだぜ。

——やってくれよ、とオコナー氏。ぶちかましてくれよ、ジョー。

ハインズ氏は、みながほのめかしている詩をすぐには思いだせないようだったが、それでも少しばかり考えたあと、彼は言った。

——ああ、あれか……わかった、今じゃ古くなったな。

——ご開帳といこう！ とオコナー氏が言った。

——どうどう、とヘンチー氏。さあ、ジョー！

ハインズ氏は、少し長めに逡巡した。それから沈黙の中、帽子を脱ぎ、それをテーブルの上に置いて立ちあがった。心の中で詩を反芻しているようだった。かなり長いためをつくってから、彼は声をあげた。

パーネルの死
一八九一年十月六日

彼は一、二度喉のつかえを取り、それから朗誦しはじめた。

彼は死んだ。我らが無冠の王は死んだ。
おお、エリン〔アイルランドを象徴する女神〕、悲痛と悲哀と共に悼め。
なぜなら死して横たわる彼は、現代の偽善者の
残忍な一団に貶められたのだから。

どん底から栄光へと引きあげてやった
臆病な犬どもに殺《あや》められ、彼《か》の人は横たわる。
エリンの希望とエリンの夢が
王を葬送する薪の上で消え去る。

宮殿に、小屋に、あるいはゆりかごに
たとえどこにあろうとも、アイルランドの心は
悲しみと共に頭を垂れる——彼が死んでしまったから。

エリンの運命を創りあげていたかもしれなかったのに。

彼はエリンの誉れを高くして
緑の旗を壮麗にはためかせ
政治家たちを、詩人たちを、戦士たちを
世界の国々の前に立たせたかもしれなかったのに。

彼は自由を夢みた（なんたること、夢でしかないのだ！）。
けれどもあの偶像に執着している間に
裏切りが彼を
彼が愛したものから引き離した。

恥を知れ、臆病な悪党の手の者たちよ
自身の王を襲い、接吻をもって
烏合の衆たるおべっかつかいの司祭たちに
彼を売りわたすとは――彼の友たるはずはない！

誇り高き人に一蹴されていた、

輝かしきその名を汚しけがそうとした
輩の記憶など
永遠に恥辱に塗《まみ》れていればよい！

力ある者たちがそうであるように
最後まで高貴にひるまず、彼は堕ちた。
そして今では死が彼を
エリンの過去の英雄たちと一《いっ》にする。

いかなる争いの音も、彼の眠りを妨げませんように！
彼は静かに休まん。いかなる人の痛みも
高き野望も、達すべき栄光の頂へと
今では彼を駆りたてはしない。

やつらにはやつらのやり方がある。やつらは彼を貶めた。
しかしエリンよ、聞け、彼の魂は
炎の中から不死鳥のように甦る。
その日の曙光が射してくるときに。

その日とは、我々に自由の治世がもたらされる日。
エリンは喜びに向かって掲げる杯の中にある
一つの悲しみのために乾杯するだろう
——パーネルの記憶のために。

ハインズ氏は再びテーブルに腰を下ろした。彼が朗誦を終えたときには沈黙があり、それから大きな拍手が巻き起こった。ライアンズ氏さえ拍手していた。賞賛の拍手はしばらく続いた。それがおさまると、聞き手たちは全員、自分の瓶から黙って酒を飲んだ。

ポック！　ハインズ氏の瓶からコルクが飛んだが、ハインズ氏は赤い顔をして帽子もかぶらず、テーブルに腰を乗せたままだった。その誘いの音が、聞こえていないかのようだった。

——いいねえ、ジョー！　とオコナー氏は言った。煙草の巻紙とポーチを取りだしたのは、感情の高ぶりを隠そうとしてだった。

——どうだい、クロフトン？　ヘンチー氏は叫んだ。いいだろう——どう思う？

クロフトン氏は、とても素敵な作品だねと言った。

六　霊界物質と祈禱書

エクトプラズム――霊媒の身体から発散し、人の形や顔を発現させるとされる粘性のある物質。

『オックスフォード英語辞典』

その泉は今日に至るまで残っており、「書の泉」と呼ばれている。なぜなら水が湧きだす前に、聖パトリックが円の中心に自分の祈禱書を置いたからである。

ワイルド夫人『アイルランドのいにしえの伝説・神秘的まじない・迷信――アイルランドの過去の素描と共に』

幽霊は朧《おぼろ》で足がないというのは極めて日本的な感覚で、ラップ音を出し、エクトプラズムを発生させ、写真に撮られる、現世で実体化する英国やアイルランドの幽霊たちの多くは物質的な身体を持つと考えられていたようです。フィッツ・ジェイムズ・オブライアン（一八二六〜六二）はアイルランドのコークに生まれ、アメリカの南北戦争に参戦して亡くなった作家です。彼の「何だったんだあれは?」ほど、生々しく「固体としての幽霊」を描いた作品を、私は他に知りません。

その一方でアイルランドの民話に登場する幽霊たちの多くはしっかりした肉体を持っているうえに、恐るべき戦闘能力を持っています。オブライアンとは逆にアメリカからアイルランドにやって来たカーティンが収集した物語を、このセクションではもう一つ取りあげています。「死んでしまった母親」に登場する愛情溢れる母親とは異なり、死そのものと化して自分の子どもを意味不明のまま追いつめようとする邪悪な母親の物語「聖マーティン祭前夜（ジョン・シーハイによって語られた話）」は、この短編集で「最恐」かもしれません。語り手に聞き手を怖がらせようという細工をする意思がほとんどないだけに、いっそう怖さがつのります。

その一方でこの物語のオチは、現代人からするとかなりご都合主義に見えるかもしれません。ですが十九世紀の終わりのアイルランドの辺境では、カトリックの聖人さまが持つ祈禱書によって救済がもたらされるというこの終わり方こそが、説得力を持っていたのでありましょう。二十世紀の末にダブリンに留学していた際、調べものののために下宿先で聖書はあるかと尋ねたところ、祈禱書ならあるとの返事が返ってきました。カトリックの信者にとっては聖書よりも祈禱書こそが身近にあり、神の恩恵をもたらしてくれる書物なのです。

アイルランドの田舎から離れますと、同じ時期の英国やアイルランドの都市では、有名人が参加した降霊会が盛んに開催されていました。おかげで、当時の様子がうかがえる記録が数多く残っています。その一方で、二十世紀の後半の一時期、日本の小学生という小学生が「こっくりさん」に血道をあげたように、十九世紀後半にはイギリス諸島の津々浦々の家庭で、無数のファミリー降霊会が行われていたようです。「粘土」において当時流行っていたにわか降霊会を思わせるようなゲームでマリアが触らされる物質《サブスタンス》は、いったい何だったのでしょうか？　少なくとも、周囲にいた人々が祈禱書の力にすがりたくなるような物体であったのは間違いがないようです。

何だったんだあれは？

フィッツ・ジェイムズ・オブライアン

自信はかなりない、と告白させてもらってから、自分がまさに物語らんとしている奇妙な話に取りかからせてもらうことにしよう。私が事細かに述べようとしているその出来事は、あまりに常軌を逸した性質を有しているので、私は相当な不信と軽蔑に自らを曝すことになるのだろうと、すでに覚悟している。全て織りこみ済みだ。自身に対する不信を受けとめる勇気が文字通り、私にはある。そう信じている。充分に考えを巡らしたうえで、いくばくかの事実を自分が理解しているのと同程度に簡明かつ直截な手法で物語る決心をした。それらは、先の七月に私の観察の下にあった。物理科学の謎を扱う年報においては、前代未聞の内容となろう。

私は、ニューヨークの二十六番街××番地に住んでいた。その住居は、いくつかの点において奇妙だった。ここ二年ほど、幽霊が出るという噂が絶えなかったのだ。大きく堂々とした住宅で、かつては庭園に囲まれていたが、そのかつての庭園は今では塀で囲われ、布を漂白するために使われる緑地になってしまっている。昔は噴水だった干上がった水盤や、剪定されずに野放図に生い茂った数本の果物の木がほのめかしていたのは、かつてこの場所には心地よい日陰がいくつもあって隠棲に適しており、果実と花と甘い囁きのような水音に満ちていたことである。

その家は、とても広かった。堂々たる大きさのホールの中心は大きな螺旋階段に貫かれており、様々にある居室も際立った特徴を有していた。建てられたのは十五年から二十年ほど前で、よく知られたニューヨークの商人、A氏によるものだった。氏は五年前に、愚かな銀行詐欺によって商業に携わる人々を大混乱に陥れた。周知のようにA氏はヨーロッパに逃げ、ほどなくして心労で亡くなった。彼の死の報せがこの国に届いて確認が取れるや、そのすぐ後から二十六番街の××番地には幽霊が出るという噂が広まった。法的手段が講じられて、以前の所有者の未亡人の所有権はなくなっていたので、管理人が妻といっしょに住んでいるだけだった。賃貸か売却かの目的でその物件を手に入れた不動産屋がそこに住まわせていたのだ。その夫婦が、不自然な異音に悩まされていると申告した。目に見える者が何もいないのに、扉が開く。様々な部屋に散らばっている壊れた家具の残りが、夜の間に未知の手によって一つ一つ積みかさねられている。目には見えないが白昼堂々、階段を昇り降りする足音がし、その足音は見えない絹の着物の衣擦れの音を伴っていて、さらには見えない手が巨大な柱の周囲を巡る手すりを滑る音がする。管理人とその妻は、そこにはもう住めないと宣言した。不動産屋は笑いとばして二人を馘《くび》にし、代わりの者たちを雇った。異音と超自然的な示威行為は続いた。近隣の人々にその話が知られるところとなり、借り手がつかないまま三年が過ぎた。何人かが交渉しにきたが、どういうわけか常に契約が成立する前に不快な噂が立ち、話はそれより先に進まなくなってしまうのだった。

状況はまさしくこのような具合だったのだが、私の家主の女性——その時にはブリーカー・ストリートで下宿屋をやっていて、よりアップタウンにある場所に進出したいと考えていた——は、二十六番街の××番地の家を借りようという豪胆な考えを抱いた。たまたま彼女の家にはかなり活きがよく、かつ理性的な下宿人の一団がいた。彼女は私を含むその一団に対して、自分の計画を開陳した。彼女は我々を動かそうと思っている物件がどれほど幽霊的に優良かについて、熱心に語った。二人の臆病者——船長と帰還してきたカリフォルニア人だった——は、ここを出ますとすぐに意思表示をした。この二人を除いて、モファット夫人の客人たちは全員、幽霊の棲み処への彼女の騎士道精神に満ちた侵攻につき従うと宣言した。

　移転は五月のうちになされ、我々はたちまち新しい住居に魅せられた。その家が位置している二十六番街の一角は七番街と八番街の間にあり、ニューヨークで最も好ましい場所の一つだった。家の裏にある庭はハドソン川のそばまで続いており、夏の間は完璧な緑の道を形づくった。空気は澄んでいて爽快だった。ウィーホーケンの高台から川越しに、文字通り一直線に吹き下ろしてくる風が一薙《な》ぎしてくれるおかげだった。家を囲む庭は手入れが行きとどいているわけではなかったし、洗濯の日には多すぎるぐらい紐が渡されて洗濯物が干されはするものの、緑の芝生の一角には見るべきものがあり、夏の夕べには涼しくくつろげる場所になった。我々は黄昏時にその庭で煙草を吹かし、長い草の中で蛍が暗い灯を瞬かせるのを見つめたものだった。

　当然ではあるが、我々は××番地に落ちつくやいなや、幽霊が出ないかと期待しはじめた。我々はその出現をまさしくやる気満々で待ちうけていた。我々の夕食時の会話は、超自然で彩られていた。クロウ夫人の『自然の裏側』〔一八四八年刊行。「裏側」は「月の裏側」と同じ意味で、「夜の側」の意味合いもある〕を個人的な歓びのために購入した下宿人の一人は、その書籍を二十部買わなかったという理由で我らが邸宅で目の敵にされることになってしまった。当人はその書籍を読んでいる間、悲惨極まりない生活を送った。彼を標的とするある種のスパイネットワークが形成されてしまったのだ。もし彼が警戒を怠って一瞬でも本を置いて部屋を離れるや、すぐさまその本はひったくられて、選ばれた数人のためだけの秘密の場所で朗読された。私が超自然主義の歴史についてまあまあよく知っており、かつて幽霊が話の肝となる物語を一つ執筆したことがあるとばれてからは、自分が大層な重要人物となっているのに気づいた。みなで大きな客間に集まっているときにテーブルや羽目板がたまたま傾いたり歪んだりすると、一瞬にしてその場は静まりかえり、すぐ横で鎖がガチャガチャと音をたてないか、幽霊の形が出現しはしないかと、みなが期待して身構えるのであった。

心理的にみなが興奮状態にあった一か月が過ぎ、超自然的な何かに近いものは全く最低のレヴェルですらこの場に顕現してはいない、と我々はとびっきりの不満を抱きつつ自分たちに認めさせなくてはならなくなった。一度だけ黒人の執事が、夜に服を脱いでいたら蠟燭が何か目に見えない存在によって吹き消されたと断言した。しかし私はこの有色人種の紳士が、一本の蠟燭が彼から見ると二本あるように見えていたに違いない状況を一度ならず目撃していた。そのような状況からさらにもう少し深酒して、その現象を反転させてしまったのかもしれない。すなわち、彼は蠟燭を一本見るべき状況で、一本も見られなかったに過ぎないのかもしれず、それはいかにもありそうなことだったのだ。

思いがけない事件が発生したのは、諸般の状況がこのような時だった。その出来事はあまりに恐ろしく説明不可能であったので、その剝きだしの記憶に対して私の理性はすっかり頼りなくなってしまうほどである。七月十日のことだった。夕食が終わったあとに夕べのパイプをくゆらすべく、私は友人のハモンド医師といっしょに庭で過ごしていた。医師と私はおたがいの間にあったある種の精神的共感とは別に、ある悪徳でもって結ばれていた。我々は、どちらも阿片を吹かしたのだ。我々はおたがいのその秘密を知っており、尊重しあっていた。あの素晴らしい思考の拡張、あの驚くべき知覚機能の強化、宇宙全体と複数の接触点を得たかのよう思えたときのあの広大無辺な存在感——約《つづ》めて言うなら、あの想像を超えた霊的な至福。たとえ玉座と引き換えであったとしても私は手放しはしないだろうが、読者諸氏におかれては決して味わわぬようにと願ってやまない、あの至福。

私と医師が共に秘密裏に過ごした阿片による幸福の時間は、科学的な正確さをもって管理されていた。我々は幸福の薬を闇雲に吹かしていたわけではなく、自分たちが見る夢を予期せぬ偶然に委ねたりもしなかった。我々は阿片を吹かしている間、最も明晰で穏健な思考のチャンネルを通じて会話を行うように気をつけていた。我々は東方について話し、東方の光り輝く風景の、魔法のような眺望を思いだそうとした。論評したのは最も官能的な詩人たちだった——人生を健康で血色よく塗りつぶし、情熱で溢れさせ、若さと力と美しさで幸せにしていた連中である。シェイクスピアの『テンペスト』について話すとなるとアリエルのことばかり話し、キャリバンについては言及を避けた。拝火教徒のように顔を東方に向けて、世界の明るい面だけを見た。

自分たちの思考の連なりをこのように巧妙に色づけることで、その結果として生じた幻覚にも対応する色調《トーン》が生みだされた。アラビアの妖精の国の壮麗さが、我々の夢を染めあげた。我々は、狭い草地を王族の足の運びと身のこなしでもって歩んだ。生い茂るプラムの木の樹皮にアマガエルがしがみつきながら奏でる歌は、神聖な音楽家たちの旋律のごとく響いた。家、壁、通りは雨雲のように溶けてしまい、想像を絶する栄光の並木道が我々の前に伸びていた。それは、熱狂的な交感だった。最も恍惚とした瞬間においてもおたがいの存在を意識することにより、我々は壮大な歓びをより完璧に楽しんだ。我々の快楽は個別でありながらも双子のようなものであり、音楽的調和をもって共鳴し、蠢いていたのである。

七月十日の問題の晩、医師と私は、尋常でないくらい形而上的な雰囲気にさ迷いこんでいた。我々は、大きな海泡石《ミアシャム》製のパイプを吹かしていた。上質のトルコの煙草を詰め、その中心で燃える阿片の黒い小さな実は狭隘な領域の中でおとぎ話の木の実のように、王たちも手の届かぬ驚異を湛えていた。私たちはうろうろと、会話しながら歩きまわっていた。奇妙な倒錯が我々の思考の流れを支配していた。こうなってしまうと我々の思考は、いくら日の当たる方の思考のチャンネルに流れこませようとしても流れてゆきはしない。なんらかの説明不可能な理由によって、そうした考えは常に暗く孤独な領域へと逸れてゆくのだ。その領域では、次々に陰鬱な思考が孵化した。自分たちが昔からやっているやり方にならって自らを東方の浜辺へ投じ、陽気なバザール、ハールーン・アッラシードの荘厳な時代、ハーレムと黄金の宮殿について話してみたが、まるで無駄であった。話の奥底からイスラームの小鬼たちが絶えず浮上してきては、漁師が銅の容器から解放してしまった一匹のごとく、我々の視界の明るいもの全てを黒くして消し去ってしまうぐらいまでに拡張した。我知らず自分たちを翻弄するオカルトの力に屈してしまい、陰鬱な思考に耽ってしまっていた。ハモンドが突然次のように口にしたのは、人間の精神が神秘主義や、ほぼ普遍的に恐怖への愛に傾倒しがちであることについて話をしているときだった。「恐怖における最も大きな要素は、何だと思う？」

その質問は私を戸惑わせた。恐ろしいものなどそれこそいくらでもあると、私は知っていたからだ。暗闇の中で死体につまずくこと。かつて私自身が目撃してしまったように、深く流れの速い川を女性が流されてゆくのを見てしまうこと。その女性は両腕を掲げてめちゃくちゃに振りまわし、恐ろしい表情をして上を向き、流されながら金切り声をあげ、見ている者の心を引き裂いた。我々目撃者たちは川の六十フィート上方に張りだした窓のところで凍りついたように立ちつくし、彼女を助けるためにほんのわずかな力を尽くすことすらできず、彼女の最後にして究極の苦しみと、その消えてゆく姿を黙って見ていることしかできなかった。壊れかけた難破船。視認できる生存者なし。大海に所在なげに浮かんでいるそんな船に出くわしたとしたら、それは恐ろしい物体だ。なぜならその船はかなりの部分が隠された、巨大な恐怖の存在をほのめかすからだ。しかしその時の議論で、恐怖には一つ大きな支配的な具現化の様態があるに違いないという考えが、初めて私の心を打った——恐怖の王、他の全てが屈しなくてはならないようなものがある。だとしたらそれはなんだろう？　どのような一連の状況証拠によって、そのような存在を示すことができるだろうか？

「白状するがね、ハモンド」と私は友人に答えて言った。「その主題は、これまでに考えたことがなかったよ。でも今は、他の何ものよりも恐るべき一つの何かがあるに違いないと感じている。とはいえ、極めて曖昧に定義しようと試みることすらできないんだけれどね」

「私もきみと同じようなものだな」と彼は答えた。「ただね、人の心が抱けるよりも大きな恐怖を経験できる力が、自分にはあるんじゃないかと感じているんだ。今までのところ相入れぬと考えられている諸要素の、恐ろしく超自然的な融合物における何かなんじゃないかと思う。ブロックデン・ブラウンの『ウィーランド』の呼び声は、恐ろしい。ブルワー・リットンの『ザノーニ』の、境域の住人〔境域の守護者とも。人が高次の世界に向かう際に出会う霊的存在〕の絵もそうだ。だがね」彼は憂鬱そうに頭を振りながら付け加えた。「そういうのよりもっと恐ろしいものが、きっとまだあるんじゃないかと思うんだ」

「あのな、ハモンド」私は再び口を挟んだ。「頼むからこの手の話はもう止めないか！　そのせいで苦しむし、依存するようになってしまうぞ」

「なぜだかわからんが、今夜はどうかしている」彼は答えた。「でもね、私の脳には今、あらゆる種類の奇妙で恐ろしい思考が迸《ほとばし》っているんだ。今夜はホフマンみたいな物語が書けるんじゃないかと思っているくらいだよ。もし自分に文才があればだがね」

「そうか、もし私たちの話がホフマン的になってしまうなら、私は床に就くことにするよ。阿片と悪夢は絶対いっしょにしてはならないからね。それにしても蒸し暑いな！　おやすみ、ハモンド」

「おやすみ、ハリー。いい夢を見てくれ」

「きみにも、憂鬱な誰かさんにも、小鬼にグールに魔法使いにも、いい夢を見てほしいもんだよ」

私たちは別れて、それぞれの寝室に戻った。すぐに服を脱ぎ、ベッドに潜りこんだ。いつもの自分の習慣に従って、本が一冊いっしょだった。本を読みながら眠りに落ちるのを常としていたからだ。枕に頭をのせると同時にその本を開き、すぐさまそいつを部屋の反対側に投げつけた。それは、ゴウドンの『怪物の歴史』だったのだ。フランス語の奇妙な著作で、最近パリから送ってもらったものだった。しかしその時に私が至っていた心の状態では、その本が好ましい相棒であるはずはなかった。私はすぐに眠ってしまおうと決心し、ガス灯の火を絞ってガスの噴出口のところで青い小さな光の点がちらつくぐらいにし、身体を休めるべく落ちつきを取りもどした。

部屋はすっかり闇の中となった。ガスの粒子はまだ燃えて光っていたが、バーナーから三インチ離れたところさえ照らしてはいなかった。どうせ無駄だと思いつつ片腕で目を覆い、暗闇も遮断して何も考えないようにしようとした。空しい試みだった。ハモンドが庭で口にした忌々しい主題が、私の頭の中に飛び出てこようとし続けていた。私はそいつらと戦った。思考が暗闇に落ちこみそうなあたりに城壁を築き、そうした考えを締めだし続けた。そいつらは、まだ私に群がっていた。死体のようにじっと横たわり、完全に身体の動きを止めることで心の落ちつきを早く取りもどそうと願っている間に、恐るべき出来事が起こった。何かが落っこちてきた、ように思えた。天井から、私の胸の上に、真っ逆さまに。そして次の瞬間、二本の骨ばった手が私の喉の周囲にまわされて、私を窒息させようとしているのを感じた。

私は臆病者ではなく、かなりの身体的強さも持ちあわせている。突然の襲撃は私を驚かせて金縛りにする代わりに、全ての神経を最高度に張りつめさせた。脳が自分の体勢がいかに不利かを悟って恐怖する前に、私の身体は即、本能のままに動いた。一瞬にして筋力ある両腕をそいつの身体にまわし、窮鼠猫を嚙む、とばかりに全力で自分の胸に向かって絞りあげた。数秒のうちに喉をつかんでいた骨ばった手が弛んで、自由に呼吸できるようになった。続いて、恐ろしいくらい必死の取っ組み合いが始まった。深い闇に閉ざされ、私を急襲したそのもの《ザ・シング》の性質は皆目わからず、つかもうとする度に手が滑るのがわかった。その理由は思うに、攻撃者が完全な裸体だからだった。鋭い歯で肩を、首を、胸を齧られながら、筋ばった素早い両手から喉を常に守らねばならず、どんなにがんばってもその動きを制しきれないでいた。これらが合わさった状況下で、私は自分の持てるあらゆる力、技術、勇気を用いて戦わなくてはならなかった。

沈黙の中での死の消耗戦の後、一連の信じがたいほどの力業によって、ついに攻撃者を組み敷いた。そいつの胸を片膝でなんとか押さえつけるや、勝利者は自分であると悟った。息をつくために、少しだけ身体を休めた。暗闇の中でその生き物が私の下で喘ぐのが聞こえ、心臓の激しい鼓動が感じられた。そいつが私と同じぐらい消耗していたようだったので、一つ安堵できた。この時、普段から枕の下に大きな黄色い絹のハンカチを入れて寝ているのを思いだした。すぐにそれを手で探ってみると、思った通りの場所にあった。数秒かそこらを使って、どうにかしてその生き物の腕を縛りあげた。

今や私はかなりほっとしていた。これで、ガス灯の火を大きくすることができる。そして攻撃者の姿がどのようなものか初めて目にして、建物にいる全員を叩き起こすはめになってしまった。先に非常事態をみなに報せなかったのは、ある種のつまらないプライドゆえだったと認めなくてはならない。私は、その捕獲を独力で助けなく行ったことにしたかったのだ。

一瞬たりとも縛《いまし》めを解かず、そいつを引ったてながらベッドから床に滑りおりた。ガスバーナーのところからは数歩ほどしか離れていなかった。万力のようにそいつをつかみながら、できる限りの用心をしつつやっとの思いで、どこにガスバーナーがあるかを告げてくれている青い小さな点に腕が届くところまで進んだ。電光の素早さで片方の手だけ離すと、光の洪水で部屋を満たした。それから、私は捕虜を見るべくそちらに目を向けた。

ガス灯を点けたその瞬間に自分を襲った感覚を明確に説明しようとは、試みることすらできない。恐怖による金切り声をあげたに違いないと思えるのは、その後一分も経たないうちに私の部屋は同居人たちでごった返していたからだ。あの恐ろしい瞬間を考えただけで、今でも悪寒が走る。私には何も見えなかったのだ！　そうなのだ。私の片腕は呼吸をして喘いでいる肉体にがっちりとまわされており、もう片方の手は全力をもって私自身と同じく暖かく、肉があると思われる喉をつかんでいた。私がとらえているその生きている物質は、私の身体にその身体を押しつけていた。ところがなんと、ガスの大きな火が明るく照らしだしているはずのその全てが、私には全く何も見えなかったのだ！　その輪郭さえ——霧のごとき何かさえ！

今でもまだ自分が陥ったと思しき状況を理解していないし、その驚くべき出来事をすっかりは思いだせない。あの恐ろしいパラドックスを、想像力をもって理解しようとしても無駄でしかない。

そいつは息をしていた。自分の頬にそいつの暖かい息を感じた。そいつは猛烈に暴れていた。そいつには手があった。その両手が私をつかんでいた。そいつの肌は私自身のもののように滑らかだった。そいつは私にぎゅっと押さえつけられていて、その存在は石があるのと同様に感じられているのだが――それでも全く目に見えないのだ！

あの瞬間よく意識を失うか、おかしくなるかしなかったものだ。なんらかの素晴らしい直感が私を支えていたに違いない。というのも、その恐るべき謎を取りおさえる手を弛めるどころか、私は恐怖の瞬間であっても断固として、ひたすら力を加え続けていたようだからだ。その生き物が苦悶で震えるのを感じるほど強力に、私はさらにそいつをきつくつかんだ。

ちょうどその時、ハモンドが家にいる者たちの先頭に立って私の部屋に入ってきた。彼は私の顔を見るや――思うに、目にするのも恐ろしい顔をしていたに違いないが――急いで前に出てきて叫んだ。「いったいどうした、ハリー？　何が起こった？」

「ハモンド！　ハモンド！」私は叫んだ。「こっちに来てくれ。ああ、なんてこった！　ベッドで何かよくわからないものに襲われたんだ。ぼくはそいつを取りおさえている、のだけれども、見えない――そいつが、ぼくには見えないんだ！」

ハモンドは、私の顔貌に現れた偽りのない恐怖に疑いなく打たれて心配そうに、しかし困惑した表情を浮かべながら、一歩か二歩さらに進みでた。私の部屋にやって来た連中からは、はっきりと耳に聞こえるくすくす笑いが湧きおこった。この押し殺したような笑いは私を激怒させた。

こんな状況にある人間を笑うなんて！　最悪の部類の残酷さだ。その時、私は悟った。空気のように存在しない——ように見える——何かと激しく争い、助けを求める男の姿がなぜ馬鹿みたいに見えるかを。それから、嘲笑している連中に対してあまりに腹が立ったので、連中がその場であっけに取られるような行動をしてやろうという力が出た。

「ハモンド！　ハモンド！」私はまた絶望的に叫んだ。「頼むから、ぼくのところに来てくれ。もうちょっとならこの……もの《シング》を押さえてられる。でも振りきられそうなんだ。助けて、助けてくれ！」

「ハリー」私に近づきながら、ハモンドは囁いた。「阿片やり過ぎだぞ」

「誓って言うがねハモンド、こいつは透明なんだ」同じぐらい声を潜めて私は答えた。「そいつが暴れるせいでぼくの身体全体がどんなに揺すられているか、見えないのかい？　もし信じられないなら、自分で確かめろ。そいつを感じてみろ——触ってみろって」

ハモンドは前進してきて、私が示した場所に手を置いた。恐ろしい恐怖の叫び声が彼から迸りでた。彼はそいつを感じとったのだ！

すぐに彼は私の部屋のどこかから長い紐を見つけだしてきて、次の瞬間には私が両腕で制している見えない存在の身体の周囲にそいつを巻きつけ、縛りあげていた。

「ハリー」掠れて興奮した声で、彼は言った。「ハリー、もう大丈夫だ。安定した心持ちを維持してはいたものの、それでも彼は深く動揺していた。そいつを離していいぞ、疲れているならな。その、もの《シング》は、動けはしない」

私はすっかり消耗していたので、喜んで手を離した。

ハモンドは立ったまま、目に見えないものを縛りあげた紐を手に巻きつけて、紐の両端をつかんでいた。その彼の前では、紐が自立している。一本のロープが何重にもかさなり、何もない空間の周囲でピンと張りつめているのを、彼は見つめていた。これほどまでに完全に恐怖に打ちのめされた男を、見たことがなかった。にもかかわらず彼の顔は、私には彼が持っているとわかっているありったけの勇気と決意で溢れていた。唇は白くなっていたがキッと引き結ばれており、一目見れば恐怖に打たれてはいるが、ひるんではいないとわかっただろう。

続いて、借家人たちの間で困惑が広がっていった。彼らは、ハモンドと私の間で展開している常軌を逸したこの光景の証人となってしまっていた。暴れている何かを縛りあげるというパントマイムを見せられていたのであり――看守の役割を終えるや肉体的な消耗からその場にへたりこんだも同然だった私を見ていたのであり――これら全てを見ていた傍観者たちが抱いた困惑と恐怖は、筆舌に尽くしがたかった。軟弱な連中は部屋から逃げさった。残った少数の者たちはドアのあたりに固まっていて、ハモンドと彼に託されたものの方に近づいてもらおうとしたがだめだった。不信感が、まだ彼らの恐怖を貫いていた。彼らは自分でペテンを暴いて満足しようとする勇気はなかったが、疑ってはいた。何人かに、近くに行って目に見えない生きている存在がこの部屋にいることを手で触って確認してくれと懇願したが、全く無駄だった。彼らは懐疑的だったが、自らに真実を悟らせる気はなかった。固体であり、生きていて、呼吸をしている身体がどうやったら透明でありえるんだ、と彼らは尋ねた。私の答えはこうだった。ハモンドに合図すると、目に見えない生き物に触れるという恐ろしいまでの嫌悪を二人でいっしょに克服して、そいつを床から縛めを解かずにそのまま持ちあげて、私のベッドのところに運んでいった。そいつの重さは十四歳の少年ぐらいだった。

「さて、ご友人たちよ」ハモンドと私でその生き物をベッドの上で持ちあげて、私は言った。「ここに固体で重さがあるけれども、きみたちには見えない身体が存在していることが自明となる証拠を見せてやる。ベッドの表面を、しっかりと注意して見ていてくれよ」

この奇妙なイヴェントをこれほどまでに冷静に執りおこなっている自分自身の胆力に、自分で驚いていた。最初の恐怖から立ち直り、この出来事にある種の科学的なプライドを感じていて、そのことが他の全ての感情を支配していたのだ。

見物人たちの目は、ただちに私のベッドに釘付けになった。合図をしあってから、ハモンドと私はその生き物を落とした。柔らかな塊の上に重い身体が落とされて、こもったような音がした。ベッドの架台の木が軋《きし》んだ。枕の上と、ベッド自体にも、はっきりと深い刻印が現れた。これを目撃していた一団は低い叫びを漏らして、部屋から逃げだしていった。ハモンドと私は二人だけで、我々のミステリーといっしょに残された。

我々はしばらく黙ったままで、ベッドの上にいるその生き物の低く不規則な呼吸に耳をすまし、それが縛めから自由になろうと無駄に暴れてシーツに皺が寄るのを見つめていた。

それからハモンドが言った。「ハリー、こいつはおっかないよ」

「ああ、おっかないな」

「だが、説明は不可能じゃない」

「説明が不可能じゃない！　どういう意味だ？　天地開闢《かいびゃく》以来、こんなことは起こっちゃいない。何を考えるべきじゃないかはわかっているよ、ハモンド。神の恵みでぼくは狂っていないし、こいつは狂気による妄想じゃない！」

「少し道理立ててみようじゃないか、ハリー。ここに固さのある身体があり、我々はそれに触れたが、見ることができない。この事実はあまりに常軌を逸しているので、我々はすっかりびびってしまった。だがな、この現象に対応する現象はないのかな？　純粋なガラスの欠片を考えてみよう。その欠片には触れることができるけれども、透明だ。ある種の化学的な粗さがあるから、その粗さのおかげで完全に見えなくなるくらい全体が透明になるのが妨げられているからな。考えてみろよ。理論的には不可能ではないよな。一本の光線さえも反射しないガラスをつくることは――太陽光線が空気を通過するのと同じように光が通過するくらい原子レヴェルで純粋で同質な、反射はしないが屈折はさせるガラスをつくることは。私たちは空気は見えないが、それを感じることはできる」

「おっしゃることは、どれもその通りだよ、ハモンド。でもそういうのは全部、生命がない物質だ。ガラスは呼吸しないし、空気も呼吸しない。このものは、動悸がする心臓を持っている――それを動かそうという意思も――呼吸を行う肺もだ」

「きみは、我々が最近よく聞く現象のことを忘れているぞ」医師は重々しく答えた。「『降霊会』と呼ばれる集会では、目に見えない手がテーブルの周囲にいる人たちの手の中に突っこまれたりするじゃないか――死にゆく定めの命と共に脈動しているかのような、暖かくて肉がある手がさ」

「ああん？　じゃあ、きみが思うにこいつは――」

「私には、それが何だかわからないよ」が厳《おごそか》な答えだった。「でもまあ、きみの助けを借りて徹底的にそいつを検分して、大向こうをうならせてみようじゃないか」

我々は相当な量の煙草をパイプで吹かし、一晩中ベッドのわきで、この世のものと思えぬその存在がどうやら憔悴しきってしまうまでのたうち喘ぐのを共に見つめていた。それから、低く規則的な呼吸によって、我々はそれが眠りについたのを知った。

翌朝、家中が大騒ぎだった。下宿人たちは私の部屋の外の踊り場に群がっており、ハモンドと私は見世物になっていた。我々は自分たちの常軌を逸した虜囚に関して、千もの質問に答えねばならなかった。というのも、我々を除く家の者は依然誰一人として、部屋に足を踏み入れる誘いに応じはしなかったからだ。

その生き物は、目覚めた。そいつが逃げようとしてシーツが痙攣《けいれん》するように動く様子から、それは証明された。自由を求めてひどく身悶えして抗っていながら、その様子は目に見えず、それが二次的に示されるのをあるがままに見つめているのには、真実恐ろしい何かがあった。

ハモンドと私はその長い夜の間中、その謎の生物の形態と全体の姿がわかるようななんらかの方法を発見しようとして脳みそを絞っていた。その生き物の形に手を走らせることによって、その外形と目鼻立ちが人間的であるとまではわかっていた。口が一つ、髪の毛のない丸く滑らかな頭が一つ、ほんの少しだけ頬より上にある鼻が一つ、手と足は少年のそれのようだった。最初に考えたのは、平坦な面の上にそれを置き、靴屋が足型を取るようにチョークでその輪郭をトレースしてみるというものだった。この計画は、何の価値もないので却下となった。そんな輪郭の線があっても、そいつの形態については全くと言っていいくらいのわずかな思考の材料しか与えてくれそうもなかったからだ。

　私にいい考えが浮かんだ。パリの漆喰でそいつの型を取ろう。そうすれば立体のしっかりとした型が手に入って、我々のあらゆる希望を満足させるだろう。しかしどうやって？　その生き物が動くせいで型を覆って固めようとする漆喰は乱れてしまうだろうし、型枠も歪むだろう。もう一つ考えが浮かんだ。クロロフォルムを嗅がせたらどうだ？　そいつは呼吸のための器官を持っている――息をしているから明らかだ。いったんそいつが無感覚の状態になってしまえば、我々はやろうと思っていることができるだろう。X医師が呼びにやられた。最初の驚きから立ち直った有能な医師は、クロロフォルムの投与を行ってくれた。三分後、我々は生き物の身体から縛めをはずすことができ、すぐに成型士が目に見えぬ形態を湿った粘土で覆う作業に忙しく従事した。五分かそこらのうち我々は型を取り、夕刻前にはそのミステリーのラフな複製が手に入った。その形態は、人間のようだった――歪んでおり、不恰好で、忌まわしいものだったが、それでもまだ人間だった。それは小さく、四フィートと数インチほどに過ぎず、四肢には筋肉の発達が見られたが均整は取れていなかった。顔の忌まわしさといったら、私がこれまで見たいかなるものをも凌駕していた。ギュスターヴ・ドレも、カロも、トニー・ジョアノ〔十九世紀フランスを代表する挿絵画家〕ですら、これほど忌まわしいものを表現しはしなかった。ジョアノは『お望みの場所への旅』の挿絵の一葉で、この生き物の顔つきになんとか近づいてはいるが、それでも及ばない。その顔貌は、グールはこんな顔かもしれないと夢想してしまうようなものだった。まるで、人間の肉を餌にできるかのように見えた。

自分たちの好奇心を満たし、家のみなに緘口令を敷いたところで、我々は謎に対して何をなすべきか、ということが問題になった。こんな恐ろしいものを家にいさせ続けるというのはありえなかった。同じぐらい、こんな恐ろしいものを世に放つということもありえなかった。その生き物を破壊することに喜んで一票を投じたであろう、と白状しよう。しかし、誰がその責を負うというのか？　誰がこの恐ろしい、人間の類似物の処理を引きうけるというのか？　この問いは連日、厳粛に吟味された。下宿人たちはみなその家を離れた。モファット夫人は絶望し、もしハモンドと私がその恐ろしいものを駆除しないのであれば、あらゆる種類の法的措置を取ると我々を脅した。我々の答えは、「もしご希望であれば出ていきますが、この生き物を連れては行きませんよ。そうしたいならご自分で駆除なさってください。こいつはあなたの家に現れたんです。責任はあなたにありますよ」これに対してもちろん返事はなかった。モファット夫人には、愛か金のためにその神秘に近づこうとしてくれる人間はいなかったのだ。

この出来事の最も不可思議な部分は、その生き物が普段何を食べているのか全くわからないところだった。我々が滋養と考える全てのものをそいつの前に置いてみたが、決して触れられることはなかった。連日そいつの横にいて、布が乱されるのを見て、荒い息遣いを聞き、そいつが飢えていると知るのは恐ろしいことだった。

十日、十二日、二週間と過ぎていったが、そいつはまだ生きていた。しかしながら、心臓の鼓動は日に日に力を失ってゆき、ほとんど止まりそうになった。滋養の欠乏でその生き物が死にかかっているのは明らかだった。この恐ろしい生存のための闘争が続いている間、私は惨めな思いでいた。私は眠れなかった。その生き物が恐ろしいのと同じぐらい、そいつの苦しみを考えると哀れをそそった。

とうとうそいつは死んだ。ハモンドと私は、ある朝それが、ベッドで冷たく硬くなっているのを知った。心臓は鼓動するのを、肺は呼吸するのを止めていた。我々はそそくさとそいつを庭に埋葬した。見えない死体を湿った穴に落とすという、奇妙な葬式だった。そいつの型はX医師に献上した。医師は十番街の自分の博物館に、それを保存し続けている。

戻ってこられぬかもしれない長い旅への出発前夜であるので、これまで自分が知る限り最も奇妙な出来事についてのこの物語を、私は執筆した。

聖マーティン祭前夜（ジョン・シーハイによって語られた話）

ジェレマイア・カーティン

カヒルキヴィーンの町からそう遠くないイヴラハというところに、ジェイムズ・シェイという農夫が妻と三人の子どもたちといっしょに暮らしていた。子どもは息子二人と娘一人だった。男は穏和で正直で、貧しい者たちには施しをしたが、妻は無慈悲で極貧の人にだって牛の乳の一杯も分けあたえぬような女だった。下の息子はあらゆる点で母親と同じくらい悪いやつで、母親が何をしようともそうだそうだと言い、母親の味方についた。

こいつは、ケリーの山並みに道が通り、馬車が走りだす前の話だ。そのころに旅をしようとしたら歩くのでなければ藁を鞍代わりにして裸馬に乗るしかなかったし、市《いち》に荷を運ぼうとしたら馬の背に籠を乗せて運ぶしかなかった。

ジェイムズ・シェイはバターを二桶携えては、十一月の初旬になるとよくコークに出かけた。シェイは、マーティンさまの夜〔聖マルティヌスの祭日、十一月十一日の前夜のこと〕に家にいられなくなって聖人さまに礼を失しはしないかと、すごく気にしていた。今回もそんなことがないように、長男を呼んで言った。「もしおれがマーティンさまの晩に家にいないようなら、牛といっしょに走っている、あの大きな羊の血を注ぐようにな」

シェイはコークにバターを携えて出かけていったが、帰ってくるのに間に合わなかった。長男も聖マーティン祭の前夜《イヴ》に出かけていたが、父親が帰ってこないとわかると、言われていた羊を家の中に連れこんだ。

「この馬鹿もんが、その羊をどうする気なんだい」

「決まっとろうが、殺すんだよ。この家で血を注ぎだすのは、マーティンさまの夜だけだって親父が言ってたろうが。この家が、神さまのお恵みから見はなされてもいいのかい」

これを聞くと、母親は息子をからかって言った。「その羊は追んだしな。あたしがすぐに他のを準備するからさ」そこで、息子は羊を外に出した。息子は、母親はガチョウを殺すつもりなのだろうと思った。

息子は、母親が生贄を連れてくるのを座って待っていた。間もなく母親は、家で飼っている大きな雄猫を連れて戻ってきた。そいつは、もうこの家に十年ぐらいいる猫だった。

「ほらさ」彼女は言った。「この獣《けだもの》を殺して、血を注ぎだせばいいさ。お父ちゃんが帰ってきたら、そいつを料理するからさ」

少年はかんかんになって、母親に向かって言いたてた。「この家は絶対に、永遠に呪われちまった。それに、親父が帰ってきたら、そう簡単に納得するわけないからな」

そりゃそうだと思うだろうが、少年は猫を殺さなかった。少年も妹も、一口も夕食を食べなかった。そして夕べの間ずっと、自分たちの家が穢れてしまったことを嘆き、やきもきしていた。

まさにその夜、その家は火事になって燃え落ちてしまった。四方の壁以外、何も残らなかった。母親と下の息子は焼け死んだが、上の息子と妹はどういう奇跡か、逃げおおせた。二人は隣人の家に身を寄せ、次の晩に父親が帰ってくるまでそこにいた。家が焼き尽くされて妻と下の息子が死んだのを知り、男は嘆き、悲しみにくれた。しかしもう一人の息子が、母親が聖マーティン祭の前夜に何をしたのかを告げると、彼は叫んだ。「なんだと、そりゃ神さまの怒りが我が家に下されたんだ。マーティンさまの夜までおれが家にいさえすれば、何もかも平穏で万事問題なかったろうに」

ジェイムズ・シェイは翌朝、神父さまのところに行き、家を建て直してもよいだろうか、自分に幸運をもたらしてくれるだろうかと尋ねた。

「それはな」神父さまは言った。「焼け残った壁の上に屋根をのせて修繕しても、その家に住みだす前に、ちゃんとそこでミサを執りおこなえば何の問題もない。ミサをすれば、大丈夫だ」

（シェイが神父に相談したのは、当時は火事にあった家を建て直したり、修繕したりすることに人々が反対していたからである。特に、そこで焼け死んだ人がいた場合には。）

とにかく、ジェイムズ・シェイは家に屋根をのせ、修繕し、家の中でミサを執りおこなってもらった。その晩、シェイが夕飯のために座ろうとしたら、何を目にしたって、戸口から自分の嫁が入ってきた。シェイは、妻は全然死んじゃいなかったんだと思った。「なんとメアリー」彼は言った。「みんなが言っていたみたいにひどい話じゃなかったんじゃないか。本当におまえは死んだんだと思っていたよ。ああ、家に帰ってきてくれたんだな。こっちに来て座れよ。ちょうど食事の準備ができたところだからよ」

彼女は一言も答えず、それでも夫の顔をまっすぐに見つめながら、家の反対側の端にある部屋に向かって歩き続けた。彼は弾かれたように立ちあがり、妻は気分が悪いのだと思って介抱してやろうと隣の部屋に向かった。男は部屋に入ると、扉を閉めた。あんまり長い間、父親が戻ってこないので上の息子はとうとう、なんで夕食を食べないのか尋ねてみようと思った。息子が部屋に入ると母親は影も形もなく、それどころかその場所には何もいなかった。ただ、膝から下だけの二本の足を除いては。彼は叫び声をあげて妹を呼んだ。「ああ、慈悲深い神さま！」やって来た妹は叫んだ。

「そこにあるのは親父の足だ！」兄は叫んだ。「メアリー、あの靴下がわかるだろ？　絶対おまえが編んだもんだもんな。靴だっておれはよく知っている。あれは親父のだ」

二人は隣人たちに助けを求めに行き、隣人たちみなが恐怖したことに、彼らにもジェイムズ・シェイの膝から下の他には何も見えなかった。

その晩、その亡骸のために通夜が執りおこなわれた。そして次の日、その足は埋葬された。少年と妹を諭そうとした者が何人かいた。その家では一晩だって眠ったりしてはいけないと。おまえらの母親の魂は地獄に落ちてしまったのだ。だからあの女はやって来て、おまえらのお父ちゃんを喰らってしまったのだ。おまえらだって、同じように喰らわれてしまうぞ。

それで二人は渡り者になった。母親から逃れられるものなら行く先など気にしていられなかった。最初の晩、キラーニーから遠くない場所の農夫の家に、二人は一夜の宿を求めた。夕食の後、部屋の隅であったけれど、暖炉のそばに寝床をしつらえてもらったので、二人はそこで寝た。真夜中ごろ、外で大きな音がした。そこで、その家のおかみは家の若者たちと召使たちを起こして、なんで牛どもがおたがいに殺し合いをおっぱじめているのか、牛舎を見にいかせようとした。おかみの息子が一番早く起きてきた。そしてその息子が二人の下働きの少年たちといっしょに出ていってみると、女の幽霊がいた。そいつは身体に鎖を巻きつけていた。その女の幽霊は三人に襲いかかり、ほどなく全員を殺してしまった。

息子たちが戻ってこないので、農夫とその妻は起きあがると、聖水を家中に撒いてから自分たちを祝福した。それから外に出てみた夫婦が目にしたのは、青い炎に包まれ、鎖を身体に巻きつけた女の幽霊だった。外にある鳥小屋には、三月の雄鶏（原注：三月に生まれた雄鶏と雌鶏の卵から、三月に孵化した雄鶏のことである）がいた。鶏は止まり木から飛びおりるや一、二回、時をつくった。するとすぐに、幽霊はその場から消え去った。

そのころには近隣の人々も起きだしてきて、三人が殺されたという報せが瞬く間に広まった。兄と妹は誰にも余計なことは言わず、翌朝は早くに起きて、旅を続けた。道すがら、神のご加護を祈りながら。コークのそばのラスモアに来るまで二人はどこにも留まらず、足を止めなかった。二人は一軒の農家を訪ね、少年は神の名において一夜の宿を請うた。

「神の名において、お泊めしましょう」とその農家のおかみは言った。

二人がとても疲れていて埃まみれだったので、おかみは手と足を洗うお湯を準備してやった。夕食後、二人のために寝床がしつらえられた。前夜とだいたい同じ時刻に、外で大きな音がした。

「ちょいと起きて、見てきておくれよ」とおかみは言った。「何頭か、牛の綱がはずれたに違いないよ」

「夜のこんな時間に外に出るのはごめんだな。牛が自分で綱をはずしちまったってか」と旦那は言った。「牛がおたがいに殺し合っているだけなら、おれはここから梃子でも動かねえよ。雄鶏が鳴くまでは、外に出るのはあぶねえからな。雄鶏が鳴いたら、出ていって見てきてやるよ」

「そりゃそうだね」農夫の妻は言った。「ああそういえば、なんてこった、床に入る前に、部屋に聖水を撒くのを忘れちまっていたよ。神さまのお恵みにもお祈りしなきゃ」

そう言ってベッドのそばに吊るされていた聖水の瓶を取ると、女は部屋の至るところに聖水を撒き、それから敷居に向かっても撒いて、十字を切った。女の夫は雄鶏が鳴くまで外に出なかった。兄と妹は朝早くその家を出て、一日中旅を続けた。夕闇が迫るころ、二人の道の行く手に、感じのよさそうな男が立っていた。

「このあたりの者ではあるまい」と彼は言った。「どこへ行くつもりだ？」

「ええ、ぼくたちは余所者です」少年は言った。「どこに行ったらいいかは、わかりません」

「もうこれより先に行く必要はない。おまえたちのことはよくわかっている。家はイヴラハだな。我は聖人のマーティン〔ひょっとしたらマルティヌスと自分のことを呼んだかもしれない〕。おまえとおまえの妹を守るために、神から遣わされた。おまえは私のために羊の血を注ぎだそうとしてくれたが、おまえの母親と弟はおまえをからかい、母親はおまえに、父親がやれと言いおいたことをやらせなかったな。母親と弟がどうなったかはわかっているんだろう？　二人は永遠に地獄に落ちたのだ。二人共だ。父親は天に召された。よい男だったからな。おまえの母親はもうすぐここにやって来るが、二度とおまえたちを煩わせないようにしてやろう」

聖人は胸元から杖を取りだすと、聖水の小瓶に浸し、兄と妹の周りに聖水で円を描いた。すると間もなく、母親が迫ってくる音がした。母親が身体に鎖を巻きつけているのが見え、ガチャガチャと恐ろしい音をさせていた。身体からは炎が燃えあがっている。女は、みなが立っているところにやって来ると言った。「あんたたち二人とも呪ってやる。あたしがこんなになったのは、あんたらのせいなんだから」

「神は、そんなことはお許しにならん」と聖マーティンは言った。「この者たちは何もしていないではないか。原因はおまえにある。おまえは常に悪しき者だった。おまえは私を崇めなかった。それがために、苦しむがよい」

彼は一冊の本を引っぱりだすと、それを読みだした。数分ほど本を読みあげ、この場を去れ、審判の日までアイルランドでその姿を目にされてはならないと命じた。女は炎に包まれて、宙に浮きあがった。その時にしたひどい音を耳にしたならば、天の雷が全て鳴り響き、王国の家という家、壁という壁が崩れ落ちたかと思ったろう。

兄と妹は跪《ひざまず》き、聖マーティンに感謝した。聖人は二人を祝福し、立ちなさいと言った。そして胸元から小さなテーブルクロスを取りだすと、兄に向かって言った。「この布を持ってゆき、内緒でずっと手元に置いておきなさい。おまえがこの布を持っていることを、誰にも知られてはいけない。おまえかおまえの妹が困ったときには、自分の部屋にこもって扉を閉め、固く鍵をかけなさい。それから、この布を広げなさい。そうすれば、食べ物も飲み物も充分すぎるほど手に入るだろう。この布はいつも身につけていなさい。これはおまえたち二人のものだ。さあ行け。そしておまえたちの父親が建てた家に住みなさい。それから神父さまをそこにお迎えして、月曜日のミサをやってもらいなさい。そして、おまえたちの父親が以前暮らしていたように暮らしなさい」

二人は家に戻り、兄も妹も幸せに暮らした。二人共が所帯を持ち、どちらかが困ったときには、聖人さまのテーブルクロスに頼った。そして彼ら二人の孫たちは、まだイヴラハで暮らしているんだよ。これは、全て本当の話だ。一言一句。おれは自分の哀れな婆さんに、この話をよく聞かされた。婆さんは神の御許に召された。婆さんは嘘はつかない女だった。ジェイムズ・シェイもその奥さんのことも、よく知っていたんだよ。

粘土

ジェイムズ・ジョイス

女たちのお茶が終わるやいなや監督のご婦人が外出許可をくれたので、マリアは夕方のお出かけを楽しみにしていました。厨房はぴっかぴかでした。コックは言いました。厨房にある大きな銅のボイラーに、自分が映っているのが見えるだろうぜ。火は明るくいい感じで、サイドテーブルの一つには、四つのとても大きなケーキが載っていました。そのケーキは切られていないように見えましたが、近くに寄ってみれば、長く分厚く均等に切られていて、お茶の時にみんなにまわして取ってもらう準備ができているのがわかるでしょう。マリアが自分で切ったんだよ。

マリアはとてもとても小さな人でした。本当に。でもとても長い鼻ととても長い顎をしていました。彼女はいつも鼻越しに、耳にやさしい言葉を少しだけ口にしました。「そうね、あなた」、「いいえ、あなた」女たちが洗濯用の洗い桶越しに喧嘩をおっぱじめると、いつも彼女が派遣され、いつも平和をもたらすことに成功するのでした。ある日、監督のご婦人が彼女に言いました。

――マリア、あなたって文字通りのピースメイカーね！

副監督と二人の運営委員のご婦人も、その誉め言葉を聞いていました。そして、ジンジャー・

ムーニーはいつも言っています。マリアのためじゃなかったら、アイロン担当のだんまりにあそこまでやってやるもんか。みんな、マリアのことが大好きでした。

女たちは六時きっかりにお茶をするから、七時前には出られる。ボールズブリッジからネルソン提督の柱〔ダブリンの中心にかつて聳えた石柱像。IRAによって爆破された〕のところまで二十分、柱からドラムコンドラまで二十分、それに買い物をするのに二十分。八時前には着いているね。彼女は銀の留め金がついた財布を取りだして、またそこにある言葉を読みました。「ベルファストからのプレゼント」。彼女はその財布がとっても好きでした。五年前に、ジョーがアルフィと聖霊降臨祭の翌日の休日にベルファストに出かけて買ってきてくれたお土産だったからです。財布には、二枚の半クラウン硬貨と銅貨が数枚入っていました。市電の運賃を払った後でも、五シリングは明らかに残ります。あの子たちみんなが歌ってくれたら、それは素晴らしい夕べになるでしょう！　ジョーが酔っぱらって入ってこないことだけを彼女は願いました。彼は飲むと別人になってしまうのです。

ジョーはよく彼女にみんなといっしょに住もうと言ってくれましたが、彼女は自分が邪魔だろうと感じていました（ジョーの奥さんは彼女にいつでもよくしてくれましたが）。それに彼女は洗濯屋での生活に慣れていました。ジョーはいい人です。彼女は彼とアルフィの乳母でした。ジョーはよく言ってくれました。

――ママはママさ。でもマリアはぼくの専属のお母さんなんだ。

家がばらばらになったとき、息子たちは彼女にダブリン・バイ・ランプライト洗濯店の仕事を世話してくれて、彼女はそれが気に入ったのでした。前はプロテスタントたちによくない印象を持っていましたが、今ではとてもいい人たちだと思っていましたし、ちょっと物静かで厳しいけれど、それでもいっしょに暮らすにはとてもいい人たちでした。それに、マリアは温室で自分の植物を育てていて、その世話をするのも好きでした。素敵なシダやサクランがあって、誰かが彼女を訪ねてきたらいつだって、温室から挿し木用に一茎か二茎をその人にあげるのでした。一ついやなこともありはしました。壁にいくつも架けられている聖書からのお言葉です。でも監督のご婦人は、いっしょにやっていくにはとってもいい人でした。すごく上品でしたし。

全部準備ができたぜ、とコックが彼女に告げたので、女たちの部屋に入っていって、紐を引っぱって大きな鐘を鳴らしはじめました。数分のうちに、女たちは二人組、三人組で入って来はじめて、湯気が立っている手をペチコートで拭いてから、赤く湯気が立つ腕にまくっていたブラウスの袖を下ろしました。女たちは、巨大なマグカップの前に腰を下ろしました。マグカップにはコックとだんまりが熱い紅茶を注いでいました。その紅茶は、巨大なブリキの缶の中でミルクと砂糖がすでに混ぜられていました。マリアは自分が切ったケーキが配られるのを監督し、女たち全員に四切れずつ行きわたるのを見届けました。食事中は笑いに溢れ、ジョークが飛び交いました。マリアは絶対指輪を手に入れるつもりでしょう、とリジー・フレミングが言いました。フレミングはハロウィーンのイヴが来るたびに何度も同じことを言っていたけれども、今回もマリアはそれを笑いとばして、指輪も男もいらないわと言わなくてはなりませんでした。彼女が笑うときには灰色がかった緑の目にあきらめを含んだはにかみが浮かび、鼻の先が顎の先につかんばかりになるのでした。それからジンジャー・ムーニーが茶の入ったマグを掲げて、マリアの健勝に乾杯、とやると、他の女たちはみんなテーブルの上のマグをがちゃがちゃぶつけ合って、ムーニーはポーターをぐいっと一口やれないのが残念なんだよ、と言いあうのでした。するとマリアはまた鼻の先がほとんど顎の先につきそうになるまで、小さな身体がばらばらになりそうなくらい震えるまで大笑いしました。なぜってムーニーは何かいいことを言おうとしていたとマリアにはわかっていたからです。もちろん、いわゆるみんなの女〔娼婦の含意がある〕には、それなりにいろいろ考えは持っていましたけれども。

でも女たちが茶を終えて、コックとだんまりが後片付けをはじめたときに、マリアは嬉しかったのでしょうか？　彼女は自分の小さな寝室に入っていって、明日の朝にミサがあるのを思いだし、目覚ましを七時から六時にしました。それから仕事着のスカートと室内履きを脱いで、ベッドの上に自分が持っているうちで一番のスカートを置き、ベッドの足元には自分のちっちゃなブーツを置きました。ブラウスも着替えて鏡の前に立って、娘だったころは日曜の朝のミサにはどんなふうな服装で行ったか考えました。そして、不思議な愛情を感じながら、昔よく自分が飾ってやった小さな身体を見つめました。年月は経ていましたが、よく整った小さな身体でした。

外に出ると、通りが雨で光っていました。長年使っている茶色の雨の日用の外套はいい感じです。市電は満員で、車両の端にある小さなスツールに座って他の乗客みんなと顔を合わせていなくてはなりませんでした。つま先はかろうじて床につくかつかないかです。やろうと思っていることについては段取りを全部、心の中で決めていました。独り立ちしてポケットに自分のお金があるとは、なんと前よりましになっているのだろうと考えました。みんなといい晩になりますように、と願いました。そうなるだろうと確信してはいましたが、アルフィとジョーが口もきかないのはなんと残念かと思わずにはいられませんでした。今ではいつも仲が悪いですけれど、子どものころは二人は最高の友だちでした。でもそれが、人生というものなのでしょう。

ネルソン提督の柱のところで市電から降りて、人混みを縫うように、フェレットのように素早く進んでいきました。ダウンズのケーキ屋に入っていきましたが店にはあんまりにも人がいたので、注文を聞いてもらうまでにそれは長い時間がかかってしまいました。安めの菓子を詰め合わせてもらい、やっとのことで大きな袋を抱えて店を出ました。それから他に何を買おうかと考えました。何かとってもいい物が買いたい。林檎やナッツはたっぷり忘れずに準備されているでしょう。何を買ったらいいものやら見当がつかず、思いついたのはケーキだけでした。プラムケーキを買うことに決めましたが、ダウンズのはアーモンドの砂糖衣がしっかりのっかっていなかったので、ヘンリー・ストリートの店まで足を伸ばしました。そこでは自分がどうしてほしいのか伝えるのにすごく時間がかかってしまって、カウンターの向こうの素敵な店員は明らかにちょっと戸惑っており、ウェディングケーキでもお求めですかと尋ねてきました。マリアはさすがに赤面して微笑んでしまいましたけれど、若い店員はそれを思いっきり真に受けてしまい、とうとうプラムケーキを分厚く切って包装して、こう言いました。

――二シリングと四ペンスです〔マリアにはかなりの出費〕。

ドラムコンドラの市電ではずっと立っていないといけないかしらと思ったのは、若い男たちが誰も彼女には気づいていないように見えたからでしたが、年配の紳士が彼女のために場所を空けてくれました。恰幅がよい紳士で、茶色い山高帽をかぶっていました。四角くて赤い顔をして、白髪交じりの口髭を蓄えていました。えらい軍人《カーネル》さんみたいな見た目の紳士ねとマリアは思い、前を真っすぐ見ているだけの若い連中の何倍ぐらい品があるかしらと思いをめぐらせました。紳士は彼女と、ハロウィーンのイヴや雨についておしゃべりをはじめました。その袋はチビさんたちへのいい物でいっぱいではないですかな、と彼は予想してみせ、若い者たちが若いうちに楽しむのはすごく正しいことですよと言いました。彼女は同意して、慎ましやかなうなずきや相槌で賛意を示しました。その人はとてもよくしてくれて、カナル・ブリッジで降りるときに感謝してお辞儀をすると彼もお辞儀をしてくれて、帽子を上げて愛想よく微笑んでくれました。それから彼女が運河の土手に沿って、雨の中を顎を引いて小さな頭を下げて進んでゆく間、たとえちょっとほろ酔いだったとしても、男の人と知りあいになるのはなんと簡単なのだろうかとマリアは考えていました。

彼女がジョーの家に着くと、「あ、マリアが来た！」とみんなが言ってくれました。仕事から帰ってきて、ジョーはもうそこにいました。子どもたちはみんな、晴れ着をきこんでいました。近所から二人の大きな女の子たちが来ていて、ゲームをしている最中でした。マリアはケーキの袋を長男のアルフィに、分けてちょうだいねと手渡しました。ドネリー夫人は、ケーキの大きな袋を持ってきてくれるなんて悪いわねと言い、子どもたち全員にこう言わせました。

――ありがとう、マリア。

でもマリアは、パパとママにもすごくいい物を持ってきたのよ、二人とも絶対気に入ってくれるからと言って、プラムケーキを探しはじめました。ダウンズの袋の中を見て、それから外套のポケットを全部探って、それから玄関の衝立のところを見にいったけれども、どこにも見つかりませんでした。それから彼女は子どもたちに誰かがそれを食べちゃったのではないかと——間違いで、もちろん——尋ねてしまったのでしたが、子どもたちはみんな食べてないよと言い、盗んだって責められるならケーキなんか食べたくないような顔をしました。みんながそのミステリーに対して自分なりの推理をしました。ドネリー夫人は、マリアが市電に忘れてきちゃったというのがわかりやすいんじゃないかしらと言いました。マリアは白髪交じりの口髭を蓄えた紳士が彼女をどれだけどぎまぎさせたかを思いだして、恥ずかしさといらだたしさと失望で真っ赤になりました。ちょっとしたサプライズをするのに失敗して、二シリング四ペンスをどぶに捨てたと考えると、彼女はその場ですぐに泣きださんばかりになりました。

でもジョーがいいよいいよと言ってくれて、彼女を火のそばに座らせてくれました。彼は彼女にとてもやさしかった。職場で何が起こったかを全部話してくれて、上司に対して彼がしてみせた気が利いた返事を彼女のためにくり返してくれました。マリアは、ジョーがなんでそんなに自分がした返事について大笑いするのかわからなかったけれども、上役の人はずいぶん扱いづらい人なんだねと言いました。ジョーが言うには、どういうふうに扱ったらいいかわかっていればそんなに悪い人じゃなくて、接し方を間違えない限りは上品なくらいの人なのだそうでした。それから、リー夫人が子どもたちのためにピアノを弾き、子どもたちは歌い、踊りました。それから、近所近所の女の子たち二人がナッツをまわしてくれました。ところがくるみ割りがどこにも見当たらなかったのでジョーが切れかかり、くるみ割りなしでマリアにどうやってナッツを割らせるつもりだったんだと尋ねました。でもマリアは、あたしはナッツが好きじゃないし、あたしのことは気にしなくていいよと言いました。するとジョーがスタウトを一本飲むかいと尋ねてくれて、ドネリー夫人は家にはポートワインもありますよ、そちらの方がよろしければと言ってくれました。マリアは、そんなふうに気にされるとかえって悪いよと言ったけれども、ジョーは、そう言わず何か飲んだらどうだいと言いはりました。

それでマリアはジョーの思う通りにしてやって、みなで暖炉の火のそばに座って昔のことについて話し、アルフィについても何かいいことを言ってあげなきゃと思いました。けれどもジョーは、もし万が一おれが弟に一言でも話しかけたりしたら、神さまにぶち殺されちまうぜと叫び、その話題を持ちだしてすまなかったね、とマリアは言いました。ドネリー夫人は夫に、自分の血肉を分けた身内をそんなふうに言うなんてひどいじゃないと言ったけれども、アルフィは兄弟なんかじゃねえよ、とジョーが言ったので、今にも揉めそうな気配になりました。けれども、今夜という晩のためにおれは癇癪を起こしたりはしないんだとジョーは言って、もっとスタウトを開けてくれと妻に頼みました。近所の二人の女の子たちはハロウィーンのイヴのためのゲームをいくつか用意してくれていたので、すぐに全部がまた楽しくなりました。マリアは、子どもたちがとっても楽しそうで、ジョーと奥さんがとても上機嫌なのを見てうれしく思いました。近所の女の子たちはお皿を何枚かテーブルに並べ、子どもたちを目隠ししてから、彼らをテーブルへと導きました。一人が祈禱書を取って、他の三人が水を取りました。近所の女の子のうちの一人が指輪を取ったとき、ドネリー夫人は赤くなった女の子に向かって指を一本立てて振り、「あら、それが何なのかは全部わかってるわよ！」と言わんばかりでした。それからみなはマリアに目隠しをしろと言いたて、テーブルのところに連れていって、彼女が何を取るか見ようとしました。みんなが彼女に包帯を巻いている間、彼女は鼻先が顎先につきそうになるまで何度も笑いました。

笑いとジョークが飛び交うなか、マリアはテーブルのところに導かれ、言われるがままに片手を宙に突きだしました。彼女はその手を空中であちらこちらにやり、一枚の皿の上に下ろしました。指先に、柔らかくて湿った物質《サブスタンス》を感じました。驚いたことに誰も言葉を発しませんし、包帯をはずしてもくれません。数秒ほど沈黙があり、それからみながえらくあたふたとして囁きあうのが伝わってきました。誰かが庭についてロにして、とうとうドネリー夫人が近所の女の子の一人に向かってすごく不機嫌そうに何か言って、それはすぐに捨てなさいと命じました。今のはノーカンよ。マリアはその時、何かまずいことがあったのだと悟りました。それで、もう一度同じことをしなくてはなりませんでした。今度は、彼女は祈禱書を手にしました。

その後、ドネリー夫人は子どもたちのために「マッククラウド嬢のリール」〔アイルランドの伝統曲〕を演奏し、ジョーはマリアにワインを一杯飲ませました。すぐにまたみんながとっても楽しくなって、マリアはこの年が終わる前に修道院に入るわね、祈禱書を手に入れたんだからとドネリー夫人が言いました。その晩ほど、ジョーがマリアにやさしくしてくれたことはありませんでした。そのくらい楽しい話と思い出でいっぱいでした。彼女は、みんなとても私によくしてくれるね、と言いました。

とうとう子どもたちが疲れて眠くなり、ジョーがマリアに、帰る前に何かちょっと歌をうたってくれないかと頼みました。古い歌から、何か一曲。「歌ってちょうだい、マリア！」とドネリー夫人が言ったので、マリアは立ちあがって、ピアノのそばに立たなくてはなりませんでした。ドネリー夫人は子どもたちに向かって、静かにしてマリアの歌を聞くようにと命じました。それから彼女は前奏を弾いて「さあ、マリア！」と声をかけました。それでマリアはすごく赤くなりながら、とても小さな震え声で歌いだしました。彼女は「大理石の広間に暮らすことを夢見ていた」〔オペレッタ『ボヘミアの少女』より〕を歌い、二番のところに来たとき、また一番を歌ってしまいました。

大理石の広間に住む夢を見たの
横には家来たちと奴隷たち
その壁の内側に集ったみなの中で
私は希望と誇りそのものだった
数えきれぬほどの富を持ち
高貴な祖先の名を誇れたの
でも一番うれしかったのは
あなたが私を同じように愛してくれたこと

誰も彼女に間違ったよと教えようとはせず、彼女が歌い終わると、ジョーはとっても感動していました。彼は言いました。もうあのころは戻ってこないし、もう自分にとっての哀れなバルフ〔『ボヘミアの少女』の作曲家・歌手〕のような音楽もありはしないんだ。他の連中が何と言おうとも。彼の目は涙であまりにいっぱいになってしまったので、自分が探しているものが見つからず、しまいには妻に向かって、どこにコルク抜きがあるんだと訊かなくてはなりませんでした。

七　復活の日

落下（ババババダルファラフタカミナロンコンブロントナーロン
ツゥオンサントロヴァーハウノーンスコーントゥーフーフール
デネンスールヌク！）……

ジェイムズ・ジョイス『フィネガンズ・ウェイク』

ジョイス最後の大著にして怪作『フィネガンズ・ウェイク』（一九三九）が、アイルランド民謡の「フィネガンの通夜」を基にして書かれているのはよく知られています。呑み助で働き者のフィネガンは仕事前に一杯やる癖がたたって、梯子から落ちて亡くなってしまうのですが、通夜でのある出来事をきっかけに復活を果たすのです。このセクションを〆る「恩恵」で描かれた、酔っぱらってパブの階段から落下した紅茶商人カーナン氏の復活劇は、落下と復活というモチーフをジョイスがキャリアの初期から強く意識していたことを如実に示してくれています。

「恩恵」では、「二　アイルランドの化け物」の「夜の叫び」と同様に、死者を泣いて悼む妖精バンシーがある種の比喩として言及されます。「一　妖精との遭遇」の「取り替え子」と同じくイェイツによる紹介を、彼が選んだジョン・トッドハンター（一八三九〜一九一六）の再話と共に収録しました。イェイツによるこの一文は、井村君江氏の訳を経て、アニメ化されたライトノベル『デュラララ!!』（成田良悟作、ヤスダスズヒト画）に取りあげられましたので、今の日本ではバンシーよりもデュラハンを紹介する文章として有名かもしれません。ですが、アイルランドで一般的にデス・メッセンジャーといえば、なんと言ってもバンシーです。なお、トッドハンターの話に出てくる橋のたもとで泣くバンシーの姿からは、「八　永久《とわ》の眠りを恋人に」で「雪女」を取りあげたハーンによる再話、「貉《むじな》」に登場する「お女中」をどうしても想起しないではいられません。

「恩恵」には怪しげな男たちがたくさん出てきますが、アイルランドを支配するイングランドのためのスパイネットワークを形成する話と読むことも可能な物語です。本短編集の文脈では、カーナン氏が仲間たちのスピリチュアルな企みにまんまとひっかかるこの物語の一場面が、トリックがばれずに鮮やかに成功をおさめたファミリー降霊会のようにも見えます。カトリックの蠟燭に関しては、カーナン氏をうまく丸めこめなかったようではありますが。

「恩恵」にはカトリックの儀式などに関する用語が多数出てきます。訳語の選択は多くの場合、『新カトリック大事典』(全四巻、新カトリック大事典編纂委員会編、研究社)に依拠しました。

フィネガンの通夜

アイルランド民謡

ティム・フィネガンはウォーカー・ストリートで暮らしてた
すごくおかしなアイルランドのジェントルマン
素敵な訛りは豊かでスィート
重荷を現場で担いでのしあがろうと思ってた
でもね　ちびちびやる癖があったんだ
哀れティムは酒好きに生まれついてた
毎日の仕事の助けにするのに
毎朝　地のいいやつをちょいとやってた

※一杯やってフラー
お相手と踊れ
床を踏みならせ

足がガクガクになるまで
ほんとに言った通りだろ
フィネガンの通夜は楽しいな

ある朝ティムはかなりできあがってて
頭は重くてぐらぐらした
ハシゴから落っこちて頭の骨を割っちゃった
通夜のために家に死体を運んで
立派できれいなシーツでくるんで
ベッドの上に横たえた
十四本の蠟燭が足のまわりに
二ダースの蠟燭が頭のまわりに

※くり返し

通夜に友だちが集まってきた
フィネガン夫人はランチの時から人を呼んだ
まずお茶とケーキを準備して

それからパイプに煙草にウィスキー・パンチ
ビディ・オニール嬢が泣きだした
「こんなにかわいらしい死体は見たことない
ああ！　愛するティム、なんでおっちんじまったの？」
「おやおや　いらんことは言わんとき」ジュディ・マギーが言ったとさ

※くり返し

するとペギー・オコナーが引きついだ
「おやおやビディ　あんたやらかしたんだね」
その口にジュディがベルトを食らわした
おいらは彼女を床でのたうつままにしといたよ
あっちでもこっちでもすぐ諍いがはじまった
女は女と男は男と
棍棒《シェレイリー》の掟がそこここでものいわす
血まみれ喧嘩がすぐ始まった

※くり返し

ミッキー・マルヴァニーが顔を上げると
ウィスキーの樽が飛んできた
彼には当たらず――ベッドの上で跳ねた
ティムが酒でずぶ濡れだ！
なんてこった！　甦った！　起きあがってるぞ！
ティモシーがベッドから跳びおりた
大騒ぎ　酒をまき散らしながら言うことにゃ
「おれが死んだと思っちゃいめえな？」

※くり返し

バンシー

ウィリアム・バトラー・イェイツ＆ジョン・トッドハンター

バンシーという言葉は、アイルランド語で女性を意味する「バン」と妖精を意味する「シー」からできています。バンシーは特定の古い一族だけについてまわる従者のような妖精で、死が訪れる前に泣きさけびます。多くの人たちが、彼女が泣きさけび手を打ち叩きながら通り過ぎてゆくのを目にしてきました。キーンというアイルランドの農民たちの間に見られる葬式に際して泣きさけぶ風習は、彼女の号泣を真似たものだと言われています。バンシーが二体以上いるときはコーラスで泣いて歌うのですが、そうするのは聖なる者か偉大なる者の死のためです。バンシーと共に時折凶兆として現れるのはコーチ＝ア＝バウアー、すなわちコシュタ＝バワーです。巨大な黒い馬車に棺桶が載せられており、デュラハンが御者をつとめて、頭のない馬たちがその馬車を引いています。その馬車があなたの家の扉の前にやって来て、もしうっかり扉を開けてしまったりすると、クローカーによれば、盥《たらい》一杯の血を顔にかけられることになります。こうした頭のない幻たちは、アイルランドの他の地にも見られます。一八〇七年にセント・ジェイムズ・パーク〔ロンドンにある公園〕の外に立っていた歩哨のうち二人が、恐怖のあまり死にました。頭のない女が上半身裸で手すりをたどりながら、真夜中によく通り過ぎていったのだそうです。その後しばらくは、その憑かれた場所に歩哨は立てられませんでした。ノルウェーでは、死体の頭は彼らの幽霊を弱体化させるために切りおとされます。おそらくはそのようにして、デュラハンは存在するようになったのでしょう。彼らが実は、自分の頭を口に咥《くわ》えて海峡を泳ぎわたったアイルランドの巨人の末裔（編者）〔イェイツのこと〕だった、ということがないとしてですが。

いかにしてトーマス・コノリーはバンシーと出会ったか　ジョン・トッドハンター

　え、バンシーですか、旦那？　そうですねえ、こんなふうに一苦労して話しているみたいにですね、ある日、話に出てたカシディさんのところから、誰彼時《たがれどき》に家に帰ろうとしていたんですよ。あと一マイルぐらいでしたかね――どうかな、二マイルはなかったな――あたしが寝泊まりしていた慎ましやかな後家さんの家までは。その後家さんはビディ・マグワイアって名前で、仕事場の近くだったんで、そこに泊めてもらっていたんです。

　十一月の第一週で、あたしが通っていた道はそもそも人とあんまり会わない寂しい道だったんですが、木が茂っていたこともあって、えらく暗くなっていました。道の途中でちょっとした橋を渡らなければなりませんでした。ドダー川に流れこむ小さな流れに架けられた、小さな橋のうちの一つです。あたしは道の真ん中を歩くようにしていました。あのころは、川沿いの曳舟道なんてなかったですからな、ハリーさん。いや、その後も長い間そうだったかな。とにかくお話ししているようにですね、橋のそばまで歩いてきたところで、道が少し開けていました。そしてそこでまさにあたしが目にしたのは、豚の背みたいに盛りあがっている古風な橋と、周囲の水の至るところで立ちのぼる白い蒸気でした。その橋は壊されてしまうまで、そんな具合でそこにかかっていましたな。

さてそれでですね、ハリーさん。何度もそのあたりは通ったことはあったんですが、その晩に限ってその場所が奇妙に見えたんですよ。夢に見るみたいだったって言ったらいいですかね。そいつに近づくにつれて、自分の心の空っぽのところを冷たい風が吹きぬけているような感じがしだしたんですよ。「おいおい、トーマスや」と自分に向かって言いました。「そこの中にいるのは本当におまえさんかい?」とあたしは言ったんです。「そうだとして、いったい何がまずいことがある、いったい何が?」とあたしは言いました。それで、顔をしっかり引きしめて、一歩、また一歩と懸命に足を前に進ませて、橋の上がり口のところまで行ったんですよ。そしたらそこにはですな、なんたることか! 橋の横が壁みたいになっているところに、年をとった女がいるのが見えたんです。地べたに座りこんで手足を縮こまらせており、顔は伏せていました。見たところ、すごく苦しそうでした。

それでですね旦那、あたしはその年寄りが気の毒になっちまいまして、自分もつまらない人間じゃないって思いもありました。すっかり肝をつぶしちゃってはいたんですが、近づいていって女に話しかけたんです。「ご婦人、そんなところにいると寒いですよ」ですがね、そう言ってはみたものの、その女からはなしのつぶてで、こっちが黙っていると見向きもしやがらないで、身体を前後に揺らし続けていやがるんですよ。まるで、心が張り裂けているみたいに。それであたしはまたその女に言いました。「あのですねご婦人さん、何かまずいことでもおありですかい?」

それで、その女の肩に触ろうとして進みでようとしたら、何かがあたしを止めたんでさ。というのも、より近くで見てみたら、その女が婆さんでも老いぼれ猫でもないのがわかったんですよ。最初にあたしが気づいたのはですね、ハリーさん、女の髪の毛だったんです。そいつは肩にかかって流れおちているようだったんですけれど、両側の地面に届いたうえに、さらに一ヤードぐらいあったんです。でたらめ言ってんじゃねえとおっしゃるかもしれませんが、髪の毛だったんですよ！　あんなんが人間の女の頭の上にあるのを、あたしは一回も見たことはありませんや。若かろうが年寄りだろうが、後にも先にも。その髪の毛は、あたしたちが目にする若い女の生えたての髪の毛みたいに力強く生えていました。でもね、そいつの色は説明できませんわ。最初に横目で見たときは婆さんの髪の毛みたいに白髪だと思ったんですが、女のそばに立って見たら、ええもん見ちまったってなもんで、ユダの赤い髪みたいな色で絹の糸みたいに輝いていたんです。女の両肩と、女が自分の頭に載せていた形のよい両腕の上を流れるように伸びていたんです。全くもって、香油に浸かったマグダラのマリアの髪の毛みたいでしたよ。それから灰色の外套と下に着ている緑の服は、あたしが目にした限りのこの世のものからはつくられちゃいないって気づいたんです。それでね、言わないでもいいことかもしれませんがね旦那、あたしはこれを全部、瞬く間に目にしたんですよ――そいつを物語れるぐらいは見る時間があったんでしょうけどね。あたしは女から後ずさって、大声で叫びました。「我らと悪しきものの間に神よあれ！」それでもって、あたしは自分に神の祝福を祈ろうとしたんです。ところがですね、ハリーさん、その言葉をですね、その女があたしの方に顔を向けてこっちを見る前に口にすることはできなかったんですよ。ああハリーさん、そいつはそれまで見たなかで最恐の幽霊でしたよ。あたしを見上げた女の顔といったら！　こいつを口にするのを、どうか神さま許してください。そいつは、あたしが言葉にできるどんな顔よりも、マールボロ・ストリートにある聖堂の上の方に彫られた「人じゃないもの《アキシ・ホモ》」の顔に似ていました。死体みたいに青白くて染みがそれはたくさん出ていて、七面鳥の卵みたいだったんですよ。そいつの二つの目が赤い糸で縫いとられているみたいに見えたのは、恐ろしいぐらい泣いていたせいですな。そんなになってる両の目はですね、ハリーさん、二輪の勿忘草《わすれなぐさ》の花みたいに青くて、霜が降りる夜の沼地《ボッグ》の穴の水面に映る月ぐらい冷ややかでした。それにその目に宿っている、生きている死人みたいな目つきのせいで、あたしは骨の髄まで震えあがりました。化け物はごめんだ！　ってなもんで、あの時なら、あたしの頭の髪からティーカップ一杯分の汗を集められたでしょうよ、できましたとも。それで女がしゃがんでるところから立ちあがったときにゃ、あたしの命は完全におしまいだと思いましたね。だって天の父上！　そいつが立ちあがってみたら、ネルソンの柱とほとんど同じくらいの高さになっちまったんですから。それからその二つの目であたしを見返して、二本の腕を前に伸ばして、それから泣き声《キーン》をあげやがったんで、あたしの髪の毛は頭皮から、新品の暖炉帚の豚の毛ぐらい固く逆立っちまったんですよ。女は滑るようにいっちまいました――橋の端っこをまわって、その下を流れる川に滑りこんでいったんです。ようやくその時になって、女が何だったのか怪しめるようになりました。「がんばれ、トーマス！」とあたしは自分に言いました。二本の足をちゃんと急がせるのは、そりゃ大変でしたよ。怖すぎて足が思い通りにならなかったんですが、それでもあたしの両の足は動いてくれました。どうやってその晩のうちに自分を家まで運べていけたかは神さまだけがご存じで、だからあたしは話せません。でも扉のところでまたつまずいたのは間違いないですな、それではるか先の床の真ん中に頭から突っこんで、そこでほとんど一時間、死んだように気を失っていたんですから。それで気がついて最初にわかったのは、マグワイアの奥さんがコップを持ってあたしを見下ろしていて、気付け薬の代わりにあたしの喉にパンチを注ぎこんでくれたことでした。あたしの頭ときたら、冷たい水たまりに浸かっていました。奥さんが最初にびっくりしたときに、あたしにぶっかけていたんですな。「やれやれ、コノリーさん」と彼女、「何のせいでそんなに加減が悪くなったんだい？」と彼女、「一人でいる女をこんなふうに怖がらせるぐらいに」と彼女。「おれがいるのはあの世かこの世か？」とあたし。「あら！　あたしの台所以外のどこにいるっていうんだい？」と彼女。「おお、神に栄光を！」とあたし、「とうとう煉獄に来ちまったんじゃないかと思ったんですよ、もっと醜い場所は言うにおよばず」とあたし、「ここは寒すぎはするけれど、暑すぎはしないな」とあたし。「ふん、たぶんあんたは半分かそれよりもっとあっちに行っていたんだろうね、あたしがいなかったら」と彼女、「それにしてもいったい、いったい何があったのかね、自分の生霊でも見たのかい、コノリーさん？」「いやいや、お気になさらず！」とあたし。「おれが見たものは気にしねえでください」とあたしは言いました。そうしているうちに、だんだん人心地つきだしたってわけなんです。こんな具合に、あたしはバンシーに会ったんですよ、ハリーさん！」

「だが、そいつが本当にバンシーだったと、結局のところどうやってわかったんだい、トーマス?」

「あのですね旦那、あの女の幽霊のことは、あたしにはよくわかっているんです。でも、同時に起こっていたことが、状況証拠になってくれますな。オネイルさんという方のところにね、来ちまったんですよ。近くのご存じに違いない場所にです——ティローン県の古きオネイル一族のうちのお一人です。本物の古いアイルランドの一族ですよ。同じ晩に、その家の周りでバンシーが泣きさけぶのが聞かれたんです。そこにいたのは一人じゃありませんでした。案の定ですね、ハリーさん、翌朝、オネイルさんはベッドで死んでいるのが見つかったんです。あの時あたしが見たのがバンシーじゃなかったらですね、そいつがいったい何だったのか、教えてもらいたいもんですな」

恩恵

ジェイムズ・ジョイス

その時に便所に居合わせた二人の紳士が彼を担ぎあげようとした。けれども、彼はすっかり正体をなくしていた。階段の下に落っこちたまま、彼は身体を丸めて床に転がっていた。二人は彼をひっくり返すのには成功した。帽子は数ヤード先に転がっており、その人物が顔を下にして転がっている床の汚れやぬめりで、衣服は汚れていた。目は閉じられていて、唸《うな》るような音をたてながら呼吸していた。血が細く、口の端から糸を曳いていた。

この二人の紳士にバーで働いている者が一人加わって彼を階段の上まで運び、バーの床の上に再び横たえた。二分ほどするうちに、彼は男たちの輪に囲まれていた。バーのマネージャーがみなに、この人は誰で、誰といっしょにいたのかと尋ねた。誰もこの人物を知らなかったが、バーで働く者の一人が、その紳士にラムを少々お届けしましたと言った。

——この人は一人だったのか？　マネージャーが尋ねた。

——いいえ。男性のお客さまお二人といっしょにいらっしゃいました。

——で、その人たちはどこだ？

誰も知らなかった。声が一つかかった。

――呼吸を楽にしてやれよ。気絶してるんだから。

様子を見ている者たちの輪が広がって、伸縮性がある物体のようにまた縮まった。色とりどりのタイルでできた床の上、男の頭のそばのところで血が暗い色のメダルをつくりあげていた。マネージャーは男の顔色が灰色になっているので心配になり、警官を呼びに行かせた。

襟元のボタンがはずされ、ネクタイもはずされた。彼は一瞬目を開けたが、深い息をついてまた閉じてしまった。階下から彼を運びあげてきた紳士の一人が、凹んでしまったシルクハットを手に持っていた。マネージャーが、この怪我人が誰なのか、この人の友だちがどこに行ったか知っている者はいないか？　とくり返し尋ねていた。バーの扉が開いて、巨大な警官が入ってきた。彼を追って小道をやって来た野次馬たちがドアの外に集まって、窓ガラス越しに覗きこもうと押し合いへし合いした。

すぐさまマネージャーが、知っていることを報告しはじめた。耳を傾けている警官は、でっぷりとして鉄仮面のような顔をした若者だった。彼は頭を右に左に、マネージャーから床の人物へと動かした。まるで、いかがわしいトリックにはめられそうになるのを恐れているかのようだった。それから手袋をはずして腰のあたりから小さな手帳を出し、鉛筆の先を舐めて記録を取る態勢を整えた。彼は疑わしげに、その土地の訛りで尋ねた。

――その男は誰ってか？　名前と住所は？

サイクリングスーツに身を包んだ若者が、見物人の輪を掻きわけて進みでた。彼は怪我をした男の脇に素早く跪《ひざまず》くと、水を所望した。警官も手を貸そうと跪いた。若者は怪我人の口に着いた血を洗いおとし、ブランデーを少し求めた。警官は権威的な声で、店の者が一人グラスを持って走ってくるまでその命令をくり返した。ブランデーが男の喉に無理やり流しこまれた。数秒ほど彼は目を開け、周囲を見回した。顔の輪を見つめ、それから了解し、自分の足で立ちあがろうとした。

――もう大丈夫なんですか？　とサイクリングスーツの若者が尋ねた。

――しゃんでもないよ、と怪我をしている男が立とうとしながら言った。

助けてもらって、立つことができた。マネージャーが病院について何か言い、見物人たちの何人かが助言を述べた。凹んだシルクハットが男の頭に載せられた。警官が尋ねた。

――どこに住んでいるってか？

男は答えずに、口髭の両端を捻《ひね》りだした。彼は、自分の事故を大したこととは思っていなかった。何でもないよ、彼は言った。ちょっとしたアクシデントなんですよ。ひどく不明瞭な声で彼は言った。

――どこに住んでいるってか？　と警官がくり返した。

男は、友だちが彼のために馬車を探してきてくれるはずだと言った。その点が議論されている間に顔色がよく背の高い、機敏な動きの紳士がバーの反対側から入ってきた。丈の長い黄色のアルスターコートを着ている。その光景を目にして、男は声をかけた。

――どうした、トム！　厄介事か？

――しゃんでもないよ、男が言った。

新参者は目の前にいる嘆かわしい姿をした男を検分して、それから警官の方を向いて言った。

――もういいぞ、巡査。私が彼を家まで送ろう。

警官はヘルメットに触れ、返答した。

――了解です、パワーさん！

――さあ来いよ、トム、と友人の腕を取って、パワー氏は言った。骨は折れていないな。何だって？　歩けるか？

サイクリングスーツの若者が男のもう一方の腕を取り、野次馬たちが道を開けた。

――こんなに汚れるなんて、どうしちまったんだ？　とパワー氏が尋ねた。

――こちらは階段から落ちてしまったんですよ、と若者が言った。

――しぇわになってしまいましゅたね、と怪我人。

――気になさらず。

――じぇわ、少しじょおですか……？

――この次、この次で。

三人の男がバーを出ると、人垣はドアのところから小道へ移動した。マネージャーが警官を階段のところに連れてゆき、事故の現場を見せた。あの紳士は階段を踏みはずしたに違いない、と見解が一致した。客たちはカウンターに戻り、店員が一人、床から血の跡を取りのぞく作業に取りかかった。

グラフトン・ストリートに出ると、パワー氏は小型の二輪馬車に向かって口笛を吹いた。怪我人ができうる限り聞きやすいようにまた言った。

――しぇわになってしまいましゅた。ましゃお会いできましゅように。わたしゅの名前はカーナンでしゅ。

ショックと傷ついてすぐの痛みが、多少ではあるが彼を素面《しらふ》に戻していた。

――どういたしまして、と若者は言った。

二人は握手をした。カーナン氏は馬車に押しあげられ、パワー氏が御者に指示を出している間にカーナン氏は若者に感謝の意を示し、少しだけでも一杯やれないのを残念がった。

――またの機会に、と若者は言った。

馬車は、ウェストモアランド・ストリートに向けて出発した。バラスト・オフィス〔ダブリン港を管理する事務所の入った建物〕を通り過ぎたとき、時計は九時半を指していた。東風が河口から鋭く吹いてきて、彼らを打った。カーナン氏は寒さに身を竦《すく》めた。友人が、どうやってあの事故が起きたのか話してくれるように頼んだ。

――むりゃだよ、と彼は答えた。しゃたが痛い。

――見せてみろ。

馬車の荷物入れごしに身を乗りだしてカーナン氏の口の中を覗きこんだが、よく見えなかった。彼はマッチを擦って、両手でそれを覆って隠し、カーナン氏が従順に開けている口の中をもう一度覗きこんだ。馬車の揺れのせいで、マッチは開けられた口の前に近づいたり遠ざかったりした。

下の歯と歯茎は塊になった血で覆われており、舌が小さく嚙みちぎられているようだった。マッチの火が吹き消された。

——ひどいな、パワー氏は言った。

——しゃんでもないよ、とカーナン氏は言って口を閉じ、汚れたフロックコートの襟を首にかかるように引きあげた。

カーナン氏は、その職業の威厳を信じている旅商人の古い一派に属していた。まずまず上品なシルクハットとゲートルなしでその姿が街中で見られることは決してなかった。この二つの服装アイテムの恩恵があれば、彼が言うところによると、常にお上の認可を受けられるのだ。彼は、自分にとってのナポレオンである偉大なるブラックホワイトのやり方を踏襲していた。その人物の記憶を、噂や物まねによって彼は時折呼びおこしていた。現代のビジネス手法は、今までのところ彼にクロウ・ストリートに小さな事務所を構えることを許してくれただけだった。事務所の窓のブラインドには、彼の商会の名前が東中央ロンドンの所在地と共に書かれていた。この小さな事務所のマントルピースの上には鉛の缶の小さな一団が横一列に並んでおり、窓の前のテーブルの上には四つか五つの陶器の碗が置かれ、通常は半分ほど黒い液体で満たされていた。カーナン氏は、これらの碗を使って茶のティスティングをした。一口含んで口の中に溜め、口腔内を茶でたっぷり浸してから炉の中に吐きだすのだ。それからしばし考えて、彼は判定をくだすのだった。

パワー氏はぐっと若く、ダブリン城の王立警察に雇われていた。彼の社会的上昇の弧が描く軌跡は友人の下落の軌跡と交差していたが、カーナン氏の没落がそれほどひどいものとなっていないのは、成功の絶頂にいるときの彼を知っている一群の友人たちが、まだ彼を一角《ひとかど》の人物として高く評価している事実があるからだった。パワー氏はそうした友人のうちの一人で、出世のわりに説明不可能な借金を抱えていることが仲間内ではよく話題になっていた。彼は、礼儀正しい若者だった。

馬車がグラスネヴィン・ロードにある小さな家の前に停まり、カーナン氏は手を貸されて家に運びいれられた。妻は彼をベッドに寝かし、パワー氏はその間、階下のキッチンに座って子どもたちに、どこの学校に行っているのだとか、どんな本を読んでいるのなどと尋ねていた。女の子が二人と男の子が一人、父親が正体をなくし母親がそこにいないのをいいことに、パワー氏を相手に大騒ぎをはじめた。彼は子どもたちの振る舞いや言葉づかいに仰天し、物思わしげに眉を顰めた。しばらくしてカーナン夫人がキッチンに入ってきて、叫んだ。

――いい加減になさい！　ああ、あの人はいつか自分で自分をだめにするわ。間違いない。金曜日から飲みっぱなしで。

パワー氏は、自分のせいでああなったわけではなくて、その場面に自分が出くわしたのはまさしくちょっとした偶然でしかなかったのだ、と彼女にぬかりなく説明した。カーナン夫人は、パワー氏が少額ではあるが時宜を得たお金を頻繁に用立ててくれたことだけでなく、家が揉めている際に何くれとなく執りなしてくれたことを覚えていた。

――あら、そんなことはおっしゃらなくても大丈夫ですわ、パワーさん。夫のお友だちであるのは存じておりますし、夫がつるんでいる他の連中とは違うのもわかっていますから。ああいう人たちが仲良くしてくれるのは、夫のポケットに夫を妻と家族から引きはなすだけのお金があるときだけです。けっこうな友だちだこと！　誰といっしょにいたのか、よかったら教えてくださいます？

パワー氏は首を振ったが、何も言わなかった。

——お詫《わ》びのしようがないですね、と彼女は続けた。差しあげられる物が今日、家には何もなくて。でも少しお待ちいただければ、角のフォガティさんの店まで遣いをやります。

パワー氏は立ちあがった。

——お金を持って帰ってくるのを、あたしたちは待っていたんです。あの人は、自分に家があるなんて全く思ってないみたい。

——うむ、ところでですね、奥さん、とパワー氏は言った。ぼくたちは、彼に心機一転してもらいたいと思っているんですよ。ぼくがマーティンに話してみます。彼ならやってくれます。近いうちにみなで夜にこちらにうかがって、じっくり話してみたいと思います。

彼女は、扉のところまで彼を見送った。御者は小道を行ったり来たりしたり、両腕を振りまわしたりして、身体を暖めようとしていた。

——夫を家にお連れいただき、ご親切にありがとうございました、と彼女は言った。

——どういたしまして。何でもありませんよ、とパワー氏は言った。

彼は馬車に乗りこんだ。馬車が出発してゆくときに、彼は快活に帽子を上げてみせた。

――彼を更生させてみせますよ、と彼は言った。おやすみなさい、奥さん。

＊

馬車が見えなくなるまで見つめていたカーナン夫人の目には、困惑の色が浮かんでいた。彼女は目を伏せ、家の中に入り、夫のポケットをひっくり返した。

彼女は活発で実際的な中年女性だった。銀婚式を祝ったのはそれほど昔ではなく、パワー氏の伴奏に合わせて夫とワルツを踊り、二人の間で愛情を新たにした。付きあっていたころには、カーナン氏は無粋な男とは思えなかった。今でも結婚式があるとの報せがあればいつでも教会の扉のところに急ぎ、新郎新婦を見ては活き活きとした喜びと共に、自分がサンディマウントの海の星教会からどうやって出てきたかを思いだす。腕にもたれていた陽気で健康的な男は粋にフロックコートを着こなして、ラヴェンダー色のズボンを穿き、空いている腕の上でシルクハットを優雅にバランスを取っていたのだった。三週間後、彼女は妻の生活とは退屈なものであると気づき、そして後にそれが耐えがたいものであるとわかりはじめたころには、彼女は母親になっていた。母という役割は彼女に越えがたい困難を何も示さず、おかげで二十五年の間、彼女は夫のためにそつなく家を守ってこられた。上の二人の息子は独立した。一人はグラスゴーの服地屋で働き、もう一人はベルファストの紅茶商人の事務員をやっていた。二人はよき息子たちで、定期的に手紙を書いてきて、家に送金してくれることもあった。他の子どもたちは、まだ学校に通っていた。

次の日、カーナン氏は自分の事務所に手紙を出し、ベッドに寝たきりでいた。妻は彼に牛肉スープをつくってやったうえで、彼を手厳しく叱った。彼女は夫の度重なる暴飲を天気か何かとして受けいれており、夫の調子が悪ければいつでも粛々と介抱して朝食を食べさせようと努めた。世の中にはもっとひどい夫たちがいる。息子たちが成長してからは彼は決して暴力を振るわず、些細な注文であろうとも自分でトーマス・ストリートの端まで歩いていってまた戻ってくるのを彼女は知っていた。

二晩が過ぎて、夫の友人たちが彼に会いに来た。彼女は彼らを寝室に連れていった。部屋の空気は生活臭で充満していた。夫人は暖炉のそばに男たちの椅子を準備した。カーナン氏の舌は、昼の間は時折刺すように痛んで怪我人をいくぶんいらいらさせたが、だいぶましになっていた。彼は背中を枕で支えてベッドの上で身を起こし、腫れた頰はほのかにさした赤みのせいで暖まった消し炭のようだった。客人たちに部屋が散らかっているのを謝りつつも、同時に彼は少し誇らしげに経験ある古つわもののプライドをもって彼らを見た。

彼は、自らがある計画の標的であるのに全く気づいていなかった。友人たちのカニンガム氏、マッコイ氏、パワー氏は、居間でカーナン夫人に計画を開陳していた。アイディアはパワー氏のものだったが、どう実行するかはカニンガム氏に任されていた。カーナン氏はプロテスタントの家の出だったので、結婚時にカトリックに改宗していたとはいえ二十年の間、教会の手の内にはなかった。そのうえ彼は、カトリックの教義を当てこするのが好きだった。

カニンガム氏は、こういう場合にうってつけの男だった。彼はパワー氏の年長の同僚だった。彼自身の家庭生活は、とても幸せというわけではなかった。人前に出せないような女性と結婚したことが知られていたので、人々は彼にいたく同情していた。その女は、どうしようもない酒飲みだったのだ。彼は六回にわたって彼女のために居を構え直したが、その度に妻は彼の付けにして家具を質に入れてしまった。

誰もが、哀れなマーティン・カニンガムを尊敬していた。彼はとことん気がつく男で、影響力があり、知的だった。人が持つ知識に刃があるならば、彼の刃は鋭かった。生来のものでもある彼のその鋭さは、警察裁判所で長きにわたって様々な事件に携わってきたことでさらに研ぎすまされていたが、様々な哲学の領域を遍《あまね》くくぐり抜けることによって、ほどよく丸みを帯びてもいた。彼は情報通だった。友人たちは彼の意見に一目置いて、あいつはシェイクスピアのような顔をしているな、などと考えるのだった。

計画が明らかにされると、カーナン夫人は言った。

――全てお任せしますわ、カニンガムさん。

四半世紀におよぶ結婚生活の後、彼女に残された幻想はほとんどなかった。彼女にとっての宗教は一つの習慣であり、自分の夫の年代の男性は死ぬ前に大きく変わりはしないと思っていた。夫の事故を当然だと思いたい奇妙な誘惑に、彼女はかられていた。ひどい心《ブラッディ》の持ち主とみられても別にいいと思っていたなら、夫の舌はちょっと短くなっても大丈夫だと思いますよ、とその紳士に言ってしまっていただろう。しかしながらカニンガム氏は有能な人であり、宗教は宗教だった。計画はうまくいくかもしれないし、少なくとも害にはなるまい。彼女の信仰は度を過ぎたものではなかった。カトリックのあらゆる信心の内では最も役に立ちそうなイエスの聖心を手堅く信奉し〔聖心の信心を大事にする者への十二の恵みには家庭の平安などがある〕、カトリックの秘跡も認めていた。彼女の信仰はキッチンのところで線が引かれていたが、いざとなればバンシーも聖霊《ホーリー・ゴースト》も信じることができた。

紳士たちが事故について話しはじめた。カニンガム氏が、かつて同じような事例があったのを知っている、と言った。七十歳の男性が癲癇《てんかん》性のひきつけを起こして舌を少しを噛みちぎってしまったのだけれども、誰が見ても噛んだ跡がわからないように、その場所はうまく埋まったそうだった。

――それに、私は七十歳じゃないしね、と怪我人は言った。

――そんなことがあってたまるかい、とカニンガム氏。

――今は痛まないのかい？　とマッコイ氏が尋ねた。

マッコイ氏は、なかなか評判のテナー歌手だったころがあった。ソプラノだった彼の妻は、年端のいかぬ子どもたちに安いレッスン料で今でもピアノを教えていた。彼の人生は二点を最短距離で結ぶものではなく、短い間ではあるが何度も自分の才覚で生きぬかなくてはならない状況に追いこまれた。ミッドランド鉄道の事務員だったり、『アイリッシュ・タイムズ』や『フリーマンズ・ジャーナル』の広告取りだったり、石炭会社の巡回注文取りを委託を受けてやってみたり、私立探偵だったり、法執行官補佐の事務所の事務員だったりした。最近では、市の検死官の事務官になっていた。彼の新しい職は、カーナン氏の事例にプロとしての興味を起こさせた。

――痛みかい？　そんなでもないよ、とカーナン氏は答えた。でも、すごく気分が悪くなるんだ。ゲロッとやりたい気分なんだよね。

――そいつは二日酔いだろ、とカニンガム氏はぴしゃりと言った。

――違うんだ、とカーナン氏は言った。馬車で風邪をひいたと思うんだ。何か喉に入って来続けているんだよ、痰《たん》か何か……。

――粘液かな、とマッコイ氏。

――下から喉にあがって来続けているんだ。気持ち悪いものでさ。

――そうかわかった、とマッコイ氏が言った。胸腔からだ。

彼は挑むような空気を漂わせて、カニンガム氏とパワー氏を同時に見た。カニンガム氏は素早くうなずき、パワー氏は言った。

――まあそうだな、終わりよければ全てよしってことで。

――きみにはすごく世話になってしまったね、友よ、すまない、と怪我人は言った。

パワー氏は手を振った。

――いっしょにいた他の二人がさ……。

――誰といっしょにいたんだい？　カニンガム氏が尋ねた。

――若いのが――名前を知らないんだよな。もうどうしようもないや、彼の名前は何だっけなあ。薄茶色の髪の毛の……。

――他には？

――ハーフォードがいた。

――ふむ、とカニンガム氏は言った。

カニンガム氏がその発言をしたとき、その場にいた人々は沈黙した。その話し手は、秘密の情報源を持っているのが知られていた。この場合、その単音節の発声には道徳的な意図がこめられていた。ハーフォード氏は、時折ある種の遠征をする人だった。すなわち、日曜の正午を過ぎてから街を離れるのだが、その目的はできる限り早く郊外にあるどこかのパブにたどり着くことなのだ。そうした場所では、そのような人々は「真正なる」旅行者と法に則って認められるのである〔よって、法律で禁じられた時間でもアルコール飲料を売ってもらえる〕。けれども彼のお仲間にあたる旅行者たちは、決して彼の出自を見逃そうとはしなかった。この人物が目立った存在になりだしたのは怪しげな金貸しとしてで、労働者たちに高利で小金を貸していた。後に彼は、リフィ・ローン銀行のとても太った短軀の紳士、ゴールドバーグ氏のパートナーとなった。彼はユダヤ一流の職業倫理のコードを越えたやり方をしたりはしなかったけれども、ハーフォードの仲間のカトリックたちは、対面にせよ代理によってにせよ借金の取り立てでひどい目に遭うといつでも、彼のことをアイルランドのユダヤ人だとか、教育もないくせにとか苦々しく話し、彼のどうしようもなく愚かな息子の姿を通じ、高利貸しに対する神の非難の顕現を見るのだった。もっとも仲間たちが、彼のよいところを思いだすこともありはした。

——彼はどこへ行ったのか、わからないや、とカーナン氏は言った。

彼は、事件の細かなところは曖昧なままにしておきたいと願っていた。何か間違いがあったのだ、ハーフォード氏と彼はおたがいを見失ったのだ、と友人たちには考えてもらいたいと彼は思っていた。友人たちは、ハーフォード氏は飲んでいるとどんなだかそれはよく知っていたので、黙っていた。パワー氏がまた言った。

――終わりよければ全てよし。

カーナン氏はすぐに話題を変えた。

――あの礼儀正しい若者のおかげだよ。あの医学生さ、と彼は言った。彼がいなかったら……。

――そうさ、彼がいなかったら、とパワー氏。罰金の選択はできずに七日間拘留かもしれなかったよ。

――そうそう、思いだそうとしながらカーナン氏は言った。警官が一人いたのも思いだしたよ。礼儀正しい若者に見えたな。結局のところ、何がどうなってああなったんだ？

――きみがぐでんぐでんになったから、ああなったんだよ、トム、カニンガム氏が重々しく言った。

――起訴決定だね、とカーナン氏が同じぐらい重々しく言った。

――きみが警官を丸めこんだんじゃないのかい、ジャック、とマッコイ氏が言った。

パワー氏は、クリスチャン・ネームで呼ばれるのが好きではなかった。彼は堅物ではなかったが、マッコイ氏が、自分の夫人に地方で契約があるのだと騙《かた》って、最近みなの間をまわって旅行鞄やら大鞄をかき集めたことを忘れてはいなかった〔これらの鞄は質に入れるなどして金策につかわれたらしい〕。自分がその餌食になったという事実よりも、ゲームのレヴェルのあまりの低さに腹が立ってしかたがなかった。だから彼はその質問に、カーナン氏が尋ねたかのように答えた。

カーナン氏はその話に憤激した。彼は自分の市民としての身分を鋭敏に意識しており、自分は市の行政とおたがいに敬意を払った状態で暮らしたいと願っていた。それに彼は、自分が田舎のイモ野郎と呼んでいる人々から侮辱されると、何であれ腹を立てるのだった。

――そんなことのために税金を払っているっていうのかい？　と彼は尋ねた。そんな愚かな馬鹿者の衣食住のために……。あいつらは、馬鹿者以外の何者でもないよ。

カニンガム氏が笑った。彼がダブリン城の官吏であるのは、仕事時間だけだった。

――あいつらが他の何者だというんだい、トム？

強い訛りを装って、命令調でカニンガム氏は言った。

――六十五番、キャベツをキャッチせよ！

みなが笑った。会話になんとか加わろうとしていたマッコイ氏は、その話を一回も聞いたことがないふりをした。カニンガム氏が言った。

――新人の訓練所で――聞いた話だけどね、もちろん――こういうのがあるらしいんだよ。あいう喧しくてがたいの大きな田舎者、かっぺどもを訓練するところさ。上官は連中を壁に対して一列に並ばせて、皿を掲げさせるのさ。

彼はグロテスクな身振りをして、どのようなものか示してみせた。

――夕食の時らしい。上官の前にはキャベツの入ったとんでもなく大きなお鉢がテーブルの上に置かれていて、シャベルみたいなとんでもなく大きなスプーンがある。上官はそのスプーンでキャベツを一つ掬《すく》って、部屋の向こうに狙いを定め、哀れな悪魔どもはそいつを皿で受けとろうとしなくちゃならないはめになるのさ。「六十五番、キャベツをキャッチせよ！」

みながまた笑った。けれども、カーナン氏はまだいくぶん腹を立てていた。彼は新聞に投書したことを話した。

——ああいうヤフー〔『ガリヴァー旅行記』から。ここでは田舎者の意〕のお上りさんどもが、と彼は言った。市民のボスになれると思ってやがるのさ。きみには言う必要はないよな、マーティン。あの連中がどんな種類の人間なのか。

カニンガム氏が、心底同意する様子を見せた。

——この世の中の、他の何でもかんでもといっしょだよ、とカニンガム氏。ひどいやつらもいれば、いいやつらもいるさ。

——そりゃ、そうだ、いいやつもいるとも。認めるよ、とカーナン氏は満足げに言った。

——連中には何も言うことがないのに越したことはないけどな、とマッコイ氏が言った。おれの意見だけどね。

カーナン夫人が部屋に入ってきて、テーブルにトレイを置いて言った。

——各自でお願いしますね、みなさん。

パワー氏がその場を仕切るために立ちあがり、彼女に自分の椅子に座るように促した。下でアイロンをかけているからと言って夫人は断り、パワー氏の背後でカニンガム氏とうなずき交わしてから部屋を出ていこうとした。夫が彼女を呼ばわった。

——私には何かないのかい、ハニー《ダキー》？

——あなたにね！　あたしの手の甲で我慢してちょうだい！　と夫人は手厳しく言った。

夫は彼女に後ろから声をかけた。

——哀れな旦那には、何にもなしか!

彼がコミカルな表情と声を装ったので、不自然でない楽しげな雰囲気の中でスタウトのボトルがみなに手渡された。

紳士たちは自分のグラスから飲むとまたそれをテーブルの上に置き、一時沈黙した。それからカニンガム氏がパワー氏の方に向いて、何げない感じで言った。

——木曜の夜って言っていたかい、ジャック?

——そうだよ、木曜日だよ、とパワー氏。

——りょおかいだ! とカニンガム氏が即座に言った。

——マコーレーのパブで会ったらいいよ、とマッコイ氏。あそこが一番便利だから。

——でも遅れるわけにはいかないぞ、とパワー氏が熱をこめて言った。間違いなく扉のところまで人でいっぱいになるだろうからな。

——七時半に会えるだろ、とマッコイ氏。

——りょおかいだ! とカニンガム氏。七時半にマコーレーだぞ!

短い沈黙があった。カーナン氏は、自分が仲間たちの内緒話に加えてもらえるかどうかわかるまで待っていた。それから彼は尋ねた。

——何が話題になっているんだい?

——ああ何でもないよ、とカニンガム氏。木曜日にちょっとみんなで予定していることがあってさ。

――オペラかい？　とカーナン氏。

――いや、その、カニンガム氏は言いぬけするふうに言った。ただのちょっとした……スピリチュアルなことだよ。

――え、とカーナン氏は言った。

また沈黙が下りた。それからパワー氏が、あけすけに言った。

――実を言うとね、トム、ぼくたちは黙想会に行くんだ。

――そう、その通り、とカニンガム氏。ここにいるジャックと私とマッコイは――みんなできれいになりに行くんだよ。

彼はその比喩を、ある種の心の力をこめて発話し、自分自身の声に励まされて先を進めた。

――あのだな、我々は全員、当然認めなくちゃならないんだが、我々は素敵な悪党の集まりだろ、そろいもそろって。そろいもそろってだ、彼はぶっきらぼうながら思いやりをこめて付け加え、パワー氏の方を向いた。さあ、認めろ！

――ぼくは認めるよ、とパワー氏。

――おれも認める、とマッコイ氏。

――というわけで、我々はみんなでいっしょにきれいになりに行くんだよ、とカニンガム氏は言った。

彼は何か考えを一つ思いついたようだった。突然怪我人の方に向いて言った。

——今私が何を思いついたかわかるかい、トム？　きみが加わってくれたら、我々は四人でリール〔アイルランドの伝統舞踊。軽快な四分の四拍子〕を踊れるんだがな。

——そいつはいい、とパワー氏。ぼくたち四人いっしょでさ。

カーナン氏は黙っていた。その提案に彼の心はほんの少ししか動かなかったけれども、霊的《スピリチュアル》に媒介された何かの力が自分のために働こうとしているのを悟り、自分の威厳のためには頑固さを示さなくてはならないと考えた。彼は長い間会話に参加せず、友人たちがイエズス会士たちについて議論しているのを、静かな敵意を漂わせながら、ただ聞いていた。

——イエズス会の人たちに、私はそんなに悪い見方はしていないよ、と彼はとうとう口を挟んで言った。彼らは教育ある集団だね。いい人たちなのは認めるよ。

——あの人たちは、教会の最も素晴らしい修道会さ、トム、カニンガム氏は熱をこめて言った。イエズス会の総会長は、教皇さまの次の位になるんだ。

——それに間違いはないね、とマッコイ氏。何かうまくやりたいことがあってそいつにやましいところがないなら、イエズス会の神父さまのところに行くべきさ。あの人たちは影響力があるしね。いい例があってさ……。

——イエズス会士たちは、素晴らしい男たちだよ、とパワー氏が言った。

——イエズス会には興味深いところがあってね、とカニンガム氏。教会の他の修道会はどれも時に改革されなくてはならなかったのだけれど、イエズス会は、一度たりとも改革されたことがないのさ。決して堕落しなかったからだ。

――そうなのかい？　とマッコイ氏。

――事実だとも、とカニンガム氏。歴史なんだよ。

――あの人たちの教会を見るがいいさ、パワー氏が言った。あの人たちがやっている集会をさ。

――イエズス会士たちは上流階級のご用命に応えているもんな、とマッコイ氏。

――当然さ、とパワー氏。

――それだよ、とカーナン氏が言った。だから、私は彼らに思うところがあるのさ。俗な聖職者も中にはいるじゃないか、愚かで、傲慢なのが……。

――あの人たちは、みないい人たちだよ、とカニンガム氏は言った。それぞれがそれぞれのやり方で。アイルランドの聖職者の人たちは、全世界に対する誇りさ。

――全くだね、とパワー氏が言った。

――ヨーロッパの他の一部の連中とは違うね、とマッコイ氏。その名に値しないようなやつらとは。

――たぶん、きみが正しいね、とカーナン氏が気持ちを和らげながら言った。

――もちろん、私は正しいとも、とカニンガム氏が言った。私に人を見る目がないというなら、私はこの世にずっといないも同然だったんだろうし、世のほとんどの側面を見てもいなかったということなのだろうさ。

紳士たちはまた酒を口に運んだ。一人が酒を飲むと、もう一人がそれにならった。カーナン氏は、心の中で何事かをじっくりと考えているようだった。彼は感銘を受けていた。人を見る目がある男として、顔貌の読み手として〔十九世紀西欧では顔貌にこだわった観相学が発展〕、カーナン氏はカニンガム氏を高く買っていた。彼は詳細を尋ねてみた。

——ああ、ただの黙想会だよ、とカニンガム氏が言った。パードン神父がやってくれるんだ。ビジネスマン向けの黙想会だよ。

——あの人は、ぼくたちにはきつすぎたりしないと思うよ、トム、とパワー氏が説得口調で言った。

——パードン神父？　パードン神父って？　と怪我人が言った。

——知ってなきゃいけないと思うぜ、トム、とカニンガム氏が断固とした調子で言った。元気で陽気な人さ！　私たちと同じぐらい世慣れた男だよ。

——ああ、そうか……。知っていると思うな。かなり赤ら顔で、背が高いよね？

——そう、その人さ。

——それじゃ教えてくれよ、マーティン……説教師としてはどうなんだい？

——なんというか、そういうんじゃないんだ。正確には説教じゃなくてさ。ある種の気のおけないおしゃべりみたいなもんなんだよ。常識的な線でするんだ。

カーナン氏は考えこんだ。マッコイ氏が言った。

——トム・バーク神父さまが、まさにそんな感じだったじゃないか！

——おお、トム・バーク神父か、とカニンガム氏。生まれながらの雄弁家だったな。彼の説教は聞いたことがあるかい、トム？

──聞いたともさ！　怪我人は心外そうに言った。聞いたどころか！　彼の話は……。

──だけど、あの人は大した神学者ではないという評判だ、とカニンガム氏。

──そうなのかい、とマッコイ氏。

──あ、もちろん悪いところがあるわけじゃないんだよ。ただ時々ね、聞くところによると完全に正統的ってわけじゃない内容の説教をしたりするらしいんだよね。

──そうかい！　……素晴らしい人だったんだけどなあ、とマッコイ氏。

──彼の説教は一度聞いたことがあるんだ、とカーナン氏は続けた。お説教の題目は、今は忘れてしまったな。クロフトンとぼくはあそこの後ろの方、一階席じゃなくて……。

──身廊《しんろう》、とカニンガム氏。

──そう、後ろの扉の近くにいたんだ。何の話だったか忘れて……ああ、そうだ、教皇についてだった。亡くなった教皇の。よく覚えてる。誓って言うが、すごかったよ、説教のスタイルは。それにあの声！　いやあ、あの声といったら！　「ヴァチカンの虜囚」、と教皇のことを呼んだね。教会を出るときにクロフトンがぼくに言ったことを覚えているけれど……。

──でも、あいつはプロテスタント野郎《オレンジマン》だよね、クロフトンは？　とパワー氏は言った。

──もちろん、そうさ、とカーナン氏は言った。くそったれの礼儀正しいオレンジマンでもあるのさ。私たちはムーア・ストリートのバトラーに入った──いや全く、正真正銘感動させられたんだ。神の真実ってやつを教えてやるよ──彼が何と言ったか、正確に覚えているんだ。「カーナン」彼は言ったよ。「おれたちは、異なった祭壇を崇拝している」そう彼は言ったんだ。「だがおれたちの信仰は、同じものなんだ」、なんて見事に言ってのけたんで、ガツンと来たのさ。

——その話にからんでは、けっこういろいろあるよね、とパワー氏が言った。トム神父が説教されたときには、礼拝堂にはいつもプロテスタントの集団がいたものだったな。

——おれたちの間に大きな違いはないさ、とマッコイ氏が言った。おれたちは両方とも……。

彼は一瞬口ごもった。

——贖い主を信じているんだから。連中は、教皇さまと、神さまの母親を信じていないだけだろ。

——だがもちろん、とカニンガム氏が静かにかつ効果的に言った。私たちの信仰こそがまさに、その宗教なんだ。古き、源流たる信仰だよ。

——それに疑いはないね、とカーナン氏は心をこめて言った。

カーナン夫人が寝室のドアのところに来て、宣《のたも》うた。

——あなたにお一人、お客さん！

——誰だい？

——フォガティさんよ。

——や、入って！　入って！

青白い卵形の顔が進みでて、光の中に入ってきた。よく手入れされた尾を曳くような口髭が、愛嬌のあるびっくりしたような目の上で弧を描いている形のよい眉と同じ形をしていた。フォガティ氏は雑貨屋を慎ましく営んでいた。彼は街中《まちなか》で酒を出す店のビジネスで失敗していたが、その理由は当時の経済状況のせいで、彼は二流の蒸留所や醸造元としか取引できなかったのだ。彼はグラスネヴィン・ロードに小さな店を開き、自分で謙遜して言うことには、その地域の奥さま方に合わせるような商売をしていた。この人物にはある種の優雅さがあり、小さな子どもたちにも敬意をもって接し、明瞭なしゃべり方をした。彼は、教養がない人ではなかった。

フォガティ氏は土産を携えていた。半パイントの特別なウィスキーだった。彼は礼儀正しくカーナン氏に容体を尋ね、土産をテーブルに置いて、仲間たちと同じように座った。カーナン氏には、その土産をなおさらに感謝する理由があった。雑貨のちょっとした請求に関して、フォガティ氏と自分との間で話がまとまっていないものがあると気づいていたからだ。

——きみが持ってきてくれた物なら間違いないね。ジャック、そいつを開けてくれるかい？

パワー氏が、再び式を執りおこなった。グラスがすすがれて、五つのグラスに控えめにウィスキーが注がれた。この新たな霊液が、会話を活発にさせた。小さな座面の椅子に座っていたフォガティ氏は、強い興味を示した。

——教皇レオ十三世が、とカニンガム氏が言った。あの時代の輝ける光の一つだった。彼のすごいアイディアはね、あれだよ、ローマとギリシャの教会を一つにしようとしたんだ。あれは、彼の人生における目標だったな。

——よくヨーロッパ最高の知性の一人だったと言われたりするよね、とパワー氏は言った。教皇であったのを別にしてね。

——まさしく、彼はそうだったな、とカニンガム氏は熱をこめて言った。最高ではなかったとしてもね。彼のモットーはさ、教皇としてだけれど、ルクス・アポン・ルクス——光の上にある光だった。

——いやいやそうじゃないですよ、とフォガティ氏が熱心に言った。その点については間違っていると思いますよ。ルクス・イン・テネブリスだと思う——暗闇の中の光です。

——ああ、なるほど、とマッコイ氏。テネブレ〔カトリックにおけるキリスト受難にちなんだ典礼の呼称〕だね。

——お言葉だが、カニンガム氏は退かずに言った。ルクス・アポン・ルクスだったよ。それで、彼の前任者であるピウス九世のモットーが、クルクス・アポン・クルクス、すなわち十字架の上にある十字架だったのさ。教皇職に対する自分たち二人の考えの違いを示そうとしたんだな。

その推断は許された。カニンガム氏は続けた。

——レオ教皇は偉大な学者であり、詩人でもあった。

——強面だったね、とカーナン氏。

——だな、とカニンガム氏。あの人は、ラテン語で詩を書いたんだよ。

——本当ですか？　とフォガティ氏。

マッコイ氏は自分のグラスのウィスキーを満足げに味わい、二重の意味をこめて頭を振って言った。

——でまかせじゃないよ。保証するよ。

——こういうのを習わなかったんだよな、トム、とパワー氏は、マッコイ氏を手本にしながら言った。ぼくたちがそのへんの私塾に通ってたころにはさ。

――今は立派になっているたくさんの連中が、腋の下に泥炭一つ挟んで私塾に通ったもんだ、とカーナン氏は仰々しく言った。古いやり方が一番よかった。素朴で誠実な教育さ。今の現代的なくだらないやり方じゃとても……。

――全くだね、とパワー氏。

――余分なものがなくて、とフォガティ氏。

彼はその言葉をはっきりと発声し、続いて厳かに酒を飲んだ。

――読本の授業で読んだものを覚えているんだ、とカニンガム氏は言った。教皇レオの詩の一つで、写真の発明を扱っていたな――もちろん、ラテン語だよ。

――写真ねえ！　カーナン氏は叫んだ。

――そうさ、とカニンガム氏。

彼も自分のグラスから酒を飲んだ。

――えっと、そうだな、とマッコイ氏。何か考えようってときに写真について考えるなんてのは、いいんじゃないか？

――そりゃそうさ、とパワー氏。偉大なる精神は物事を見るにあたって……。

――例の詩人が言うところによると、「偉大なる精神は狂気に極めて近きものなり」、とフォガティ氏が言った。

カーナン氏は心中戸惑っていたようだった。なんらかの厄介な問題に関するプロテスタント神学を思いおこそうとしてみたが、結局カニンガム氏に向かって言った。

──教えてくれないか、マーティン、と彼は言った。何人かの教皇は──もちろん今のでも前の人でもなくて、昔の教皇の中には──正確には……その……最高ってわけじゃない人もいたよね？

沈黙が下りた。カニンガム氏が言った。

──それはもちろん、悪い連中もいたね……でもね、驚くべきことはさ、彼らのうちの一人たりとも、一番の大酒飲みも、一番の……度しがたい悪党でも、一人たりとも、教皇座から間違った教義は、一語たりとも説教したことはないんだ。驚くべきことだとは思わないかい？

──そうだね、とカーナン氏。

──そうですよ、なぜといって教皇さまが教皇座からお話をなされるときは、とフォガティ氏が説明した。不可謬なんですから。

──そうとも、とカニンガム氏。

──ああ、教皇の不可謬性についてはよく知っているよ。もっと私が若かったころだ、覚えているよ……あれが、そうだったのかな？

フォガティ氏が間を取った。彼はボトルを手に取って、他の者に少しずつ注ぎ足した。マッコイ氏はみなに行きわたるには充分ではないと見てとって、最初のがまだ残っているからと断った。他の者たちは、しぶしぶその申し出を承諾した。ウィスキーがグラスに落ちる軽快な調べが心地よい幕間《まくあい》の音楽となった。

──何を話していたんだっけ、トム？　とマッコイ氏は尋ねた。

った。

──教皇の不可謬性さ、とカニンガム氏。あれは、教会史全体の中でもそうはない一大場面だったな。

──そいつはどんなだったんだい、マーティン？　とパワー氏は尋ねた。

カニンガム氏は、太い指を二本掲げた。

──聖なる集会で、ほら、枢機卿や大司教や司教の集まりで、二人がそれに反対したんだ。他の全員は賛成していたんだけれどね。その二人以外はコンクラーヴェの出席者全員が一致していたのに。違う！　受け入れられぬ！

──ハッ！　とマッコイ氏。

──一人はドイツの枢機卿で名前はドーリング……じゃなくてダウリング……じゃなくて……。

──ダウリングはドイツ人じゃないね。そいつは請けあうよ、とパワー氏が笑いながら言った。

──とにかくだ。名前は何にしても、その偉大なるドイツ人の枢機卿さまが二人のうちの一人で、もうひとりがジョン・マクヘイルだった。

──何だって？　とカーナン氏は叫んだ。そいつはトゥアムのジョンかい？

──今回のは大丈夫ですか？　フォガティ氏が疑わしげに尋ねた。私が思うに、異を唱えたのはどこかのイタリア人かアメリカ人だったんじゃないかと……〔残念ながら正しいのはフォガティ氏〕。

──トゥアムのジョンが、とカニンガム氏はくり返した。その男だ。

彼は酒を飲み、他の紳士たちも彼のリードに従った。それから、彼は再び話をはじめた。

──そこに集った世界の地の果てからやって来た枢機卿と大司教と司教全員と、その二人の闘犬と悪魔が、その問題に取りくんだ。とうとう教皇その人が、教皇座から不可謬性を教会の教義として宣言した。まさにその瞬間、それに対して反対の議論を重ねに重ねていたジョン・マクヘイルが立ちあがるや、ライオンの声で叫んだんだ。クリードウ！

——我信ず！　フォガティ氏が言った。

——クリードウ！　とカニンガム氏。あれは、彼の持っていた信仰の現れだった。教皇が話された瞬間に、彼は服従した。

——ダウリングはどうなった？　とマッコイ氏が尋ねた。

——ドイツの枢機卿は服従しようとはしなかった。彼は教会を離れた。

カニンガム氏の言葉は、聞き手たちの心に教会の壮大なイメージをつくりあげていた。掠《かす》れて深みのある彼の声で信仰や服従の言葉が話されると、彼らはぞくぞくしてしまうのだった。カーナン夫人が手を拭きながら部屋に入ってくると、厳粛な仲間たちに加わった。彼女はその沈黙を掻き乱したりはせず、ベッドの足の方にある手すりに寄りかかった。

——ぼくは一度、ジョン・マクヘイルを見たことがある、とカーナン氏は言った。命ある限り、忘れはしないだろうな。

太鼓判を押してもらおうとして、彼は妻の方を向いた。

——私はよく、きみにその話をしただろう？

カーナン夫人はうなずいた。

——ジョン・グレイ卿の彫像の除幕式の時だ。エドマンド・ドワイヤー・グレイが話していて、くだらない放談をしていた。そこに、あのご老体がいらっしゃったんだ。蟹みたいな顔をしたお年寄りだった。もじゃもじゃの眉毛の下から、話し手を見つめていた。

カーナン氏は眉を顰めると、怒りくるった牡牛のように頭を下げて、自分の妻をねめつけた。

――いやはや！　いつもの顔に戻って彼は叫んだ。あんな目が人間の顔にあるなんて。あの目はこう言ってるも同然だった。「おまえさんのことはきっちりわかっているからな、こんちくしょうめ」あの人の目は、鷹の目みたいだった。

――グレイの一族にろくなのはいないな、とパワー氏が言った。

再び沈黙が下りた。パワー氏はカーナン夫人に向き直って、急に快活に言った。

――あのですね、奥さん、我々はここにいるあなたの夫君を、善良な、誠に敬虔なる、神を恐れるローマ・カトリック教徒にするつもりなのですよ。

彼は仲間たちを包摂するように、片腕をぐるりと振った。

――我々はみなで、いっしょに黙想をしに行くつもりなんです。そして、自分たちの罪を告白する――神さまは、我々がいたくそうしたがっているとご存じでしょうから。

――別にいいよ、と少し神経質そうに微笑みながら、カーナン氏は言った。

カーナン夫人は、自分が満足しているのは隠した方が賢明だと思った。そこで言った。

――あなたの話を聞かなきゃならない神父さまが可哀そうだわ。

カーナン氏の表情が変わった。

――もしお気に召さないなら、彼は不貞腐《ふてくさ》れたように言った。神父さんは……別のことをやっていればいいじゃないか。私は、自分のちょっとした悲しい話をするだけなんだ。自分はそんなに悪い人間じゃないってね……。

カニンガム氏が、素早く助けの手を差しのべた。

――私たちはみな、その悪魔と縁を切るのさ、と彼は言った。いっしょにね。悪魔の所業と虚飾〔カトリックの洗礼式では洗礼親が悪魔とその所業と虚飾を絶つことを子どものために誓う〕も忘れずにお払い箱にしないとな。

――我が後ろに下がれ、サタンよ！　フォガティ氏は笑いながら他の者たちを見て言った。

パワー氏は何も言わなかった。我が策はまれりという感慨に、すっかり浸っていたのだ。一瞬、嬉しそうな表情が彼の顔に浮かんだ。

――我々がしなくてはならないのは、とカニンガム氏は言った。火が灯された蠟燭を手に立ちあがり、我々の洗礼式での誓いを新たにすることとさ。

――ああそうだ、蠟燭を忘れるなよ、トム、とマッコイ氏が言った。何はともあれ。

――ええっ？　とカーナン氏。蠟燭を持たないといけないのかい？

――そりゃそうだよ、とカニンガム氏。

――いやだ、それだけはだめだ、とカーナン氏は毅然として言った。私は、そこで線を引くぞ。私は、すべきことをちゃんとやる。黙想会のいろいろとか告白とか……そういうのは何でもやる。でも……蠟燭はだめだ！　いやだ、それだけは、蠟燭は、断固拒絶する！

彼は茶番じみた厳粛さをもって、首を振った。

――言うことをきかなきゃ！　と妻が言った。

――蠟燭は、断固拒絶する、と言うカーナン氏は、自分が聴衆たちに印象づけたことを意識しつつ、頭を前後に振り続けた。私は、幻灯ショーのごとき典礼は、断固拒絶する。

みなが心から笑った。

――カトリックの素敵なのがあるわよ！　と妻が言った。

――蠟燭はいらないんだったら！　カーナン氏は頑固にくり返した。この話はもう終わり！

＊

ガーディナー・ストリートにあるイエズス会の教会の翼廊は、ほぼ満員だった。それでもひっきりなしに、紳士たちが横の入り口から入ってきていた。彼らは平修士に導かれ、腰を落ちつける先が見つかるまで忍び足で側廊に沿って歩いた。紳士たちはみな正装で、きちんとしていた。教会のランプの照明が、集まった人々の黒服と白いカラーとそこここに変化を与えているツィードの上、暗く斑《まだら》になった緑の大理石の柱の上、見た目に暗く悲しい絵画の上に落ちていた。紳士たちはベンチに座り、ズボンを膝上でちょっとたくし上げて、帽子をちゃんと置くようにしていた。彼らは深く腰かけて、遠くの赤い光の点をすまし顔で見つめていた。その明かりは、主祭壇の前に吊るされていた。

説教壇のそばのベンチの一つには、カニンガム氏とカーナン氏が座っていた。その後ろのベンチにはマッコイ氏が一人で。さらに一列後ろのベンチにはパワー氏とフォガティ氏だ。マッコイ氏は他の者たちといっしょに座る場所を見つけようとしたが果たせず、一団がサイコロの五の目の形に座っていたので何か面白いことを言おうとしたが、それも果たせなかった。そのような振る舞いがいい顔をされたことはなかったので、思いとどまったのだ。この人物でさえも礼儀正しい雰囲気を感じていたのであり、宗教的な刺激に反応しはじめていたのだった。カニンガム氏が囁いて、カーナン氏の注意をハーフォード氏に向けた。金貸しのハーフォード氏は、少し離れたところに座っていた。それからファニング氏にも。ファニング氏は退職した市の官吏であり、市長候補の擁立に影響力ある人物だった。彼は主祭壇のすぐ下で、新しく選ばれた地区の議員の隣に座っていた。右手には、老マイクル・グライムズが座っていた。三軒の質屋の所有者だ。ダン・ホウガンの甥っ子もいる。彼は町役場の事務所で働くことになっている。ずっと前に座っているのは、ヘンドリック氏と可哀そうなオキャロルだ。ヘンドリック氏は『フリーマンズ・ジャーナル』誌の報道部局のトップだった。オキャロルはカーナン氏の古い友人で、商業界では一時期かなりの人物だった。見慣れた顔を認めながら、カーナン氏は徐々に居心地よく感じられるようになりはじめていた。妻に型崩れを直してもらった帽子は、膝の上に鎮座している。一度か二度、片手でカフスを引っぱりながら、もう片方の手では軽く、それでいてしっかり帽子の端をつかんでいた。

力が漲《みなぎ》って見える人影が主祭壇に苦労して上がろうとしており、みなはその姿をじっと見つめた。その上半身は、短白衣《スルプリ》で緩やかに覆われていた。同時に集まった人々は落ちつかなくなり、ハンカチを取りだして注意深くその上に跪いた。カーナン氏は、みながやっているのに従った。聖職者の姿は、今では祭壇に真っすぐに立っていた。巨大な赤い顔が載っかった巨体の三分の二が、手すりの上に見えていた。

　パードン神父が跪いて赤い光の点の方に向き、顔を両手で覆って、祈った。一つ間をおいて顔から手を離し、立ちあがった。集まった一同も立ちあがり、再びベンチに腰を落ちつけた。カーナン氏は帽子を膝の上の元の場所に戻し、説教師にしっかり集中した顔を向けた。説教師は念の入った大きな身振りでスルプリの幅広の袖を後ろにやり、ゆっくりと居並ぶ顔を見渡した。それから、彼は言った。

――この世の子らその時代に対しては、光の子らよりも利口である。またあなたがたに言うが、不正の富《マモン》を用いてでも、自分のために友だちをつくるがよい。そうすれば、富が無くなった場合、あなたがたを永遠のすまいに迎えてくれるであろう〔「ルカによる福音書」第十六章第八～九節。日本聖書協会訳に「マモン」とルビを加えた〕。

　パードン神父は、自らの確信を反響させるかのようにその聖書の言葉を解説していった。これは、全ての聖典のうちで適切に解釈するのが最も難しい聖書の言葉のうちの一つです、と彼は言った。ぞんざいな見方をする人からすると、この聖書の言葉は、主イエス・キリストがどこかで説いた高尚な道徳律のヴァリエーションのように見えるかもしれません。しかし、彼は聴衆たちに向かって語った。私からするとこの聖書の言葉は、とりわけ次のような人々を導くためにぴったりなのではないかと思われるのです。すなわち、世俗の人生をおくる運命の人たち、それでいて、俗物の作法に則った人生をおくりたいとは願っていない人たちを、です。これは、ビジネスに携わる者、プロフェッショナルである者のための言葉なのです。主イエス・キリストは、人間性のありとあらゆる一隅を神として理解され、宗教的な生活は全ての人々に要求されているものではない、とおわかりになっておられたのです。はるかに莫大な数の、大部分の人々が俗世において、一定程度は俗世のために生きることを強いられているのである、と。そしてこの文において、主イエスはそうした人々に助言を与えようと意図していらっしゃるのです。全ての人間の中で宗教的事柄に最もうわの空の者たちであるマモンの信仰者たちを宗教生活の手本として、彼らの前に示すことによって。

彼は聴衆たちに語った。今夜自分がこの場にいるのは、壮大な恐ろしい目的のためではなく、世俗の者として仲間たちに向かって語るためである、と。私はビジネスマンたちに話しかけるためにやって来たのであり、あなた方にはビジネスライクに話しかけることにしたいと思います。比喩を使って言わせてもらえれば、と彼は言った。私はあなたたちの霊的《スピリチュアル》な会計士なのです。聴衆のみなさんにおかれましては、みなそれぞれにご自分の帳簿を開いていただきたい。自らの、スピリチュアルな生活の帳簿を。そして、見てほしいのです。その帳簿が正確に、良心と符合しているのかを。

主イエス・キリストは過酷な監督者ではありませんでした。主イエスは、私たちの小さな欠点をわかっていらしたのです。私たちの哀れな堕落した性質の弱さを、この人生のもろもろの誘惑を。私たちには、誘惑があるかもしれません。時折はみなに、ありますね。私たちには欠点があるかもしれません。みなに、ありますね。けれども一つだけ、と彼は言った。聴衆のみなさんにお願いしたいことがあるのです。それは、真っすぐに、神と共に、男らしくあれ。もしあなた方の決算の帳尻があらゆる点で合っているなら、こう言いなさい。

――さて、決算の確認はし終わった。全く問題なしだ。

けれどもし、往々にして起こるかもしれぬことですが、何らかの不備があったならば、真実を認め、誠実に、男らしくこう言うのです。

――さて、帳簿を見てみたぞ。ここところがよくないのはわかる。だが、神の恩恵をもって、ここところを修正するとしよう。そうすれば、帳尻は合うだろうから。

八　永久《とわ》の眠りを恋人に

突風が吹きすぎるたびに樅の木の枝が窓の格子を叩き、乾いた木の実が窓をがたがたいわしているだけに違いない！……強風と吹き荒れる雪の音が、はっきりと聞こえた。……枝の代わりに私が握りしめたのは、氷のように冷たい小さな手だった！

エミリー・ブロンテ『嵐が丘』

寒い冬にしんしんと降り積もる雪、壁と窓一枚を隔てて荒れ狂う吹雪。どちらも死を強く意識させるのは、万国共通のようです。雪が死をもたらす怪物として顕現する物語としては、日本語を母語とする者にとっては「雪女」の話がまず頭に浮かびますが、現代の日本で暮らす大半の人にとってその「雪女」の話は、異国に出自を持つ人の再話したヴァージョンであるに違いありません。すなわち、小泉八雲ことラフカディオ・ハーン（一八五〇～一九〇四）による再話です。ハーンは、幼いころをアイルランドの親戚の家で過ごしました。彼が語り直した物語に降る雪は、日本の雪でしょうか、アイルランドの雪でしょうか。

このように考えてハーンの「雪女」を訳すにあたり、地名や人名はあえてカタカナで表記することにしました。先行する同様の試みとしては、円城塔さんの訳業が挙げられます。そもそも日本語の読み書きができなかったハーンは、日本の民話や伝説を収集するにあたり、セツ夫人に物語ってもらうという手法を取りました。すなわち、ハーンの再話に描かれた日本の事物の名称は、表意文字の漢字を視覚経由で読みとるのではなく、音声として聴覚経由で伝達されていたのです。

メアリー・ルイーザ・モールズワース（一八三九～一九二一）はイングランドの書き手です。彼女の「さざめくドレスの物語」が示唆してくれるのは、怪談話はもはや男たちがクラブに集って暖炉の前でする特殊な娯楽ではなく、女性も含めた家族が集うパーティーでのありふれた余興になっていた事実です。今回の短編集では省いて抄訳としましたが、ジョイスの「死者たち」の始まりから中盤にかけては、女性たちによって主宰されたホームパーティーの描写がひたすらに続きます。幽霊の登場には、それなりの準備が必要なのです（なお、「さざめくドレスの物語」は凡庸なパーティーにすでに参加者がうんざりしている状態から物語が始まります）。

ジョイスの「死者たち」といえば、雪が降り積もる物語のエンディングが有名です。神父の大首に出会うことで『ダブリナーズ』を読みはじめた読者は、アイルランドの西の地に眠る死者たちに思いを馳せながら、『ダブリナーズ』という書を置くこととなるのです。「二一　アイルランドの化け物」収録のマッキントッシュ「夜の叫び」においても、ダブリンの若者たちは幽霊に会うためにわざわざアイルランドの西部に出向きますが、アイルランドの神話や伝承において、異界はこの世と地続きで西の果てにあることになっています。『ダブリナーズ』においてジョイスは、多くの異界の住人たちをアイルランド島の東にある都市ダブリンに召喚しますが、『ダブリナーズ』の最後の物語において、死者と生者が出会う場所としてついにアイルランドの西の地を指ししめします。

最後にもう一つ。イギリスやアイルランドの幽霊たちは、生者に伝えたいことがあるときは夜中に窓を叩くようです。ひょっとしたら、今宵誰かがあなたの部屋の窓をコツコツと叩くかもしれません。

雪女

ラフカディオ・ハーン

ムサシの国のある村に、モサクとミノキチという二人の樵《きこり》が住んでいました。私が物語っているころにはモサクは年寄りで、お弟子のミノキチは十八歳の若者でした。毎日、自分たちの村から五マイルほどのところにある森に、二人はいっしょにでかけていました。森に行く途中で広い川を渡らねばならず、渡し船がありました。そこには何度か橋が架けられましたが、その度に洪水で流されてしまいました。並の橋では、川の水量が増すとその場所の流れには耐えられなかったのです。

とても寒いある晩、ひどい吹雪に見まわれるなか、モサクとミノキチは家路を急いでいました。二人は渡し船のところまではたどり着きましたが、渡し守は船を反対側の川岸に留めて、帰ってしまっていました。泳ぐというのはありえません。二人の樵は、渡し守の小屋に避難しました――どんな小屋であれ吹雪をしのげる場所があるとは、何はともあれ自分たちはついていると二人は思いました。小屋に火鉢はなく、火を熾《おこ》せる場所はどこにもありませんでした。広さは二畳ほどしかなく、扉は一つで窓もありません。モサクとミノキチは扉をしっかりと閉めて、蓑《みの》をかぶって休息を取ろうと横になりました。最初のうち二人はそんなにひどく寒さを感じませんでしたし、吹雪はすぐやむものと思っていました。

老人は、ほとんどすぐに眠りに落ちました。けれどもミノキチ青年は長いこと目を覚ましたまま横になっていました。恐ろしい風と、扉に向かって絶え間なく吹きつける雪に耳を傾けながら。川は逆巻き、小屋は海の上の小さな帆船のように揺れて軋《きし》みます。それは恐ろしい吹雪でした。空気は刻一刻と冷たくなっていきました。ミノキチは、蓑の下で身震いをしました。けれどもとうとう、その寒さにもかかわらず彼もまた眠りに落ちました。

顔に雪が降りかかるのを感じて、彼は目を覚ましました。小屋の扉がこじ開けられています。雪明かりのおかげで女が一人、小屋の中にいるのがわかりました――女は真っ白ないでたちでした。女はモサクの上に身を屈めており、息を吹きかけていました――女のその息は明るく輝く白煙のようでした。間髪いれず女はミノキチの方を向くと、彼に向かって身を屈めてきました。彼は叫び声をあげようとしましたが、自分が全く声を出せないのに気づきました。白の女は彼に覆いかぶさって、どんどん顔を近づけてきます。二人の顔はほとんど触れんばかりになりました。ミノキチは、女がすごく美しいのがわかりました――でも、その目は怖かった。ちょっとの間、女は彼をじっと見つめました――それから彼女は微笑んで、囁きました。「もう一人と同じようにしてしまおうと思ったのだけれど、ちょっと、どうしても可哀そうだね――きみはすごく若いから……かわいい子《プリティ・ボーイ》だね、ミノキチ。今はおいたはやめておくよ。でもね、きみが誰かに言ったら――たとえ母親にだって――今夜見たことを口にしたりしたら、あたしにはわかるからね。そしたら、きみを殺すよ――あたしが言ったことを、覚えておくんだよ！」

女はこの言葉と共に彼から身を翻し、戸口から出ていきました。すると、身体が動くのがわかりました。彼は跳ね起きると、小屋の外を見渡しました。けれどもどこにも女の姿は見えず、雪が荒れ狂うように小屋の中に吹きこんできました。ミノキチは扉を閉め、木片を楔《くさび》のようにいくつかしっかりかませました。扉は、風で開いたんじゃないだろうか――夢でも見ていただけなんじゃないだろうか、戸口の月明かりの輝きを白い女の姿に見間違えただけなんじゃないだろうか。でも、確信はありませんでした。彼はモサクに呼びかけました。そして、恐怖しました。なぜなら、老人が答えてくれなかったからです。ミノキチが暗闇の中で手を伸ばし、モサクの顔に触れると、それは凍っているではありませんか！　モサクは硬直して、死んでいたのです……。

夜明けまでに、吹雪はおさまりました。渡し守が小屋に戻ってきて、日の出のすぐ後に、モサクの凍りついた死体の横でミノキチが正体なく倒れているのを見つけました。ミノキチはすぐさま介抱され、間もなく意識は戻りましたが、その後、長いことその恐ろしい夜の寒さの影響で病んだままでした。彼はまた老人の死をひどく怖がりましたが、白衣の女の幻については何も言いませんでした。回復すると彼はすぐに仕事に戻って、毎朝一人で森にでかけ、夜の帳《とばり》が下りるころに、薪《たきぎ》の束と共に帰ってきました。薪は、母親が売るのを手伝いました。

翌年の冬のある晩、彼は家に帰る途中にたまたま同じ道を先に行っていた女性に追いつき、道連れになりました。背が高くすらりとした、とても見目麗しい女性でした。ミノキチの挨拶に、彼女は鳥の唄かと思うような耳に喜ばしい声で答えました。それから彼は彼女の横を歩き、二人は話をはじめました。彼女が言うには名はオユキといい、最近両親を共に亡くし、イェドに行くところだそうでした。彼の地にたまたまですが貧しい親族がおり、下働きの職を見つける手助けをしてくれるかもしれないそうです。ミノキチは、すぐにこの奇妙な若い女の魅力にとらわれてしまい、そのうえ見れば見るほど彼女が素敵な女性に見えてきました。許婚《いいなずけ》はいるのかと尋ねますと、笑いながら誰もいませんよと答えました。それから、彼女の方からミノキチに、結婚か婚約をしているのかと尋ねてきましたので、夫に先立たれた養わねばならぬ母はいるが、「立派な義理の娘」についての問題は、自分がまだとても若いので考えてはいないのだと伝えました……。このように打ち明け話をした後、二人はかなりの間、何も話さずに歩いてゆきました。しかしながら格言に曰く「気があれば、目は口ほどにものを言う」というもの。村に着くまでに、二人はおたがいのことがすっかり気に入っていました。それでミノキチはオユキに、家で少し休んでいかないかと頼みました。はにかみながら少したためらったあと、オユキはミノキチについていきました。ミノキチの母親は彼女を歓待し、暖かい食事を出してあげました。オユキがとても素晴らしく振る舞ったので、母親は彼女に対して突然好意《ファンシー》を抱いてしまい〔「一　妖精との遭遇」の「取り替え子」の妖精が人間に抱くファンシーが想起される〕、イェド行きの旅程を遅らせるように説き伏せました。そして、当然の成り行きとして、ユキは結局イェドには行きませんでした。彼女はその家にとどまり、「立派な義理の娘」になったのです。

　オユキは、とてもできのよい義理の娘であることを証明してみせました。ミノキチの母親が五年かそこら経って亡くなろうとしたとき、最後の言葉は自分の息子の妻への愛情と賞賛でした。そしてオユキは、ミノキチと十人の子をもうけました。男の子に女の子——みんながみんな端正な顔つきの子どもたちで、とても綺麗な肌をしていました。

　村の者たちは、オユキは素敵な人だけれども、本質的に自分たちとは違うと思っていました。農民の女たちのほとんどは早く年を取りますが、オユキは十人の子どもの母親になってからでさえ、最初に村に来た日のように若くてみずみずしいのでした。

　ある晩、子どもたちが寝いったあと、オユキは行灯の横で縫い物をしておりました。彼女を見つめながら、ミノキチは言いました──

「行灯の光を顔に受けてそこで縫い物をしているおまえを見ていると、おれが十八の若造だったときに起こった、おかしな出来事を思いだすよ。その時におれは、今のおまえのように美しくて白い誰かに会ったんだ。本当に、その人はおまえによく似ていた……」

　縫い物から目を上げずに、オユキが答えました──

「その人について話してちょうだい……。どこで会ったの?」

　それで、ミノキチは渡し守の小屋での恐ろしい夜のことを語りました──自分の上に身を屈めてきて、微笑み、囁いた白い女のことを──年老いたモサクの静かな死のことを。そして彼は言いました──

「夢にせよ現《うつつ》にせよ、おまえぐらい美しい生き物を見たのは、あの時だけだった。もちろん人間じゃなかった。そしておれは、怖かった。──とても怖かった、──でも、それはそれは白かったんだ。おれは……実のところ、自分が見たのが夢だったのか、雪女だったのか、確信を持てたことはないんだ……」

オユキは縫い物を投げ捨てて、立ちあがりました。それから座っているミノキチに覆いかぶさって、その顔に向けてシャーッとばかりに恐ろしい声をあげました——

「そいつはあたし、あたしだよ！　ユキだよ！　あの時、そいつについて一言でもしゃべったら、あんたを殺すと言っておいたよねえ！……そこに子どもたちが寝ていなかったら、たった今おまえさんをぶち殺しているだろうさ！　だからね、子どもたちをとっても、とっても大事にした方が身のためだよ。万が一、子どもたちがあんたに文句の一つも言いたくなったりするようなら、あたしが思いしらせてやるからね！……」

金切り声で叫んでいる間にも、オユキの声は風の泣き声のように細くなってゆきました——それから彼女は明るく光る白い霧へと溶けてしまい、屋根の梁《はり》へと螺旋を描きながら昇ってゆき、煙抜きの穴を震えながら抜けてゆきました……。彼女の姿は、二度と目にされることはありませんでした。

さざめくドレスの物語

メアリー・ルイーザ・モールズワース

「それじゃ怪談《ゴースト・ストーリーズ》をしましょうよ」とグラディズが言った。

「あなた飽きてないの？　最近みんなそればっかり。ぜんぶ「真実」なんでしょ？　本当に証人がいるのよね。ところがあなただけは、その幽霊を見るか、聞くか、感じるかした人に会ってない。いっつも誰かのきょうだいか、いとこよね。さもなかったら友だちの友だち」とうら若きスノウドン夫人は反対した。ザ・クアリーズ〔クアリーは採石場の意〕のもう一人のゲストだ。

「だからって、その手の話を十把一からげにして根も葉もないとする根拠にできるものかな？」と夫人の夫が言った。「物語そのものを耳にする頻度に比べて、そういう事例の主役、場合によっては主役のみなさんに実際にお目にかかるのがとても少ないのは、当然といえば当然、というか必然的にそうなるよね。百人の人が一つの話をくり返すことはできるけれども、その話の主人公、というより作者は、百もの場所に同時にはいられない。さる陳述あるいは物語の内容を実際に経験していた人物に会ったことがないというだけで、その話は信じられないとしてしまうのかな？」

「あのね、そういう理由で信じられないとは言っていないわ」とスノウドン夫人は言った。「あなたはいつもそういう取り方をするわよね、アーチー。ええ、あたしは論理的でも道理をわきまえているわけでもありません――そんなふりをしたりしない。何を言いたかったかといえばね、現場に居合わせた人に本当に会えるなら、その幽霊話は他の幽霊話よりはるかに引きが強い、ということなの。そういう人に絶対出くわさないのが、みんな気になっているわけでしょ？」と彼女は少しすねたように付け加えた。

彼女は疲れていた。みながかなり疲れていた。「ザ・クアリーズ」として知られる田舎の大邸宅で開催されたパーティーの最初の晩だったからだ。舞踏会は予定されておらず、「十マイル越えてやって来て、また同じ距離を帰らなくてはならない」という徒労感をよりいっそう強いものにしていた。しかもそれが三晩か四晩切れ目なく続くということが、若い者や精力溢れる者たちにとってもこたえていた。

その晩は、様々にリラックスして夕べを過ごすように提案されていた。音楽、遊戯《ゲーム》、朗読、朗誦――誰もが気に入るようなものは何もなく、その時のグラディズ・ロイドの「怪談をしましょうよ」という提案も盛りあがらずに終わりそうだった。

一呼吸二呼吸、スノウドン夫人の最後の言葉に誰も応えなかった。すると、みなが少し驚いたことに、その邸宅の若い娘が母親の方を振りかえった。

「ママ」彼女は言った。「怒らないでね――その話をするときは話し方に気をつけなさいって前に言われたのは覚えているから。でも、もしポール叔父さんが幽霊話をしてくれるなら、いいと思わない？　そうしたらミセス・スノウドン」と彼女は続けた。「一つは幽霊話を聞いたってずっと言えると思います――何て言ったらいいかしら――本家本元で、というか本家本元から」

レディ・デンホームは返事をする前に、いくぶん不安そうに周囲を見回した。

「このあたりでは、本家本元で、とは言わないでしょうね、ニーナ」と彼女は言った。「ザ・クアリーズはあなたの叔父さんが幽霊話をご披露する場じゃないわ。それにね、それは言わない方がいいんじゃないかってちょうど思いかけていたの――叔父さんがその話を出してほしいかどうか、怪しいのよ。すぐ彼は来るわ。メモ書きしか持っていなかったけど」

「あたしたちに話してくれたらなあってすごく思ってるの」ニーナは残念そうに言った。「ママ、あたしが書斎に一っ走りして、頼んでみていい？　このアイディアを叔父さんが気に入らなかったらあたしにそう言うと思うし、それに、誰もこの話については何も知らないでしょう？　ポール叔父さんはすごくやさしいから、何でも頼めるの」

「ぼくに対する素晴らしい見解に感謝するよ、ニーナ。今まさに、例外なき法則なし、ということがわかったよ。聞き手は時折、自分たちに対する喜ばしきことを耳にする」戸口を半分隠して立っていた衝立の裏から回りこんで出てきながら、マリシャル氏は言った。「で、どんな特別な頼み事をぼくにするつもりだったのかな？」

ニーナはむしろ引き気味だった。

「ドアを静かに開けすぎよ、ポール叔父さん」と彼女は言った。「そこにいるってわかっていたら、叔父さんのことを話したりしなかったのに」

「でもまあ、悪口を言っていたわけじゃないんだし。言わせてもらえば、ポール叔父さんは、ぼくたちが話していたことを頼まれたっていやがるとは思えないな」というのがニーナの兄のマイクルの考えだった。

「何を話していたんだい？」マリシャル氏は言った。「もうずいぶん話は聞いちゃったし、当然全部話してくれるよね？」

「それは――」とニーナがはじめるのを、母親が遮った。

「私はニーナに言うなと言ったのです、ポール」彼女は不安げに言った。「でも――ここにいる若い人たちが怪談について話をしていらっしゃっただけなの。あなたの奇妙な経験の話をお聞きになりたいだろうし、みなさんを焦《じ》らしてしまうわけにもいかないわね」

「焦らすだなんて」とマリシャル氏は言った。「全然しませんよ」ところが少しばかり、彼は何も口にしなかった。かなり不満そうだったスノウドン令夫人でさえ、少し落ちつかない気配だった。

「しつこくしちゃだめよ、ニーナ」と彼女は囁いた。

マリシャル氏は尋常でない地獄耳に違いなかった。彼は顔を上げて、微笑んだ。

「話を聞いてくれるというみなさんにお話しするのは、全然かまいませんよ」と彼は言った。「一時期、この話を口にするのがちょっといやだったのですけれどね、他の人たちのために。話の細かいところで誰の話かわかってしまうかもしれなかったから――万が一そうなったら気の毒でしたから。でもそれに関わるであろう人は、今はもう誰もご存命ではないから――それに」彼は姉の方を向いて、付け加えた「あの人の旦那さんも亡くなったし」

レディ・デンホームは首を振った。

「いいえ」彼女は言った。「聞いてないわ」

「いいや」彼女の弟は言った。「去年新聞で訃報を見たよ。思うに、彼は再婚していた。だから、今ならこの話をしないという理由はない。もしみなさんに興味がおありなら」彼は他の人たちの方を向いて続けた。「そんなに話すことはありません。こんな前口上をする価値もない。あれは――えっと――そう、十五年ぐらい前だったな」

「ちょっと待って、ポール叔父さん」とニーナが言った。「そう、それでいいわ、グラディズ。あなたとあたしは手をつないで、とても怖くなったらギュッと手を握ればいいから」

「ありがとね」グラディズ嬢が答えた。「でも考えるに、あなたのために、あたしは手を握っていない方がいいんじゃないかしら」

「ギュッと握って痛くしたりしないから」ニーナは安心させるように言った。「それにこうしていたら、暗いところにいるみたいでしょう?」

「照明を暗くしようか?」とスノウドン氏が尋ねた。

「やめてよ」と彼の妻が叫んだ。

「ぼくの話には、本当に怖いところなんて全然ないですよ――「気味が悪い」というのもほとんどないです」とマリシャル氏は半分申し訳なさそうに言った。「きみはぼくを、自分がペテン師みたいな気分にさせてくれるね」

「えー、ポール叔父さん、そんなこと言わないで。邪魔したあたしが悪かったわ」とニーナは言った。「じゃ、はじめて。それでもあたしはグラディズの手をこうやってずっと握っているから」そして小声で付け加えた。「備えあれば憂いなし」

「うん、それなら」マリシャル氏は再開した。「十五年近く前に違いない。しかもその前、まるまる十年は彼女に会っていなかった。これっぽっちも彼女のことは考えちゃいなかったんだ。ある意味、本当に忘れてしまっていたんだな。ぼくの人生からはすっかり消え去っていた――そしてここのところが、この話に関してはとても奇妙な点としていつもぼくに刺さるんだ」と括弧でくくって注釈を付けるように言った。

「「彼女」って誰か教えてくれない、ポール叔父さん？」少し遠慮がちにニーナが尋ねた。

「ああ、そうだね。そうするつもりではあったんだ。ご覧のように、語り部としてはぼくは未熟でね。彼女は、ぼくが知ったばかりのころは――実際、彼女を知っていたのはその時期だけだったんだ――とても素敵で、魅力的な女性だった。名前はモード・ベトラムといった。彼女はとてもかわいくて――かわいいなんてもんじゃなかったな、びっくりするぐらい均整の取れた顔つきをしていたから――横顔をいつも褒められていた。背が高くて優雅な姿をしていたな。しかも天真爛漫で、おそらくはそこが彼女の一番の魅力だったんじゃないかと思う。みなさんは――口元に質問が浮かんでいますね、ミス・ロイド、あなたの口元にもですよ、ミセス・スノウドン――こんなに褒めたたえて、好ましく思っていたなら、なんでぼくがもっと先まで行かなかったのかって。正直に言いますね。その余裕がなかったんですよ。あのころは、その先何年も結婚できるような見込みがなかった。それに、もう青二才でもなかった。すでに三十路が見えていたんです。モードは十歳は若かった。ぼくは状況をすっかり理解できて用心深くいられるぐらい、知恵もあったし年も取っていたんです」

「それでモードは？」とスノウドン夫人が尋ねた。

「賞賛者たちに囲まれていましたよ——その時のぼくには、そいつが彼女にとって大事でありうるかと自問することさえ、耐えがたいうぬぼれであるように思えたんです。後知恵の光で照らしてみれば、ぼくは誤解されていたかもという可能性が心に浮かびます。今でも、自分が異なった振る舞いができたかどうかはわからないんです——」ここでポールは小さくため息をついた。「ぼくたちは親友だった。彼女はぼくが賞賛していることは知っていたし、それについては素直に喜んでくれていたようだった。彼女がぼくを友人として好いてくれて信頼してくれたらといつも願ってはいたけれど、それ以上は願わなかった。最後に会ったのは、ぼくがポルトガルに出発する前だ。ポルトガルには三年いた。ロンドンに戻ったころには、モードが結婚してから二年が経っていた。結婚してすぐインドに行ったのだそうだ。ぼくら双方に親しかった数少ない友人からを除いては、彼女の話はめったに聞かなかった。時は過ぎて——彼女をすっかり忘れてしまったとは言えないね。でも、たくさんあるいは頻繁に彼女のことを考えていたわけでもなかった。忙しかったし、ぼくはけっこう入れこむタイプで、人生はぼくにとっては一大事らしいとわかってきたからね。何かの拍子でたまたま似ている人に会ったりして、彼女を時折思いだすことはあったね——特に昔、いとこの一人の若い奥さんがドレスで正装しているのを見に来てくれと頼まれたときなんかは、彼女の姿か物腰の何かがぼくの記憶にモードを呼び起こした。というのはね、彼女を最後に見たときはドレスを一式身にまとっていて、おそらくはそのために無意識のうちに、彼女のイメージが写真のようにぼくの脳に刻まれていたんだと思う。けれども、ぼくがみんなに話そうとしていることが起きたあの時を思いかえす限り、ぼくはモード・ベトラムのことを何か月も考えてはいなかった。ちょうどその時はロンドンにいて、一番上の兄のところにいたんだ。兄貴は結婚してから数年ほど、×××スクェアにある我が家の古い邸宅に住んでいた。あれは、四月の晴れわたった春の日だった。霧が出たり靄《もや》がかかったりせず、まだ午後四時にもなってないなかった――だから、いかにも幽霊が出そうな状況ではなかった、というのは認めてもらえるよね。その日はクラブから早めに家に帰っていた――ちょうどあのころは数週間ほど休暇をもらっていたんだ――数日ほど頭にあった手紙を数通書こうと考えていた。それでぼくは、二階にある書斎に入っていった。心地よく広々とした、壁にはずらりと本が並んだ部屋だ。作業をはじめる前に、暖炉のそばの安楽椅子にちょっとの間、腰を下ろした。というのは、火のそばが居心地いいくらいには季節柄ひんやりしていたからね。そして、自分の手紙について考えはじめた。彼女について考えてはいなかったよ。我が旧友のミズ・ベトラムについては、ごくわずかにだって考えたりはしていなかった。その点については完璧に確信している。扉は、部屋の暖炉と同じ側の壁についていた。半身を火に向けて座っていたから、身体の半分は扉の方に向いていた。入ってくるときに扉をちゃんと閉めていなくて、扉の取っ手を回さず閉めただけだった。だから、扉がゆっくりと音もなく開いても、驚きは感じなかった。扉は部屋の中に向かって大きく開いたけれども、扉はぼくの視線を戸口から隠していた。その時、扉が戸口に対して衝立のような役割を果たしていたと考えてくれれば、たぶん位置関係がよくわかるんじゃないかな。ぼくが座っているところからは、部屋に入ってきた者がその扉を通り過ぎるまでは、その姿を見ることはできなかった。ぼくは、誰かが入ってくるのだろうとなんとなく思って、チラリと視線を上げた。でも、誰もいなかった。扉が自分で開いたわけだ。その瞬間は座ったまま、「手紙を書きだす前に閉めなきゃ」という漠然とした考えが心をよぎっただけだった。

「でも急に、ぼくの目は絨毯に釘付けになった。何かが視界に入ってきたので、ぼくの目は、機械的といった感じでそちらに引きよせられた。あれは何だ？

「『煙か？』が最初の考えだった。『何か燃えるようなものがあったっけ？』しかしぼくは、すぐにその考えを打ち消した。その儚げで影のような何かは、それ自体が波紋を起こしているようにゆっくりと進んできていたからだ。濃く暗い色の木の扉を過ぎて入ってくるその何かは、『煙』というには質感がありすぎた。次に浮かんだ考えはおかしなものだった。『石鹸水みたいに見えるな』ぼくは自問した。『女中の誰かが拭き掃除をしていて、手桶を階段のところでひっくり返しでもしたのかな？』次の階への階段は、ほぼ書斎の扉に面していた。だが――違う。ぼくは目を擦って見直してみた――石鹸水理論は却下された。波打つ何かは滑空を続け、さざ波のように進みつつ、より実体ある姿を徐々に取っていった。それは――そうだ、ぼくは突然に確信した。軟らかい絹布が起こすウェーヴだ。まるで何か神秘的な方法で畳まれたものが開かれたり、巻かれていたものが伸ばされたりしているように、引きつれたり不規則になったりせず、滑るように滑らかに這い入ってきているのだ。まるで、砂浜に打ちよせるさざ波のように。

「ぼくはというと、ただ座って見つめていた。「なんで飛びだしていって、扉の向こうにいるのが何だか見ようとしなかったんだ」と当然尋ねたいでしょうね。その質問には、答えられないや。なぜ座ったままだったのか、まるで魅入られたかのように、さもなければ何らかの抗えない影響の下にあったのか、ぼくにはわからない、でもとにかく、動けなかったんです。

「それでそいつは――絶えずさざめき続けながら部屋に入ってきて、さらに進み続けながら、とうとう上にあがりはじめた。人の姿が見えた。長身で優美な女性の姿だった。つまりは、彼女がゆっくりと後ろ向きに、部屋に入ってきていたんだ。青白い――とても精妙な色調の真珠のような灰色だったに違いない――絹の波はつまり、長いドレスの裳裾だったんだ。それより上の部分は、そのレディの腰から深い襞になって垂れている。彼女が入ってきた――ぼくは、その動きを表現できない。普通の歩き方ではなく、後ずさっているのでもなかった――彼女の姿全体と、横顔と頭がはっきりと目に見えるようになった。ついに彼女が停止して、ぼくの視界に完全にとらえられた状態で佇んだ。扉のほんの少し向こうに。ぼくにはわかった――閃光のようにぼくに訪れた直感は、彼女はぼくが知らない人ではないということだった。この謎めいた来訪者は！　誰かわかった。あの日から変わっていないように、ぼくには思えた。十年前、ぼくが最後に彼女を見たときと。モード・ベトラムの美しい顔立ち」

マリシャル氏は少し言葉を切った。誰もしゃべらなかった。それから彼は、また話し続けた。

「「変わっていない」と言うべきではなかったかな。そのかわいらしい顔には、一つ大きな変化があった。ぼくの友人の最大の魅力の一つは、太陽のような天真爛漫さだって話したのは覚えているよね——彼女がふさぎこんでいたり、憂鬱だったり、不満そうに見えたことは決してなかった。物思いに耽っているように見えることさえ、めったになかった。でもこの点については、ぼくが座りこんで眺めていたその顔は、全くモード・ベトラムの顔らしくなかったんだ。彼女が——あるいは「それ」が——そこに立ってぼくの方ではなく、あさっての、まるで戸口の外にいる誰か、あるいは何かを見ているその表情は、とてつもなく深い悲しみの表情だった。何であれ、あれほどの悲しみをぼくは人間の顔に見たことがないし、決して見ることはないだろうという確信がある。けれどもぼくは、座り続けていた。ほとんど彼女と同じくらい身動きをせず、ひたと彼女を見つめ、動こうとかその幻影にもっと近づこうなどと願うことなく。おそらくは、そうする力もなかった。ぼくはちっとも恐れてはいなかった。そいつが幽霊であるという確信はあったけれども、まるでぼく自身がどうかして日常の外に出てしまったかのように、自分が麻痺しているのを感じていた。そこにぼくは座って——モードを見つめていたんだ。そこに彼女は立っていた。前方を向いて、恐ろしい、言葉にできぬ悲しみを顔に浮かべて。ぼくは、恐怖は感じていなかったけれど、その顔は、曰く言いがたい悲しみでぼくを金縛りにしてしまっていたように思う。

「どのくらいそんなふうに座っていたかわからない。正面玄関のドアベルがいきなり鳴ったときにはほとんどトランス状態で、どのくらいそこに座り続けていたか見当がつかないんだ。そのベルは、ぼくを覚醒させてくれたようだった。ぼくはギョッとして身を正し、あたりを見回した。その幻像が霧散しているのを見出すだろうと、半ば期待していた。ところが、そうじゃなかった。

彼女はまだそこにいた。兄が階段を急いで上がってくる音を耳にしながら、ぼくは椅子に深く身を沈めた。兄は書斎の方にやって来て、扉が大きく開いているのを目にすると歩み入ってきた。まだじっと見ていたぼくは、兄の姿が戸口のところにいる女性を通り抜けるのを目にした。みなさんが霧や煙の輪っかを歩いて抜けてこられるみたいにね――ただ、誤解しないでほしいんだが、その瞬間までモードの姿には、実体がないような様子はまるでなかった。彼女はぼくの方を見ていた。そこに立ちながら、文字通り正真正銘生きている女性のように――ドレスの影、髪の毛の色、身にまとった数個の装飾品、全てがみなさんが身に着けている物と同じように、輪郭がはっきりとして明確だった。今この瞬間のニーナみたいにね。兄が部屋の中に入りきってもそのままだった、あるいはその状態に戻った。兄はこちらにやってきて、ぼくの名前を呼んで話しかけてきたけれど、ぼくは押し殺した声で返事をして、静かにして、ぼくの向かい側にある椅子にちょっとの間でいいから座ってくれないか、と頼んだ。兄はそうしてくれたよ。ぼくの奇妙な様子に引いていたけどね。ぼくは、まだじっと扉に目を据え続けていた。もしぼくが目を逸らしたら、それは消えていってしまうんじゃないかという奇妙な感覚があった。だからぼくは、冷静なまま、何が起こるのか見ていたかった。ぼくは兄のハーバートに小声で、あなたには何も見えないのかと尋ねた。兄は言われるがままに他意なくぼくの視線の方向を目で追ったけれども、困惑しながら首を振った。ちょっとの間、彼はそのままでいてくれた。それからぼくは、その人影がはっきりしなくなってゆきつつあるのに気がついた。まるで後退していくように、それでいて視界の中で小さくなるのではなく。より幽《かす》かに、より朧げになってゆき、色合いは靄がかかったようになっていった。長いこと見つめていたせいで霧がかかったように見えているのではないかと半分考えながら、ぼくは一度か二度、目を擦った。けれども、そういうわけではなかった。ぼくの目は間違ってはいなかった——ゆっくりと、しかし確実に、モード・ベトラム、あるいは彼女の幽霊は、全ての痕跡を消し去って、溶けてなくなってしまった。彼女が立っていたところには見馴れた絨毯の模様を、彼女の服が隠していたところには部屋にある物の数々を、ぼくは再び目にした——あらゆる物が、また極めてありきたりの様子でそこにあった。けれども彼女は、いなくなってしまった。完全にいなくなってしまったんだ。

「ぼくの緊張したまなざしが緩んだのを見て、ハーバートがぼくに尋ねだした。ぼくは正確に、あなた方に話したのと同じことを兄に話した。常識的な感覚を持つ人間として当然のことながら、彼はそいつは変だと応答した。ただし、そういう現象は時に起こることがあり、賢人たちによって「光学的錯覚」という見出しの下に分類されている、と。たぶん、調子がよくないんじゃないか、と彼はほのめかしてきた。働き過ぎだったんじゃないか？　医者に診てもらった方がいいんじゃないか？　でも、ぼくは首を振った。ぼくは至って健康だよ、そう言った。おそらく、兄が正しかったんだろうな。あれは目の錯覚に過ぎなかったのかもしれない。あんなことを、ぼくは経験したことはなかったからね。

「『いずれにせよ』ぼくは言った。『日付は書きつけておくことにするよ』

「ハーバートは笑って、そういうことがあったらみんないつもそうするわな、と言った。もし兄が、某氏夫人がその時どこにいたかを知っていたら、彼女に手紙を書いただろうな。ただネタとして。それで、もしご機嫌うるわしく、日記をつけていらっしゃるのでしたら、その特別な日に何をおやりになっていたのかお知らせいただけませんでしょうか、と頼むわけだ——「四月六日だな？」と兄は言ったね——ぼくが彼女の生霊に訪れられるという体験をした日付は。ぼくは、兄が話すにまかせた。あの奇妙で痛々しい印象を取りのぞいてくれるように思えたからだ——かわいらしい顔に浮かんだひどい悲しみのせいで生じた痛々しさを。でも、ぼくらはどちらも彼女がどこにいるか知らなかった。ぼくたちは彼女の結婚後の名前すら、思いだすのがやっとの有様だったんだ！　だからもうすることはなかった——ハーバートに騒々しく邪魔されながらも、ぼくがすぐにしたことを除いては。綿密な正確さをもって、ぼくはその日時を自分の日記に書き記したんだ。

「時は過ぎた。ぼくは自分の奇妙な経験を忘れはしなかったけれど、それでももちろんその印象は徐々に薄れて、現実的な何かというより、奇妙な夢のように思えるまでになっていた。ぼくが可哀そうなモードについてまた耳にしたころにはね。「可哀そうな」モードと呼ばないではいられないよ。彼女のことは間接的に聞いた。そしておそらく、彼女の話が悲しいものでなかったら、ぼくはそれを耳にすることは全くなかっただろう。彼女の夫のご家族の友人が状況を口にしていたのを、ぼくの友人が立ち聞きしたんだ。それで、ある日会話がめぐりめぐって昔の話になって、彼がいきなり、モード・ベトラムを覚えているかと言ってぼくを驚かせたんだ。もちろん覚えているとも、とぼくは言ったよ。何か彼女について知っているのかい？　それで、彼はぼくに話してくれたんだ。

「彼女は亡くなったよ――数か月前に、長くつらい病気を患ったあとに亡くなったんだ。ひどい事故の結果だった。ある日、大きな催しか何かの際に、衣装に火が燃えうつったんだ。その時に負った火傷は命に関わるようには見えなかったのだけれど、彼女はそのショックから回復できなかったんだそうだ。

「あの人は、それはかわいらしかったから」と友人は言った。「この話で一番痛々しいのは、聞くところによると、彼女は容貌に関わるひどい火傷を負ったんだそうだ。彼女はそれを心底哀しんだ。顔の右半分が完全に崩れてしまって、右目は見えなくなっていた。けれども奇妙な話なんだが、左側は完全に難を逃れていた。だから横顔を見ても、知らない人は何が起こったかなど考えもつかなかったそうだ。悲しい話だろ？　彼女は本当に天真爛漫そのものだったからなあ」

「彼には、自分の話はしなかった。べちゃべちゃしゃべりまわられるのはいやだったからね。でも彼の言葉のせいで、奇妙な震えのようなものがぼくの身体を走った。可哀そうな友人の生霊がぼくに見るのを許してくれたのは、顔の左側だけだったからさ」

「うわあ、ポール叔父さん！」ニーナが叫んだ。

「それで――日付は？」スノウドン夫人が尋ねた。

「事件の正確な日付は、ぼくは知りません」マリシャル氏は言った。「けれども彼女が亡くなった日付は、ぼくが彼女を見てから完全に六か月を経過していました。心中疑ったことはないですね。その事件の時、あるいは前後、おそらくは少し後に、彼女がぼくのところを訪れたのでしょう。ある種の共感を求めていたのではないかと思えます――それに――別れを告げようともしていたんでしょうね、可哀そうな人」

しばらくの間、みなは黙ったまま座っていた。それからマリシャル氏が立ちあがり、自分の手紙が出してもらえたかどうか確認しなくちゃなどと何かぼそぼそと言いながら、自分の居室へと引きさがっていった。

「なんて心揺さぶられる話なのかしら」グラディズ・ロイドは言った。「そうでないといいのだけれど、マリシャルさんはあのお話をなされると、自分で思っているより辛い思いになるんじゃないかしら。ねえレディ・デンホーム、モードの旦那さまについて何かご存じ？　彼女にはやさしかったのかしら。ハッピーだったのかしら」

「彼女の結婚生活については、多くを聞いてはいませんね」と宴のホステスは答えた。「でも、彼女がハッピーではなかったと思う理由はありません。彼女のお相手は、彼女が亡くなってから二年か三年してまた結婚されましたわ。でもそのことが、何かを伝えてくれるわけではありませんね」

「ちが、違うわ」ニーナは言った。「ママ、やっぱり、あたしは絶対、モードはポール叔父さんのことを本当にとても愛していたのだと思うの――叔父さんが考えていたよりずっとはるかに。可哀そうなモード！」

「そして、彼は結婚していない」グラディズが付け加えた。

「していませんね」レディ・デンホームが言った。「でも弟がそうしているのは、実際に大変なことがたくさんあるからなんですよ。とてつもなく忙しい生活をおくってきましたし、今は前より自由ではあるけれども、新しい絆を結ぶには自分が年を取りすぎたと感じているのでしょう」

「でも」ニーナはこだわった。「モードがそのくらい叔父さんのことを好きだったたってあの時にわかっていたら、どうだったのかしら？」

「そうね」レディ・デンホームは譲歩した。「そうだったなら、実際に難しいところはあったでしょうけれど、おそらく事態は違っていたでしょうね」

そして再び、ニーナはそっとくり返した。

「可哀そうなモード！」

死者たち（抄訳）

ジェイムズ・ジョイス

……

――その誰かさんは、きみの恋人だったのかい？　彼は皮肉な調子で尋ねた。

――昔知っていた男の子なの、彼女は答えた。マイクル・フュアリーという名前だった。彼がよくあの歌をうたっていたの。「オーリムの娘《ラス》」を。とても繊細な子だった。

ガブリエルは沈黙した。彼は、その繊細な少年に自分が興味を持ったと妻が思わないように、と願った。

――はっきりと、彼が見える、少し間を置いてから、彼女は言った。なんて目をしていたのかしら。大きな黒い目で！　その目に浮かぶ表情といったら――いったら！……。

――ああ、じゃあ恋愛関係だったんだね？　とガブリエルは言った。

――よく彼と出かけはしたわ、と彼女は言った。ゴールウェイにいたときに。

一つの考えが、ガブリエルの心をよぎった。

――じゃあ、闘士のガール、アイヴァーズ嬢〔「死者たち」に登場する政治活動家の若い女性〕といっしょにゴールウェイに行きたがったのも、それが理由なんだね？　と彼は冷たく言った。

彼女は驚いて夫の方を見て、尋ねた。

――何のために？

妻の目つきのせいで、ガブリエルは情けない気持ちになった。肩をすくめて言った。

――ぼくにわかるわけないだろ？　彼に会うためとかさ。

彼女は黙って夫から目をそらし、射しこむ光をたどって窓の方を見やった。

――彼、死んでるのよ、彼女はようやく言った。まだ十七歳で、死んでしまったの。そんなに若くして亡くなるだなんて、ひどい話だと思わない？

――彼は何をやっていたんだい？　とガブリエルは尋ねた。まだ皮肉な調子だった。

――ガスの仕事をしていたわ、と彼女は言った。

自分の皮肉は効かなかったし、死者たちの中からこの人物、ガス屋の少年が召喚されたせいで、ガブリエルは侮辱された気分になっていた。痴癪から出た皮肉は、当てこすりに堕した。二人いっしょの秘密の生活についての記憶、やさしさ、歓び、欲望に彼が満ち満ちている間に、妻は心の中で他の誰かと彼を比べていたのだ。自分自身の姿を惨めに自覚して、彼はいたたまれなくなった。なんと自分が滑稽なのか、わかってしまった。伯母たちのために嬉々としてお使いに行く子ども、神経質でよき人であろうとする感傷家、俗物たちに演説をし、道化じみた自身の煩悩を理想化していた、鏡にチラとその姿を見た哀れな間抜け野郎。自分の額で燃えあがった恥辱を妻に見せないように、彼は本能的により光を背にするようにした。

冷たい尋問の調子を維持しようと努めてみたが、話しだしてみると彼の声は卑屈で無関心な響きを帯びた。

――そのマイクル・フュアリーとは恋仲だったんだね、グレタ、と彼は言った。

――仲はよかったわ、あの時は、と彼女は言った。

彼女の声はくぐもっていて、悲しげだった。ガブリエルは今では、自分が望むところに彼女を誘導しようとした試みがなんと不毛であったか感じていた。片方の手で彼女を撫で、彼もまた悲しげに言った。

――それでなぜ、そんなに若くして、彼は亡くなったんだい、グレタ？　結核かな？

――彼は、あたしのために死んだんだと思うの、と彼女は答えた。

この答えに、ガブリエルは漠然とした恐怖にとらえられた。得意満面になろうとしていたまさにその時に、なんらかの不可触で悪意ある存在が迫ってきて、曖昧模糊とした世界で彼に対抗する諸勢力を結集させているかのように思えた。しかし彼はそのような考えを理性の働きで振り捨てて自分の身を自由にし、妻の手を撫で続けた。彼はもう、質問はしなかった。というのは、妻は彼には自分自身のことを話してくれるだろうと感じたからだ。妻の手は暖かく、湿っていた。その手は彼に触れられても反応しなかったが、それでも彼はその手を愛撫し続けた。あの春の朝に彼女から届いた最初の手紙を撫でさすったように。

――冬だった、と彼女は言った。冬のはじまりぐらいにお婆ちゃんのところを出て、こっちの修道院に来ようとしていたの。彼はその時ゴールウェイの宿所で病気になっていて外に出してもらえず、ウアフタラード〔ゴールウェイ北部の町。当時は小村〕にいる親族には手紙でそのことが伝えられていた。衰弱しているとか、何かそんな具合に言われてた。正しくはどうだったのか、わからなかったけど。

彼女はいったん話を止めて、ため息をついた。

――可哀そうな人、と彼女は言った。彼は、あたしがとっても好きだった。とってもやさしい男の子だった。よくいっしょに出かけて歩いたわ。わかるでしょ、ガブリエル。田舎ではみんなそうだもの。彼は歌を勉強するつもりだった、自分の健康のためだけに。とってもいい声をしていたの、可哀そうなマイクル・フュアリー。

――ええと、それから？　ガブリエルは尋ねた。

――それから、あたしがゴールウェイを出発して修道院に行くころには彼はすごく悪くなっていて、会わせてもらえそうになかったから手紙を書いたの。ダブリンに行くけれど夏には戻るから、その時にはよくなっていてねって。

声を整えるために一つ間をおいてから、彼女は続けた。

――それで出発の前夜に、ナンズ・アイランド〔ゴールウェイ市中心にある中州の呼称〕のお婆ちゃんの家にいたのだけれど、窓に砂利が投げつけられる音がしたの。窓には雨がすごく降りつけていたから外は見えなくて、だからいつもしていたみたいに下に降りていって裏庭にそっと出てみたら、可哀そうなあの人が、庭の端で震えていたの。

――帰れって言わなかったのかい？　ガブリエルは尋ねた。

――家に帰って、とすぐに頼んだわ。雨の中で死んじゃうって言った。でも彼は、生きていたくないって言ったのよ。彼の目も見える、彼の目も！　あの人は、木のそばの壁の端に立っていた。

――それで、彼は帰ったのかい？　ガブリエルは尋ねた。

――帰ったわ。それであたしが修道院に行ったあと、たった一週間であの人は死んじゃった。ご一族の生地《せいち》、ウアフタラードに埋葬された。ああ、あたしがあれを聞いた日に、彼は死んでしまったの！……。

彼女は話すのをやめ、むせび泣いて息を詰まらせた。感情に圧倒され、突っ伏すように身をベッドに投げると、掛け布に顔を埋めたまま泣き続けた。ガブリエルは妻の手を少し長く、戸惑い気味に取ったが、彼女の悲しみに押し入るのは気がひけてきて、その手をそっと下ろし、窓に向かって静かに歩いていった。

彼女は、ぐっすりと眠っていた。

ガブリエルは頬杖をついて、ちょっとの間、腹を立てるでもなく彼女のもつれた髪と半開きの口を見つめ、妻が深く息を吸いこむ音に聞き入った。なるほど、彼女はそのロマンスと共に生きてきたわけか。自分のために死んだ男。自分が、彼女の夫が、彼女の人生でどんなにしょぼい役割でしかなかったかを考えても、今はほとんど傷つかなかった。彼は眠っている彼女を、夫婦として共に生きたことがなかったかのように見つめた。好奇心に満ちた彼の目は彼女の顔と髪に長くとどまり、彼女が少女の美しさを初めて帯びたあのころにはこうだったに違いないなどと考えているうちに、彼女に対する奇妙な、親しみを帯びた哀れみの気持ちが、彼の魂に入ってきた。彼女の顔がもはや美しくないなどとは自分に対しても言いたくはなかったが、それでもその顔はもはや、それがためにマイクル・フュアリーが勇ましく死んでいった顔ではないのもわかっていた。

　彼女は、自分に全てを物語ってはいないかもしれない。彼の視線は、彼女が服を脱ぎ捨てている椅子へと移動した。ペチコートの紐が、床へと垂れ下がっている。ブーツが片方立ったままだが、上の部分が萎えて垂れている。その相棒は、横の床に倒れている。一時間前に自分が見舞われた感情の嵐を思いかえした。あれは、どこからやって来た？　伯母たちとの夕食からか、自分自身の愚かなスピーチからか、ワインとダンス、ホールでおやすみを言うときの盛りあがり、雪の中で川沿いを歩いた歓びからか。可哀そうなジュリア伯母さん！〔物語の大半の舞台はモーカン家のジュリアとケイトが開催したダンス・パーティー〕彼女もまたすぐに、パトリック・モーカンと彼の馬の影と共に〔パトリック・モーカンはガブリエルの祖父で故人。彼の馬とのエピソードがパーティーで開陳された〕、影の世界の住人となるのだろう。「私は美しい乙女」〔ベッリーニのオペラ『清教徒』のアリアをジョージ・リンリーが編曲〕を歌っているときに、彼女の顔に一瞬げっそりとした表情が浮かんだのを、彼の目はとらえていた。おそらく間もなく自分は同じ客間で喪服を着て、膝にシルクハットを載せて座っていることになるだろう。ブラインドは降ろされて、伯母のケイトが横に座っている。泣いていて、洟をかみ、ジュリアがどんなふうに死んだかを教えてくれるだろう。彼女を慰める言葉を何か求め、自分の心の中を様々に探るけれども、その言葉は不充分で役に立たないと知るだろう。そう、そうなのだ。そいつは本当に、すぐに起こるだろう。

部屋の空気の冷たさで、肩がひやりとした。彼は慎重にシーツの下で身体を伸ばして、妻の傍らに横たわった。一人ひとり、みなが影になってゆく。あの彼岸にある異界へは、なんらかの情熱で感極まって大胆に渡ってゆく方が、年齢と共に陰鬱に消え入り萎《しぼ》んでゆくよりはよい。彼は考えた。自分の傍らに横たわる女は、生きていたくないと言った恋人の目の残像を、どうやって何年も心の内にしまっていられたのだろうか。

寛容さに溢れた涙がガブリエルの目に滲んだ。どんな女に対しても、自分自身であんなふうに感じたことはなかったが、そのような感情こそが愛に違いない、と彼にはわかっていた。涙がさらに彼の目を満たし、水が滴る木の下に立つ若い男の人影《フォーム》を暗闇のどこかに目にしているかのように思い描いた。他の複数の人影も、近くにいる。彼の魂は、莫大な数の死者たちが棲まっている境域に近づいていた。この世の物差しでは計れぬ、チラチラと明滅するような死者たちの存在は、意識はしてもとらえられはしなかった。自身のアイデンティティは不可触の灰色の世界へと消えていった。こうした死者たちがいったんは出現して生きていた、このしっかりした手ごたえのある世界が、解体して縮んでゆく。

軽く窓ガラスが二、三度叩かれる音がして、彼の注意を窓の方に向けさせた。また雪が降りはじめていた。彼は眠たげに、雪片を見つめた。銀色で暗く、街灯の光の中を斜めに降り注いでいる。アイルランドの西部への旅を企てるときが、彼に訪れたのだ。そうか、新聞は正しかった。アイルランド全土に雪が降っている。暗くなった中部の平原の至るところに、木のない丘に雪が降っている。アレンの沼地《ボッグ》にもやさしく雪は降り、さらに西の方では暗くなったシャノン川の荒々しい波に、雪が降り落ちては消え入っていった。マイクル・フュアリーが埋葬された丘にある、寂しい墓地の至るところにも、雪が降っていた。歪んだ十字架や墓石の上に、小さな門の上に並んだ鉄格子の槍先に、貧弱な植物の棘《とげ》の先に、雪は舞い落ち、厚く降り積もってゆく。自分の魂が、ゆっくりと消え去ってゆく。儚《はかな》く雪は降る。宇宙を通じて、最後の死が降りたつように、全ての生者たちと死者たちの上に。

編訳者あとがき

ジェイムズ・ジョイスの『ダブリナーズ』を幽霊譚の集積として読む——かように一見歪んだモチベーションから芽吹いたこの短編集の構想は、二〇二一年の日本においてコティングリー妖精事件』妖精写真に関する書籍が立て続けに刊行され（井村君江・浜野志保編著『コティングリー妖精事件』青弓社／ドイル『妖精の到来』井村君江訳、アトリエサード）、編訳者自身もナイトランド・クォータリー増刊『妖精が現れる！』（アトリエサード）にコティングリーの妖精写真に関する論考を寄稿する過程で、急速かつ具体的にその形を成していった。その結果編まれたこのアンソロジーは、手前味噌かもしれないが、十九世紀末から二十世紀初頭にかけてのアイルランドとイギリスの異界の住人たちに関する当時の想像力のエッセンスを、ある程度はその肝《きも》をとらえて提示したセレクションになりえているのではないか、と勝手に思っている。

長らく研究者としての私を鍛えあげてくれた国内外のジョイシアンのみなさんと共に過ごした時間、これまでの膨大なジョイス研究の蓄積がなければ、本書は生まれていない。感謝と共に深々と頭を垂れさせていただきたい。そのジョイス・コミュニティに参画するための礎は、上智大学に提出した博士論文主査、故高柳俊一先生のご指導と、私が紡ぐ拙い英文に怒濤の愛の鞭をくださったジョウゼフ・オリアリー先生によって築かれた。不肖の弟子としてあらためて御礼申しあげたい。

『ダブリナーズ』の数多ある先行既訳については、もちろんそれらがあってこそのこの本であり、感謝の言葉もない。新潮文庫の安藤一郎氏訳は青春の書で、岩波文庫の結城英雄氏訳は第一に参照すべき先行訳であり、複数の出版社から出された高松雄一氏訳は単行本で私設ジョイス棚の一角を占め、柳瀬尚紀氏による新潮文庫からの新訳の『ダブリナーズ』というタイトルはあまりにカッコよすぎて、この本でも同じ呼び方をさせていただいている。他の作品についても、この短編集で初訳のものを除いては、状況は同様である。すでに素晴らしい訳業がある作品も少なくなく、それでも拙訳を世に問う意味があったのかどうかは、このアンソロジーの作品の選択と配列を評価してもらえるかどうかにかかっているだろう。アンソロジーを編む人のことを、アンソロジストと呼ぶ。その呼称を肩書とされている東雅夫氏のお仕事をずっと羨望のまなざしで見てきたことが、この一冊につながっているのかもしれない。その他にも、ここで挙げそこねているご恩はあまりに多い。お心当たりある大恩あるみなさまにおかれては、なにとぞご海容を願いたい。

翻訳は基本的にこの書籍のために編訳者自らが新たに行ったが、他所ですでに発表したものに手を加えた作品もある。それらのステップなくしても、本書はない。後の翻訳初出一覧に記させていただいた翻訳でお世話になった関係者のみなさま、特に岩田恵氏、岡田幸一氏、岡和田晃氏（五十音順）に改めて御礼申しあげる。

出版にあたっては企画段階から平凡社、竹内涼子さんに大変お世話になった。竹内さんをご紹介いただいた大学院の先輩、石塚久郎専修大学教授には心よりの謝辞を述べなくてはならない。ありがとうございました。

我が家は子どもたちが巣立ちの時期を迎えたり迎えそうだったりしている気配であるが、まだ四人家族と言っていいようには思う。かつてアイルランド国立妖精博物館でデュラハンについて尋ねてスタッフの方を震撼させてしまった妻と子どもたちに、いつも通り感謝を捧げたい。

ジェイムズ・ジョイスは自らキリスト教の信仰を捨てて、死と向かいあうことを選んだ。だとすると、ジョイスはキリスト教以外の言説によって語られる死後の世界の姿について、興味津々であったはずだ。彼が当時の心霊主義にどのくらい親しんでいたかについては、まだ研究の余地がかなりあるように思われる。このアンソロジーが、ジョイス研究者やアンソロジストのみなさんに、何らかのクリエイティヴな霊感をもたらしてくれることを願う。そしてなにより、妖精や幽霊という異界の住人たちをメディウムとして、ハードルが高く思われがちなジョイスのテクストと読者のみなさんの距離感を少しでも狭められたならば、この素人降霊会は成功、ということになるだろう。どうかみなさん、エンジョイ!

二〇二三年五月　新緑の琵琶湖畔にて

下楠昌哉

「ハンラハンの幻視」

William Butler Yeats. "Hanrahan's Vision." *The Secret Roses*, 1907.

参照：William Butler Yeats. "Hanrahan's Vision." *Irish Ghost Stories*, edited by David Stuart Davies, Collector's Library, 2010, pp. 342-48.

「何だったんだあれは？」

Fitz James O'Brien. "What Was It?" *Harper's Magazine*, March 1859.

参照：Fitz James O'Brien. "What Was It?" *Irish Ghost Stories*, edited by David Stuart Davies, Collector's Library, 2010, pp. 467-84.

「フィネガンの通夜」

"Finnegun's Wake." An Irish ballad.

参照："Finnegan's Wake." Reproduced in *The James Joyce Songbook*, edited by Ruth Bauerle, Garland, 1982, pp. 553-57.

「雪女」

Lafcadio Hearn. "Yuki-Onna." *Kwaidan*, 1904.

参照：Lafcadio Hearn. "Yuki-Onna." *Japanese Tales of Lafcadio Hearn*, edited by Andrei Codrescu, Princeton University Press, 2019, pp. 166-70.

「さざめくドレスの物語」

Mary Louisa Molesworth. "The Story of the Rippling Train." *Longman's Magazine,* October 1887.

参照：Mary Louisa Molesworth. "The Story of the Rippling Train." *Victorian Ghost Stories: An Oxford Anthology*, edited by Michael Cox and R. A. Gilbert, Oxford University Press, 1991, pp. 319-27.

University Magazine, 1864.
参照：Joseph Sheridan Le Fanu. “Wicked Captain Walshawe, of Wauling.” *CELT: The Corps of Electronic Texts*, University College Coke, 1997-2021, https://celt.ucc.ie/published/E860000-003/index.html
「夜の叫び」
Sophie L. MacIntosh. “The Cry in the Night.” *The Irish Homestead*, vol. X, no. 40, October. 1, 1904.
「科学の人」
Jerome K. Jerome. “The Man of Science.” *The Idler*, September 1892.
参照：Jerome K. Jerome. “The Man of Science.” *Victorian Ghost Stories: An Oxford Anthology*, edited by Michael Cox and R. A. Gilbert, Oxford University Press, 1991, pp. 379-84.
「第一支線――信号手」
Charles Dickens. “No. 1 Branch Line: The Signal Man.” *All the Year Round*, the Christmas edition, 1866.
参照：Charles Dickens. “No. 1 Branch Line: The Signal Man.” *Horror Stories: Classic Tales from Hoffmann to Hodgson*, edited by Daryl Jones, Oxford University Press, 2014, pp. 140-51.
「キャスリーン・ニ・フーリハン」
William Butler Yeats and Lady Augusta Gregory. “Cathleen Ni Houlihan.” *Samhain*, October 1902.
参照：William Butler Yeats and Lady Augusta Gregory. “Cathleen Ni Houlihan.” *Modern and Contemporary Irish Drama*, 2nd ed. edited by J. P. Harrington, W. W. Norton, 2009, pp. 3-11.
「死んでしまった母親」「聖マーティン祭前夜（ジョン・シーハイによって語られた話）」
Jeremiah Curtin. “The Dead Mother,” and “St. Martin's Eve.” *Tales of the Fairies and of the Ghost World, Collected from Oral Tradition in South-West Munster*, 1895.
参照：Jeremiah Curtin. “The Dead Mother,” and “St. Martin's Eve.” *Irish Tales of the Fairies and the Ghost World*. Dover Publications, 2000, pp. 70-74 and pp. 90-92.
「赤い部屋」
Herbert George. Wells. “The Red Room.” *The Idler*, March 1896.
参照：H. G. Wells. “The Red Room.” *The Oxford Book of English Ghost Stories*, edited by Michael Cox and R. A. Gilbert, Oxford University Press, 1986, pp. 172-79.

翻訳初出一覧

ジェイムズ・ジョイス「姉妹」、下楠昌哉訳、『幻想と怪奇の英文学Ⅱ——増殖進化編』東雅夫・下楠昌哉責任編集、春風社、2016年、21〜36頁

ジェレマイア・カーティン「聖マーティン祭前夜（ジョン・シーハイによって語られた話）」、下楠昌哉訳、『ナイトランド・クォータリー』vol. 17、アトリエサード、2019年、54〜59頁

ウィリアム・バトラー・イェイツ「ハンラハンの幻視」、下楠昌哉訳、『ナイトランド・クォータリー』vol. 23、アトリエサード、2020年、52〜57頁

出典一覧

「取り替え子」「卵の殻の醸造」「バンシー」「いかにしてトーマス・コノリーはバンシーと出会ったか」

William Butler Yeats, "Changelings" and "The Banshee," T. Crofton Croker, "The Brewery of Egg-shells," and J. Todhunter, "How Thomas Connolly Met the Banshee." *Fairy and Folk Tales of the Irish Peasantry*, edited by William Butler Yeats, 1888.

参照：William Butler Yeats, editor. *Irish Fairy and Folk Tales*, The Modern Library, 2003, pp. 53-57 and pp. 118-22.

「妖精たちと行ってしまった子ども」

Joseph Sheridan Le Fanu. "The Child That Went with the Fairies." *Madam Crowl's Ghost and Other Tales of Mystery*. Edited by M. R. James, G. Bell and Sons, 1923.

参照：Sheridan Le Fanu. "The Child That Went with the Fairies." *Irish Ghost Stories*, edited by David Stuart Davies, Collector's Library, 2010, pp. 239-51.

「遭遇」「姉妹たち」「痛ましい事件」「エヴァリーン」「蔦の日に委員会室で」「粘土」「恩恵」「死者たち（抄訳）」

James Joyce. "An Encounter," "The Sisters," "A Painful Case," "Eveline," "Ivy Day in the Committee Room," "Clay," "Grace," and "The Dead." *Dubliners*, 1914.

参照：James Joyce. *Dubliners*. Edited by Margot Norris, W. W. Norton, 2006, pp. 3-20, pp. 26-32, pp. 82-116, pp. 128-51, and pp. 190-94.

「ウォーリングの邪なキャプテン・ウォルショー」

Joseph Sheridan Le Fanu. "Wicked Captain Walshawe, of Wauling." *Dublin*

Herbert George Wells
ハーバート・ジョージ・ウェルズ（1866-1946）
『タイム・マシーン』『宇宙戦争』『透明人間』など19世紀末の現代SFの起点と目される作品群で名高いが、20世紀になっても英国を代表する文筆家、言論人としての誉れ高く、オピニオン・リーダーとして活躍した。

Fitz James O'Brien
フィッツ・ジェイムズ・オブライアン（1828-62）
アイルランド南部のコーク出身。元の名はマイクル。ダブリンで学び、ロンドンに渡り、アメリカで南北戦争に従軍して戦死。若くして亡くなったが、本書収録の短編は幽霊アンソロジーの定番作品。

John Todhunter
ジョン・トッドハンター（1839-1916）
アイルランドの詩人、劇作家。ダブリンにクェイカー教徒の子として生まれる。医学を学びつつ詩作を続けた。世界を点々としたのちにロンドンに落ちつき、そこでイェイツとの親交を深めた。

Lafcadio Hearn
ラフカディオ・ハーン（1850-1904）
英語で執筆しながら現代日本人の民俗的想像力の礎を築いてしまった大人《たいじん》。ギリシャ生まれだが幼少期をアイルランドで過ごした。アメリカでの文筆活動を経て日本に。国籍を得て小泉八雲を日本名とした。

Mary Louisa Molesworth
メアリー・ルイーザ・モールズワース（1839-1921）
オランダ生まれの英国の小説家。児童文学の著作多数。著述活動においてモールズワース夫人として知られ、多くの子宝に恵まれたものの離婚。本書収録作では男女の間の機微を繊細に扱う。

[編訳者]

下楠昌哉（しもくす まさや）
1968年生まれ。博士（文学）。同志社大学文学部教授。著書に『妖精のアイルランド——「取り替え子《チェンジリング》」の文学史』（平凡社新書）、『イギリス文化入門［新版］』（責任編集、三修社）、『幻想と怪奇の英文学Ⅰ～Ⅳ』（共同責任編集、春風社）など。訳書にイアン・マクドナルド『時ありて』、ボブ・カラン『アイリッシュ・ヴァンパイア』（共に早川書房）など。

[著者]

William Butler Yeats
ウィリアム・バトラー・イェイツ
(1865-1939)
現代のアイルランドにも甚大な影響を及ぼすアイルランド文学史における巨人。詩人で劇作家。1922年にアイルランド自由国の上院議員に。1923年にノーベル文学賞受賞。神秘家、オカルティストとしての顔も持つ。

Thomas Crofton Croker
トーマス・クロフトン・クローカー
(1798-1854)
アイルランドの南部コーク出身の好古家。一時海軍に属した。1820年代後半に刊行の『アイルランド南部の妖精伝説と伝統』が有名。アイルランドの民間伝承収集と、それに材をとる文学の発展に大きく寄与した。

Joseph Sheridan Le Fanu
ジョウゼフ・シェリダン・レ・ファニュ
(1814-73)
アイルランドが多数輩出した幻想・怪奇の書き手たちの中でも傑出した存在。中編『吸血鬼カーミラ』で名高いが、短編、長編を問わず、幽霊が出ないものも含めてすぐれたスリラーを多数残している。

James Joyce
ジェイムズ・ジョイス (1882-1941)
多くの人が知ってはいるが読んでいない本『ユリシーズ』と、読もうとしても攻略本なくして読解がほぼ不可能に近い『フィネガンズ・ウェイク』の二作で名高い、モダニズムを代表するアイルランド作家。

Sophie L. MacIntosh
ソフィー・L. マッキントッシュ
(生没年不明)
20世紀初頭のダブリンで活動した文筆家。詳細不明。

Jerome K. Jerome
ジェローム・K. ジェローム (1859-1927)
『ボートの三人男』で英国のユーモア作家としての地位を確立したが、その後は目覚ましい評判を得なかった。本書収録作を含む主要短編の翻訳が近年刊行されたのは僥倖(『骸骨』中野善夫訳、国書刊行会)。

Charles Dickens
チャールズ・ディケンズ (1812-70)
ヴィクトリア時代の英国の国民作家。怖くない幽霊譚『クリスマス・キャロル』が評判となり、クリスマスに英国の人々が暖炉の前で怪談を語りあう伝統の形成に大きく寄与した。『荒涼館』などゴシック色が強い作品も執筆した。

Lady Augusta Gregory
グレゴリー夫人 (1852-1932)
アイルランドの劇作家。19世紀末のアイルランド文芸復興運動をパトロネスとして支えた功績は大きい。ゴールウェイのクール・パークにある彼女の邸宅には、イェイツをはじめとする多くの文人たちが集った。

Jeremiah Curtin
ジェレマイア・カーティン (1835-1906)
アメリカのエスノグラファー、民俗学者。主にアメリカの先住民やスラヴの民間伝承を研究した。アイルランドには1870年代から90年代にかけて複数回訪れ、南西部を中心に民間伝承を収集した。

平凡社ライブラリー 949

妖《よう》精《せい》・幽《ゆう》霊《れい》短《たん》編《ぺん》小《しよう》説《せつ》集《しゆう》

『ダブリナーズ』と異《い》界《かい》の住人《じゆうにん》たち

発行日…………2023年 7 月10日　初版第 1 刷

著者……………J. ジョイス、W. B. イェイツほか
編訳者…………下楠昌哉
発行者…………下中美都
発行所…………株式会社平凡社
〒101-0051　東京都千代田区神田神保町3-29
電話　(03)3230-6579［編集］
(03)3230-6573［営業］

印刷・製本……株式会社東京印書館
ＤＴＰ…………平凡社制作
装幀……………中垣信夫

ISBN978-4-582-76949-4

平凡社ホームページ https://www.heibonsha.co.jp/

落丁・乱丁本のお取り替えは小社読者サービス係まで
直接お送りください（送料は小社で負担いたします）。